文春文庫

ソウル・コレクター

上

ジェフリー・ディーヴァー
池田真紀子訳

文藝春秋

親愛なる友——活字に捧ぐ

ソウル・コレクター　上巻目次

ソウル・コレクター　上

主な登場人物

リンカーン・ライム……………………ニューヨーク市警科学捜査コンサルタント
アメリア・サックス……………………ニューヨーク市警刑事
トム・レストン…………………………ライムの介護士
ロン・セリットー………………………ニューヨーク市警重大事件課警部補
ロナルド・プラスキー…………………同市警パトロール警官
メル・クーパー…………………………同市警鑑識課員
ロドニー・サーネック…………………同市警コンピューター犯罪課巡査
ボー・ハウマン…………………………同市警緊急出動隊（ＥＳＵ）隊長
ジョー・マロイ…………………………同市警警部
テリー・ドビンズ………………………同市警行動主義心理学者
パム・ウィロビー………………………高校生の少女　サックスとライムの友人
アーサー・ライム………………………リンカーン・ライムのいとこ　殺人罪で逮捕される
ジュディ・ライム………………………アーサーの妻
アリス・サンダーソン…………………アーサーが殺害したとされる女性
マイラ・ワインバーグ…………………強姦殺人された女性
デリオン・ウィリアムズ………………マイラ殺害犯に擬せられた男性
ロバート・ジョーゲンセン……………個人情報を悪用され破滅した元整形外科医

アンドリュー・スターリング……〈SSD〉社のCEO
マーティン……スターリングのアシスタント
ジェレミー……同右
ショーン・キャッセル……〈SSD〉社セールス&マーケティング部長
サム・ブロックトン……同社コンプライアンス部長
マーク・ウィットコム……同社コンプライアンス部次長
ウェイン・ギレスピー……同社技術運用部長
トム・オデイ……同社セキュリティ部長
カルヴァン・ゲディス……元〈SSD〉社員　市民団体〈プライバシー・ナウ〉のメンバー
ピーター・ゴードン……データ収集会社元社員
リチャード・ローガン……国際的な逮捕作戦が行なわれている殺し屋
サミュエル・G・グッドライト……ローガンが狙う牧師
ロングハースト……ロンドン警視庁警部補　ローガン逮捕作戦を指揮
ダニー・クルーガー……元武器商人　ローガン逮捕作戦の協力者
ウラジーミル・ディエンコ……セリットーが捜査中のロシアン・マフィアの大物
スチュアート・エヴェレット……パムの恋人
アドリアナ・ヴァレスカ……高校時代のライムの恋人

第一部

共通点

五月十二日　木曜日

プライバシーの侵害の多くは、大きな個人的秘密の暴露という形式によってではなく、小さな事実の流通という形式によって行なわれるだろう……殺人バチと同じく、一匹だけならただ煩わしいだけだが、群れになると、命にかかわりかねない。

——ロバート・オハロー・ジュニア
『プロファイリング・ビジネス〜米国「諜報産業」の最強戦略』

1

何かが気になってしかたがない。だが、それが何なのかわからない。

ふと気づくと体のどこかに出没する、かすかなかすかな痛みのように。

あるいは、自宅アパートに向かっているとき、すぐ後ろを歩いてくる見知らぬ男のように。さっき地下鉄でこっちをちらちら見ていたのと同じ人物だろうか？

あるいは、ベッドに向かって近づいてくるのが見えたと思ったら、ふっと消えてしまった黒い点のように。いまのはもしかして、黒後家《くろごけ》グモか？

しかし、リビングルームのカウチに座った客がこちらに顔を向けて微笑《ほほえ》んだとたん、アリス・サンダーソンはその胸騒ぎ——それが胸騒ぎだったのなら、だが——を忘れた。

アーサーは知性とたくましい肉体の両方を備えていた。加えて、うっとりするようなすてきな笑顔も。その笑みこそ、アーサーの最大の魅力かもしれない。

「ワインはいかが？」アリスはそう尋ねて小さなキッチンに向かった。

「いただこうかな。銘柄は何でもいいよ」

「ね、なんだか楽しくない？——平日に仕事をさぼるなんて。しかも大のおとなが二人して。わくわくしちゃうわ」

「僕らは〝自由を謳歌するために生まれた《ボーン・トゥ・ビー・ワイルド》〟のさ」アーサーが冗談を言った。

窓の向こう、通りの向かいには、テラスハウスが建ち並んでいる。塗料でブラウンストーンに見せかけただけのもの、天然のブラウンストーンを使ってあるもの。マンハッタンの摩天楼もほんのてっぺんだけ見えた。気持ちよく晴れた春の平日の空に、輪郭がぼんやりとにじんでいる。ニューヨークにしてはさわやかな空気が窓からそっと入りこんで、近くのイタリアンレストランから漂うニンニクやオレガノの香りを部屋に運び入れた。二人ともイタリア料理を好む。それは、数週間前、ソーホーで開かれたワインのテイスティング会で知り合って以来、数知れず発見された共通点のうちの一つだ。四月の終わりごろ、四十人ほどが集まった試飲会で、ソムリエによるヨーロッパ産ワインのレクチャーのさなかに、男性参加者の一人がスペインのある銘柄の赤ワインについて質問した。

アリスは心のなかでくすりとした。偶然にも、その銘柄のワインを一ケース（すでに何本か減ってはいるが）、自宅にストックしていたからだ。ほとんど名の知れていないワイナリーのものだ。リオハ地方産赤ワインの最高傑作とは呼べないかもしれないが、アリスにとっては特別の〝芳香《ブーケ》〟があった——ほの甘い思い出というブーケが。フランス人の恋人とスペインで過ごした一週間、そのワインばかり飲んでいた。申し分のない

っているのかと尋ねた。
情事だった——破局を経験したばかりの三十路《みそじ》を間近に控えた女には、好都合な関係だった。思いつきのアバンチュールは官能と情熱に満ちていた。そしてもちろん、はかないものであることは初めから決まっていた。そのことがかえって、短い時間を濃密なものに変えた。

アリスは首を伸ばし、スペイン産のワインについて質問した人物を確かめた。ビジネススーツ姿の、これといって特徴のない男だった。ソムリエお勧めの銘柄を何種類か試飲して気が大きくなったころ、アリスはフィンガーフードの皿を危なっかしく支えながら会場を横切ってその男に近づき、どうしてその銘柄を知っているのかと尋ねた。

男は、以前交際していた女性とスペインに旅行したことや、ワイン好きになったきっかけなどを話した。二人はそのまま一緒にテーブルにつき、しばらくおしゃべりを続けた。その結果、食べ物やスポーツの好みに共通点が多いらしいとわかった。アーサーもアリスもジョギングを習慣にしていて、毎朝一時間、高級スポーツクラブで汗を流している。「とは言っても」とアーサーは付け加えた。「愛用のウェアは〈ＪＣペニー〉で一番安かったＴシャツとショーツだ。デザイナーものに金を遣うのは馬鹿らしく思えて……」そこでアーサーは赤面した。その発言は、もしかしたらアリスを侮辱したかもしれないと気づいたのだろう。

だが、アリスは笑った。スポーツウェアについてはまったく同じ考えだったからだ〈ＪＣペニー〉ではなく、ニュージャージー州の実家に帰ったときに〈ターゲット〉でまとめ買いという違いはあったが）。とっさにそのことも打ち明けたくなったが、思いとどまった。露骨にモーションをかけていると受け取られかねないと不安になったからだ。二人は都会人に人気のデートゲーム――〝共通点を見つけましょうゲーム〟――を続行した。市内のレストランを批評し、コメディ番組『カーブ・ユア・エンシュージアズム』のお気に入りエピソードを披露し、かかりつけの精神科医の悪口を並べ立てた。

試飲会からまもなく最初のデートをした。すぐに二度めが続いた。アーサーはユーモアのセンスと思いやりを持ち合わせていた。どちらかといえば保守的で、ときに内気でもあり、人と距離を置きたがるようなところも感じられた。きっと、ファッション業界にいたという長年の恋人との〝泥沼の別れ〟の結果に違いないとアリスは解釈した。ハードスケジュールも一因かもしれない。アーサーはマンハッタンで働くビジネスマンなのだ。自由な時間などほとんどない。

さて、彼とのあいだに未来はあるのだろうか。

いまのところは恋人と呼べる関係ではない。とはいえ、彼といるときが一番楽しいのは事実だった。それに、この前のデートでキスをしたとき、ちりんという音が頭の奥で静かに鳴った――〝ああ、この人よ〟という意味の音、相性のよさを知らせる音。どこまで相性がいいか、今夜、正確にわかるかもしれないし、そういうことにはならないかもしれない。キスだけではすまなくなった場合に備えて、寝室の準備は整えてあった。

そのとき、さっきと同じ胸騒ぎを感じた。毒グモがいるのではという不安とそっくりな何か。

いったい何がこうも気にかかるのだろう。

少し前に荷物を配達に来た男が残していった不快感が後を引いているのかもしれない。きれいに剃り上げた頭、もじゃもじゃした眉、強烈な煙草の匂い、東欧風のアクセント。配達員はアリスが伝票にサインをしているあいだ彼女の全身をなめるようにながめ回したあと——下心は、それはもう丸見えだった——水を一杯もらえないかと言った。断るに断れず、グラスに水を注いで戻ると、配達員はリビングルームの真ん中に立ってステレオをじっと見つめていた。

アリスは来客の予定があるからと言った。配達員はそのつれない態度に腹を立てたような顔で帰っていった。アリスは窓から様子をうかがった。二重駐車していたバンに配達員がようやく乗りこんで走り去ったのは、アリスの部屋の玄関を出て十分近くもたってからだった。

その間《かん》、この建物のどこで何をしていたのか。もしかして、泥棒に入る下見でも——

「もしもーし。ヒューストン基地よりアリスへ」

「あ、ごめんなさい」ぼんやりして立ち止まりかけていたアリスは、そう言って笑うと、ソファに歩み寄ってアーサーの隣に腰を下ろした。二人の膝が軽く触れ合った。その瞬間、宅配の男はアリスの意識からきれいに消えた。グラスを持ち上げて乾杯の仕草をする。絶対に譲れないところで価値観がみごとに一致している二人。政治（どちらも民主党にほぼ同額の献金をし、ナショナル・パブリック・ラジオの運営維持費募金キャンペーンにも寄付をしていた)、映画、食べ物、旅行。そして二人とも、もともとはプロテスタントの信者だが、いまは教会に通っていない。

ふたたび膝が触れ合ったとき、アーサーはまるで誘うかのように膝頭《ひざがしら》をこすりつけてきた。それから微笑んでこう尋ねた。「ああ、そうだ、買ったって言ってた絵。プレスコットだったね。もう届いたかい?」

アリスは目を輝かせてうなずいた。「来たわ。ついに私もハーヴィー・プレスコットの所有者ってわけ」

アリス・サンダーソンは、マンハッタンの常識から言えば決して裕福なほうではなかったが、手持ちの資金を賢く運用しており、本当に気に入ったものには金を惜しまなかった。オレゴン州出身の、家族をモデルにした(ただし架空の人物たち)作品を得意とするフォトリアリズムの画家ハーヴィー・プレスコットには、デビュー当時から注目していた。プレスコットが描く家族には、伝統的なものもあれば、そうではないものもあった。たとえば片親の家族、人種が混在する家族、ゲイの家族。アリスの手の届く値札を下げた作品はマーケットに一点たりとも存在しなかったが、たまにプレスコットを扱うことのある何軒かの画廊からダイレクトメールだけは送ってもらっていた。先月、西部の小さな画廊から、初期の油絵が十五万ドルで売りに出されるかもしれないという連絡があった。実際に売りに出るや、アリスは投資していた資金をかき集めた。

今日、届けられた荷物はそれだった。だが、配達員のことを思い出したとたん、不安がふたたび頭をもたげ、プレスコットを手に入れたという喜びはしゅんとしぼんでしまった。配達員の体臭、物欲しげな目つき。アリスは中途半端に閉まったカーテンをきちんと開けようとしているふりをして、もう一度外の様子を確かめた。配達のバンは停まっていない。頭をきれいに剃り上げた男が通りの角に立って、この部屋をじっと見上げていたりもしなかった。窓を閉めて鍵もかけようかと思ったが、そこまで不安がることではないだろうし、アーサーにもそんなことをする理由を説明しなくてはならなくなると気づいてやめた。

アーサーの隣に戻り、室内の壁を見回しながら、この小さなアパートのどこに飾ったらいいのか迷っていると話した。そのとき、ささやかな空想が心をよぎった——アーサーが土曜の夜にここに泊まり、日曜に遅めの朝食をとったあと、油絵がもっとも映《は》える場所を一緒に探してくれたりしたら。

アリスは浮き立った誇らしげな声で尋ねた。「ね、見てみる?」

「ああ、ぜひ」

そろって立ち上がると、アリスは先に立って寝室に向かった。外の共用廊下から足音が聞こえたような気がした。平日のこの時間だ、アパートのほかの住人はみな仕事に行って留守だろうに。

まさか、さっきの配達員だろうか。

寝室のドアの前に来た。

そのときだった。黒後家グモがついに襲いかかってきたのは。

何がああも気になってしかたがなかったのか、アリスは強い衝撃とともに悟った。あの配達員は関係ない。不安の源はアーサーだ。昨日も、アーサーは、プレスコットの絵はいつ届くのかと尋ねた。

絵を買ったことは話してあった。だが、画家の名は一度も口にしていない。ドアの前でためらった。掌に汗が浮く。アリス自身が話していないのに画家の名を知っているということは——もしかしたら、アリスの生活のほかの事実についても調べたのかもしれない。数えきれない共通点が、じつは一つ残らず嘘だったのだとしたら？　スペイン産のワインを愛飲していることをあらかじめ知っていたのだとしたら？　そもそもあの試飲会に参加したのは、アリスに接近するためだったのだとしたら？　お気に入りのレストランの数々、旅行、好みのテレビ番組……

馬鹿、大馬鹿だ。ほんの二、三週間前に知り合ったばかりの男を寝室に入れようとするなんて。まるきり無防備な状態に自分を導こうとするなんて……

呼吸が速くなる……体が震えていた。

「ああ、あの絵だね」アーサーがアリスの肩越しに寝室のなかをのぞいて、ささやいた。

「すばらしい」

その穏やかで優しい声を耳にした瞬間、アリスは心のなかで笑った。何を考えてるの？　自分が覚えていないだけで、きっとプレスコットの絵を買ったことをアーサーに話したのよ。不安を心の奥にしまいこむ。落ち着いて。独り暮らしが長いせいね。アーサーのあの笑顔を思い出して。ジョークばかり言ってる彼を思い出して。私たちの価観はみごとなまでに一致してるのよ。

肩の力を抜いて。

小さな笑い声が唇からこぼれ落ちた。アリスは縦横六十センチほどの油絵を見つめた。抑制の効いた色遣い。六人家族がダイニングテーブルを囲んで窓の外に目を向けている。おもしろがっているような顔、物思わしげな顔、困惑したような顔。

「傑作だ」アーサーが言う。

「構図もみごとだけど、一人ひとりの表情の描写がまた完璧なの。そう思わない？」アリスは振り返った。

同時に、アリスの顔から笑みが消えた。「どうしたの、アーサー？　ねえ、何してるの？」アーサーはいつのまにか肌色の布の手袋をはめ、その手をポケットに入れようとしている。視線を持ち上げて彼の顔を見た。眉は寄せられ、その下の目は、ピンの先のように邪悪で鋭かった。そこには、さっきまでとは別人の顔があった。

第二部　トランザクション　五月二十二日　日曜日

人の体についてよく持ち出される伝説によれば、パーツに分解すると、その総額は四ドル五十セントにしかならないという。しかし、個人の数値化されたアイデンティティは、それをはるかに超えた価値を持つ。

——ロバート・オハロー・ジュニア
『プロファイリング・ビジネス〜米国「諜報産業」の最強戦略』

2

臭跡は、アリゾナ州スコッツデールからテキサス州サンアントニオに向かい、次にデラウェア州を通る州間高速九五号線沿いにある、仮眠中のトラック運転手や、ほんの短時間滞在しただけでまたすぐ出発していく家族連れで混み合ったパーキングエリアを経由して、最後に思いもよらない終着点――ロンドンに行きついた。

さて、このルートをたどった獲物とは？　リンカーン・ライムがしばらく前から追跡を続けているプロの殺し屋だ。ニューヨーク市警は殺し屋が企んだ恐ろしい犯罪を阻止することには成功したが、ほんの数分の差で取り逃がしてしまった。そして殺し屋は――ライムが憎々しげに吐き捨てた言葉を借りれば――〝月曜には仕事に戻らなくてはならない観光客みたいに、ニューヨークからワルツのステップで去っていった〟。

市警とＦＢＩの捜査もむなしく、殺し屋の行方も、そのあと何を計画しているのかも、何一つつかむことができなかった。ところが、つい二週間ほど前、アリゾナ州から、スコッツデールで発生した陸軍兵士殺害事件の容疑者として、問題の殺し屋が浮上したという情報が届いた。いくつかの手がかりから、殺し屋は事件後、東へ——まずテキサスへ向かい、さらにデラウェアに向かったと推測された。

容疑者の氏名は、本名なのか偽名なのかは不明だが、リチャード・ローガンだった。出身はアメリカ西部またはカナダらしい。徹底調査の結果、無数のリチャード・ローガンがリストアップされたが、そのうちの一人として殺し屋のプロファイルには一致しなかった。

偶然にも（リンカーン・ライムは〝運〟という言葉を決して口にしない）、ほどなく、ヨーロッパの犯罪情報センター、インターポールから、イギリスでの〝仕事〟に、アメリカから来たプロの殺し屋が雇われたようだとの一報が入った。その殺し屋は、軍の身分証明書と情報を手に入れるためにアリゾナ州で兵士を殺したあと、テキサスで共犯者と合流し、東海岸のどこかのパーキングエリアで前金を受け取ったという。その後、ロンドンのヒースロー空港に飛び、現在はイギリス国内に潜伏しているものと思われるが、目下の居場所は確認できていない。

リチャード・ローガンの〝高度に練り上げられ、潤沢な資金に支えられた計画〟——インターポールのやけに優雅な表現には、苦笑いするしかなかった——のターゲットは、アフリカから逃れてきたプロテスタント教会の牧師だった。難民キャンプを運営していたこの牧師は、ひょんなことから、大規模な悪事が行なわれていることを知ってしまった。ＡＩＤＳ治療薬が大量に盗まれ、その売却利益が兵器の購入に流用されていたのだ。

牧師は治安部隊の手で保護され、ロンドンに移されたが、これまですでに三度、命を狙われていた。ナイジェリアとリベリアで一度ずつ、それにロンドンに向かう途中に乗り継ぎで降りたミラノ空港のラウンジで。ミラノ空港は、銃身の短いマシンガンを構えたイタリア警察によって、つねに厳重に警備されているにもかかわらず、だ。

サミュエル・G・グッドライト（これ以上に聖職者にふさわしい名前をライムは思いつかない）は現在、ロンドン市内の保護施設でロンドン警視庁《スコットランドヤード》に守られながら、AIDS治療薬－兵器密売ネットワークの点と点を結んで全貌を明らかにせんと捜査遂行中の、イギリスをはじめとしたヨーロッパ諸国の諜報機関に協力している。

暗号化された衛星電話とEメールが大陸から大陸へと飛《と》び交《か》った結果、ライムとロンドン警視庁のロングハースト警部補は、殺し屋を罠に誘う計画を練り上げた。それはローガンの計画にも負けない手の込んだもので、牧師の影武者や南アフリカ出身のダニー・クルーガーなる元武器商人、そしてクルーガーとつながる当局の息がかかった情報屋ネットワークなどが計画に噛んでいた。クルーガーは、ほかのビジネスマンがエアコンや咳止めシロップを販売するのと同じように、効率的かつビジネスライクに兵器を売りさばき、数十万ドルの利益を上げていた。しかし一年前、ダルフールを訪れた際、自分が販売した玩具が築き上げた血と死体の山を目《ま》の当《あ》たりにして、初めて震え上がった。そして兵器の密売からあっさりと足を洗い、イギリスに落ち着いた。計画にはほかに英国情報局保安部《MI5》、FBIロンドン支局、フランス版CIA――ラ・ディレクシオン・

ジェネラーレ・ド・ラ・セキュリテ・エクステリユール——の捜査官らも参加している。ローガンがイギリスのどの地域に潜伏しているかさえいまだ判明していないが、鼻息の荒いダニー・クルーガーが、殺し屋はこの数日のうちに動くはずだという情報をキャッチした。クルーガーは、いまも国際的反体制組織とのコネを維持しており、そのコネを通じて、グッドライト師と当局が〝極秘の〟面会に使っている住所を故意に武器密売界に流布させた。その住所の建物には、開けた中庭がある。殺し屋が牧師暗殺を狙うには絶好の場所だ。

と同時に、ローガンを誘いこんで逮捕するのに絶好の場所でもあった。監視班はすでに持ち場についており、警察、MI5、FBIの各機動部隊も、二十四時間いつでも緊急出動できる態勢を整えて、そのときを待っている。

ライムはいま、セントラルパーク・ウェストの自宅タウンハウスの一階で、バッテリー駆動式の赤い車椅子に座っていた。一階にあるその部屋は、かつては古風な趣《おもむき》をたたえたヴィクトリア朝様式の客間だったが、現在は、中規模都市の警察の科学捜査研究所より広々としているうえに、万全の設備が整った科学捜査研究室《ラボ》に様変わりしている。

ふと気づくと、この数日のあいだ、幾度となくしてきたこと——短縮ダイヤル2番にイギリスの電話番号が登録された電話機をにらみつける——を無意識のうちにまた繰り返していた

「おい、この電話、ちゃんと通じてるんだろうな」ライムは訊いた。

「故障してると疑うべき心当たりでもあるんですか」介護士のトムがやけに素っ気なく訊き返す。その声は、ライムの耳にはげんなりした溜息にも聞こえた。

「さあな。回路が焼き切れたとか。どこかで電話線に落雷があったとか。ありとあらゆる可能性が考えられるだろう」

「そう思うなら、試しにどこかにかけてみたらいかがです？　それが一番簡単でしょうに」

「コマンド」ライムはＥＣＵ――ライムの肉体機能をさまざまな方法で補っている、コンピューター制御の環境コントロールユニット――に向かって言った。リンカーン・ライムは四肢麻痺患者だ。いまから何年も前、ある犯罪現場で発生した事故で首の骨を折り、頭骨の付け根、第四頸椎《けいつい》から下の自由をほぼ完全に失った。「番号案内に電話をかける」

スピーカーからつーという音が晴れがましく流れ、ぷるるる、ぷるるる、ぷるるるという呼び出し音が続いた。その音は、電話が故障している以上にライムの神経を逆なでした。ロングハースト警部補は、いったいいつになったら連絡をよこすのだ？「コマンド」ライムは噛みつくように命令を発した。「電話を切る」

「故障はしてないようですね」トムがライムの車椅子のカップホルダーにコーヒーの入ったマグを置く。ライムはストローを使って濃厚なコーヒーをすすった。それから棚に目をやり、十八年ものの〈グレンモーレンジィ〉のボトルを見つめた――シングルモルトウィスキーは、いつも届きそうで届かない高さに置かれている。

「まだ朝ですよ」トムが言った。

「そうだな、たしかにまだ朝だ。そう、まだ朝だということは私にもわかる。私だってべつに……その、何だ……」ライムは言葉を濁して時間を稼ぎながら、青年介護士をどうにか納得させる口実を探した。「昨夜《ゆうべ》はずいぶんと早く切り上げさせられたような気がしてね。たった二杯だったろう。あれでは飲んだうちに入らない」

「三杯でした」

「容積を足し合わせての話さ。合計で何ミリリットルだったかという問題だよ。容積で言うなら、二杯に満たない量を三回に分けて飲んだことになるだろう」つまらない物事──たとえば酒──は、その存在自体が人を酔わせる力を持っている。

「ともかく、午前中はスコッチ禁止です」

「飲むと頭がはっきりするんだがな」

「そんなはずはありません」

「いや、これがあるんだな。しかもクリエイティビティまで刺激される」

トムは皺《しわ》一つなくアイロンをかけたシャツにネクタイを締め、スラックスを穿《は》いていた。以前に比べて服の皺は激減した。四肢麻痺患者の介護士の仕事の大部分は肉体労働だ。しかしライムの新しい車椅子、〝トータル・ドライビング・エクスペリエンス〟が売りの〈インヴァケアTDX〉は、背もたれを倒せば簡易ベッドに早変わりする。おかげでトムの負担は大幅に軽くなった。おまけに〈インヴァケア〉は、傾斜がゆるやかなら階段まで昇ることができたし、中年ジョガーと競走できそうなスピードも出る。

「わかったよ。スコッチが飲みたい。どうだ？　欲求を簡潔な言葉に置き換えたぞ。これならいいだろう？」

「だめです」

ライムはふんと鼻を鳴らすと、またしても電話をにらみつけた。「もし奴が逃げたりしたら……」そこで言葉を切る。「おい、お決まりの台詞《せりふ》はどうした」

「何の話です、リンカーン？」華奢《きやしや》な体つきをした青年がライムの介護士として働くようになってずいぶんになる。長年のあいだに何度も解雇され、何度も辞職した。それでも、いまもやはりこうしてここにいる。その事実は、ライムとトム双方の忍耐の証《あかし》、あるいは強情さの証だった。

「私が〝もし奴が逃げたりしたら……〟と言ったら、きみは〝いやいや、ちゃんと捕まりますよ。心配することはありません〟と言う。そして私は安心する。世間とはそういうものだろう。確信があろうとなかろうと、とりあえず相手を安心させるものだ」

「でも、僕はそんなことは言ってませんよ。僕が実際には言わなかったけれど、もしかしたら言ってたかもしれないことについて議論をしなくちゃいけないわけですか。それって、通りすがりにきれいな女性を見かけた妻が、もしも夫がその場に居合わせていたら、きっとその女性を目で追ったはずだと決めつけて怒ってるみたいなものじゃありませんか」

「さあ、それはどうかわからないが」ライムはなかば上《うわ》の空《そら》で答えた。思考の大部分は、早くもイギリスでのローガン逮捕作戦にふたたび占領されていた。作戦に穴はないか。警備は万全か。大勢の情報屋のうち、誰かが殺し屋を警戒させるような情報をうっかり漏らしたりはしていまいか。

　電話が鳴った。ライムのすぐそばの液晶モニターに、ナンバーディスプレイのウィンドウが開いた。ライムは落胆した。そこに表示された番号は、イギリスの国番号四四から始まるものではなく、ずっとずっと近所のもの——〝ビッグ・ビルディング〟、マンハッタンのダウンタウンにある市警本部ワン・ポリス・プラザのものだった。

「コマンド、電話を取る」かちり。「何だ?」

八キロ先からぼそりとした声が届いた。「ご機嫌ななめか」

「イギリスからまだ連絡がない」

「何だ、〝待て〟を食らってるのか」ロン・セリットー刑事が訊く。

「ローガンの足取りが消えた。いつ何時《なんどき》動きだすかわからない」

「妻の出産を待ってる夫だな」

「何だっていいさ。で、用件は?　できるだけ回線を開けておきたいんだよ」

「おいおい、高価な機材がそれだけそろってるってのに、キャッチホンも契約してないってか」

「ロン」

「おっと、悪い。ちょっと知らせておきたいことがあってね。先々週の木曜に強盗殺人事件が起きた。被害者はグリニッチヴィレッジ在住の女性で、名前はアリス・サンダーソン。犯人は被害者を刺殺したあと、絵画を盗んだ。容疑者はすでに逮捕した」

逮捕したなら、なぜ連絡をよこす？　平凡な事件で、しかも容疑者はすでに檻《おり》のなかだ。「証拠に問題があるとか？」

「いや」

「だったら、私が関心を持つ理由は何だ？」

「いまから三十分前に、捜査指揮官に連絡があった」

「追跡中なんだ、ロン。追跡中なんだよ」ライムはイギリスでの殺し屋逮捕作戦の詳細が記されたホワイトボードを見つめた。作戦は緻密だった。

そして、脆弱《ぜいじゃく》だった。

セリットーの声がライムを現実に引き戻した。「あのな、言いにくい話だが、リンカーン、隠しておくわけにもいかない。逮捕されたのは、アーサー・ライム、おまえのいとこなんだ。容疑は第一級謀殺。つまり、有罪になれば二十五年以上の実刑だ。しかも検察は、合理的な疑いの入りこむ余地はないと胸を張ってる」

3

「お久しぶりね」

ラボにジュディ・ライムが座っている。ぎゅっと組まれた両手、血色のよくない顔。体の残りの部分は意地でも見るまいとしているかのように、ライムの目から決して視線をそらそうとしない。

この不自由な体を前にした人々のうち、次の二種類がライムのはらわたを煮えかえらせる。見るも痛々しいほど必死になって、障害などどこにも存在しないふりをしようとする人々。戦地で苦難をともに切り抜けた同僚兵士か何かみたいに、障害をネタにして、やたらとジョークを飛ばしたり、茶化したりする人々。ジュディは前のカテゴリーに属していた。慎重に慎重を期して選び抜いた言葉を、まるで壊れもののようにライムの前に並べる。それでも、血はつながっていないとはいえ親戚だからという理由で、ライムはちらちらと電話を見やりたい衝動をじっと押さえつけていた。

「ああ、本当に久しぶりだ」ライムはうなずいた。

トムは社交上の任務――ライムはそれについては無視を決めこんでいる――をいつもどおり遂行し、コーヒーはいかがとジュディに尋ねた（運ばれてきたカップは、口をつけられないまま、舞台の小道具よろしく、ジュディの目の前のテーブルにぽつんと置かれている）。ライムはスコッチのボトルをもう一度見上げてみた。その恋い焦がれるような視線を、トムは難なく無視した。

黒っぽい髪をした魅力的な女性は、最後に顔を合わせたとき、ライムが事故に遭う二年前よりも、全体に引き締まった印象を与えた。贅肉《ぜいにく》が落ち、適度な筋肉がついている。ジュディはついに覚悟を決めたかのようにライムの顔全体にさっと視線を動かした。

「すっかりご無沙汰《ぶさた》しちゃってごめんなさい。ほんとに申し訳ないわ。私はぜひ来たかったんだけれど」

事故の前に一度も遊びにこなかったことを謝っているのでない。事故のあと、見舞いにこなかったことだ。大きな災難を生き延びた者は、会話の行間を正確に読むことができる。明快に言葉にされた場合とまったく変わらず正確に。

「お花は届いた？」

事故の直後、ライムの日々は輪郭を失っていた。薬のせいで。傷のせいで。にわかには受け入れがたい宣告、二度と自分の足で歩くことはないという現実を相手に、心のなかで格闘するのに忙しくて。いとこ夫妻から花が届いた記憶はないが、送ってくれたのはおそらく事実だろう。大勢から花が送られてきた。花を送るのは簡単だが、見舞いは気が重いものだ。

沈黙。無意識にだろう、雷光のごとく素速い視線がライムの脚を一舐めした。歩けないと聞くと、たいがいの人々は脚に原因があるのだと考える。だが、脚に問題はない。問題は、脚に命令を伝える部位にある。

「元気そうね」ジュディが言った。

ライムは内心で首をかしげた。自分は元気なのだろうか。真剣に考えてみたことがない。

「離婚したんですって？」

「ああ」

「それは残念だわ」

残念？　どうして？　だが、それはあまりにもひねくれた考えかただ。そこでライムはうなずいてジュディの慰めを受け入れた。

「ブレインはいまどうしてるの？」

「ロングアイランドに住んでる。再婚したらしい。ほとんど連絡を取っていなくてね。子どもがいないまま離婚すると、たいがい音信不通になるものだ」

「あのときは楽しかったわ。ほら、連休のとき、ブレインと一緒にボストンに来てくれたでしょう」本物の笑みではない笑み。貼りつけたような。仮面のような。

「ああ、あれは楽しかった」

ニューイングランドでの週末。ショッピング、ケープコッドまでのドライブ、海辺のピクニック。美しい場所だと思ったことを覚えている。ニューヨーク市周辺の海藻を集めて、市警の科学捜査研究室のデータベースに加えようというアイデアが閃《ひらめ》いたのは、波打ち際の緑色の岩を見た瞬間だった。連休が明けてすぐ、一週間かけて一帯を車で走り回り、サンプルを採集した。

あの週末、アーサーとジュディのところに滞在しているあいだ、ライムとブレインは一度も口論をしなかった。コネティカット州の宿に一泊しながら帰る旅さえ楽しかった。宿の部屋の裏のテラスで、スイカズラの甘ったるい香りに包まれて愛を交わした。

いとこのアーサーと直接会ったのはそれが最後だ。短い会話は何度か交わしたが、いずれも電話を介してだった。やがて事故が起き、二人のあいだに完全な沈黙が訪れた。

「あなたにしてみれば、アーサーが突然この世から消えちゃったみたいなものだったわよね」ジュディが笑った。決まり悪そうな笑い声だった。「じつはニュージャージーに越したのよ」

「ほう、それは知らなかった」

「ずっとプリンストン大で教えてたの。だけど、解雇されちゃって」

「どうして」

「プリンストンでは助手兼研究員だった。でも、正教授の契約はしないって通告されて。アーサーは政治的な駆け引きの結果だって言ってる。大学ってそういうところでしょう」

アーサーの父ヘンリー・ライムは、シカゴ大学の有名な物理学教授だった。ライム一族の家系図のこの一枝《ひとえだ》では、学究生活に身を置くことこそが最高の誉《ほま》れだった。高校時代、アーサーとリンカーンは、大学の研究員や教員になるのと民間企業に就職するのとどちらが美徳か、よく議論をした。「学問を追究するほうが社会に大きく貢献できる」ビールを飲むという、厳密には違法な行為にいそしみながら、アーサーはそう言った。リンカーンが期待どおりの台詞――「しかも、教育助手にはホットな女の子もいる」――で応じると、にやつきそうになりながらも懸命にまじめな表情を保った。

だから、アーサーが大学の教員になったのは、少しも意外なことではなかった。

「助手のまま大学に残ることもできたんだけど、あの人、辞めちゃったのよ。ものすごく怒ってたから。次の仕事もすぐ見つかるつもりでいたんでしょうけど、なかなかうまくいかなかった。しばらく無職の状態だったの。結局、民間企業に就職したわ。医療機器メーカーに」今度もまた無意識にだろう、一瞬、視線がさまよった――今度の行き先は、精巧をきわめた車椅子だ。それから、まるで公共の電波に人種差別発言を乗せてしまったみたいに顔を赤らめた。「希望してた仕事とは違うから、本人はいまだに納得はしてないでしょうね。本当はあなたに会いにきたかったんだと思う。でも、自分は落ちぶれたと思って、恥ずかしかったんじゃないかしら。だってほら、あなたはすっかり有名人だし」

ここでようやくコーヒーを一口。「あなたたちには共通点がたくさんあった。まるで兄弟みたいだったわ。ボストンに来てくれたときのこと、あなたがしてくれたいろんな話、いまでもよく覚えてる。朝方まで笑いっぱなしだったわね。アーサーについてそれまで知らなかったことをいろいろ教えてもらった。義父のヘンリーのことも――亡くなる前は、あなたのことばかり話してたのよ」

「ほう。ヘンリーとはしじゅう手紙をやりとりしていた。亡くなる二、三日前にも手紙をもらったよ」

伯父との忘れがたい思い出は数えきれないほどある。なかでも印象深い場面が一つあった。背をのけぞらせて馬鹿笑いしている、長身で髪の薄くなりかけた赤ら顔の伯父。クリスマスイブの晩餐《ばんさん》のテーブルを囲んだ十何人かの親戚はみな一様に居心地が悪そうにしていたが、伯父本人と我慢強い伯母、それに若かりしリンカーンだけは、伯父と一緒に笑っていた。リンカーンは伯父を心から好いていて、自宅から五十キロほど離れた町、イリノイ州のミシガン湖畔のエヴァンストンに住む一家を頻繁に訪ねた。

とはいえ、いまはノスタルジーに浸る気分ではなかった。だから、玄関のドアが開く気配がして、敷居からカーペットまで七つ、しっかりとした足音が聞こえたときには安堵《あんど》した。ほどなく、燃えるような赤毛をした長身の女がラボに入ってきた。ジーンズ、黒いTシャツ、その上にバーガンディ色のブラウス。ブラウスはゆったりとしていて、腰の高い位置に〈グロック〉の漆黒の拳銃の冷厳な輪郭が盛り上がっていた。

アメリア・サックスは微笑み、ライムの唇にキスをした。その様子を見たジュディのボディランゲージがライムの視界の隅をかすめた。そこから読み取れるメッセージは明らかだった。ライムはジュディがそわそわしている理由は何だろうかと考えた。恋人はいないのかと尋ねるのを忘れたというエチケット違反のせいか。それとも、体が不自由な人間に恋人がいるはずがない——少なくとも、警察学校に入る前はモデルとして活躍していたサックスのような、思わず見とれてしまうほどの美貌を持った恋人などいるはずがないと決めつけていたからか。

ライムは二人を紹介した。サックスはアーサー・ライムが逮捕されたという話を心配そうな面持ちで聞き終えると、ジュディに気遣いの言葉をかけた。それからこう尋ねた。

「お子さんは?」

ここでライムは初めて気づいた。ジュディのエチケット違反を云々できる立場ではない。自分だって似たようなエチケット違反を犯している。いとこ夫婦の息子(名前は忘れた)の様子を一度も尋ねていないではないか。しかも、あれから家族が増えていたらしいことが、サックスに対する返事でようやくわかった。高校生になったアーサー・ジュニアの下にも二人いる。「ヘンリーは九歳。末っ子の娘はメドウという名前なの。六歳よ」

「メドウ?」サックスが驚いたように訊き返した。なぜ驚くのか、ライムには見当もつかなかった。

ジュディは照れくさそうに笑った。「そう。しかもニュージャージーに住んでる。でもドラマとは関係ないのよ（〝メドウ〟は人気ドラマ『ザ・ソプラノズ　哀愁のマフィア』の主人公の娘の名。ソプラノ一家はニュージャージーに住んでいる）。あの番組を見たのは、あの子が生まれたあとだもの」

ドラマだと？

短い沈黙が流れた。それを破ったのはジュディだった。「警察に電話してあなたの連絡先を教えてもらったのはどうしてなのか、不思議に思ってるのはわかってるわ。でも、その理由を話す前に言っておかなくちゃいけないことがある。じつは、私がここに来てることをアーサーには知らせてないの」

「知らせていない？」

「あなたに相談しようなんて、私一人では思いつかなかったでしょうね。頭は混乱するし、眠れないし、まともに考えることさえできなかった。だけど、二、三日前だったかしら、拘置所で面会したとき、アーサーが言ったの。〝きみが何を考えてるかわかってる。だが、リンカーンには連絡しないでもらいたい。これはきっと人違いか何かだ。僕らだけで解決できる。だからリンカーンには連絡しないでくれ〟。あなたに迷惑をかけたくなかったのね……アーサーらしいわ。優しくて、いつも他人に気を遣って」

ライムはうなずいた。

「でも、考えれば考えるほど、あなたに相談すべきだって思えてきたの。コネを利用するとか、そういう裏の手を使ってと頼むつもりはない。ただ、一つ二つ電話をかけてもらうくらいはかまわないんじゃないかしらって。それに、あなたの考えをぜひ聞いてみたいと思ったの」

ビッグ・ビルディングの反応がいまから目に見えるようだった。ニューヨーク市警の科学捜査コンサルタントとしてのライムの仕事は、どんな結果になるにせよ、真実を追い、突き止めることだ。ただし、市警の上層部が、無罪ではなく、有罪判決を導くような真実を期待していることは言うまでもない。

「あなたの切り抜きを見て――」

「切り抜き？」

「アーサーは親戚が新聞や雑誌で取り上げられると、かならず切り抜いてスクラップブックに貼ってるのよ。あなたの事件の記事もみんな取ってある。何十枚もあった。勲章ものの働きぶりね」

「いやいや、私など、公僕の端くれにすぎない」

ジュディは初めて作りものではない表情――微笑み――を浮かべてライムの目をのぞきこんだ。「アーサーが言ってたわ。あなたが謙虚なことを言っても、どうせ口先だけのことだろうっていつも思ってたって」

「そうか」

「ただし、そう思ったのは、あなた自身も口先だけのことだって自覚してたからだって」

サックスが肩を震わせて笑っている。

ライムは本気でおもしろがっているように笑ってみせた。それから、まじめな顔に戻って言った。「どこまで役に立てるかわからない。それでも、ともかくこれまでの経緯を聞かせてもらえないか」

「先々週の木曜日、十二日のことよ。アーサーは木曜はいつも早めに仕事を切り上げるの。家に帰る前に州立公園に寄って、ゆっくりジョギングをするのよ。あの人、走るのが大好きだから」

子どものころの記憶が蘇る。数か月違いの同い年の少年二人は、よく歩道で競走をした。中西部の自宅のそばの、黄緑色に輝く野原でも走った。バッタたちは驚いてぴょんぴょん逃げていった。一息入れようと立ち止まると、汗ばんだ肌にブユが貼りついた。アーサーのほうが運動神経がよさそうな体格をしていたが、リンカーンは自分の学校の陸上代表チームの一員だった。アーサーは、選抜テストを受けてみようとさえ考えていなかった。

ライムは思い出を頭の隅に押しやり、ジュディの話に意識を集中しようとした。

「その日は三時半ごろ会社を出て、いつもみたいに走ったあと、七時か七時半ごろ帰ってきた。ふだんと変わったところはまったくなかったし、態度がおかしいということもなかったわ。シャワーを浴びて、みんなで夕食をとった。ところが次の日、警察が来たの。ニューヨーク市警から二人、ニュージャージー州警察から一人。アーサーにあれこれ質問してね、車を調べたの。そうしたら、血痕が見つかったとか……」ジュディの声からは、その忍びがたい朝に感じた衝撃が察せられた。「家のなかも捜索して、いくつか品物も持っていったわ。それからしばらくしてまたやってきて、アーサーを逮捕したの。殺人の容疑で」〝殺人〟という言葉の前に、短いためらいがあった。

「詳しくはどんな容疑なのかしら」サックスが質問した。

「女性を殺して、高価な絵画を盗んだんですって」ジュディは苦々しげに吐き捨てた。「絵画を盗む？ 何のために？ 女性を殺したですって？ 冗談じゃないわ、アーサーは生まれてこの方、一度だって他人を傷つけたことがないような人よ。殺すなんてできるわけがない」

「発見された血痕は？ DNA検査はしたんでしょう？」

「ええ、ええ、もちろん。どうやら被害者のものと一致したらしいわ。でも、そういう検査でも、間違った結果が出ることだってあるわよね」

「まあ、ときどきは」ライムは口ではそう言ったが、心のなかでは、間違いはめったなことでは起こらないと答えていた。

「真犯人が血痕を故意にアーサーの車につけたみたいなことだってありうるわよね」

「その絵画のことですけど」サックスが訊く。「アーサーは以前からその絵に関心を示してましたか」

ジュディは左手首に着けた黒と白のプラスチックのバングルをもてあそんだ。「問題はそこなの。アーサーはずっと前に同じ画家の作品を持ってたことがあるのよ。とても気に入ってた。でも、失業したとき、手放すしかなくなって」

「絵はどこで発見されたのかしら」

「発見されてない」

「じゃあ、盗まれたとわかったのはどうして？」

「誰かの——目撃者の話でわかったそうよ。被害者が殺されたのとちょうど同じころ、アパートから絵を持った男が出てきて車に積みこむのを見たとか。いいえ、絶対に何かとんでもない誤解に決まってる。どれもこれも偶然なのよ……そうよ、そうとしか思えない。不思議な偶然が重なっただけ」ジュディの声がかすれた。

「アーサーはその女性と知り合いでした？」

「初めは知らないと言ってたけど、途中で思い出したの。もしかしたら会ったことがあるかもしれないって。ときどきのぞいてる画廊で。だけど、思い出せるかぎりでは、話をしたことは一度もないそうよ」ジュディの視線は、イギリスで進行中のローガン逮捕作戦の概要が書かれたホワイトボードにぼんやりと注がれていた。

ライムの脳裏に、アーサーとの別の記憶が蘇った。

あそこの木まで競走だ……違うよ、腰抜け……あっちのカエデの木だよ。先に幹を触ったほうが勝ち！　3でスタートだぞ。1……2……走れ！

ずるいぞ、3を言わなかったじゃないか！

「まだ何かあるんでしょう、ジュディ。みんな話して」サックスはジュディの目の奥に何かを読み取ったのだろう。

「いえ、ただ不安でしかたがないだけ。子どもたちのことも心配だし。あの子たちにとっては悪夢だもの。近所の人たちまで私たちをテロリスト扱いするし」

「無理を言って申し訳ないけど、事実を一つ残らず知ることが大事なの。お願い、話して」

ジュディの頬がまた赤く染まっていた。両手は膝小僧をぐっと握り締めている。ライムとサックスには、カリフォルニア州捜査局のキャサリン・ダンスという友人がいる。キネシクス――ボディランゲージ分析――の専門家だ。ライムはそういったスキルは科学捜査の上を行くものではないと考えていたが、ダンスの仕事ぶりを見て敬意を抱き、キネシクスの知識をわずかながらダンスから吸収していた。だから、いまのジュディ・ライムはストレスの泉であることが簡単に推察できた。

「話して」サックスが促す。

「警察はほかにも証拠を見つけたの――証拠と呼べるようなものじゃないけれど。あんなもの、手がかりにもならない。ただ……それを根拠に、警察はアーサーと被害者の女性は不倫関係にあったのかもしれないと考えてる」

サックスが尋ねた。「あなたはどうお考えですか」

「あの人が浮気してたとは私は思わない」

ジュディは〝私は思わない〟という言いかたをして断言を避けた。殺人と窃盗に関してはあれほど強く否定したのに、だ。答えが〝ノー〟であることを切実に願いながらも、ライムがたったいま到達したのと同じ結論をすでに出しているからだろう。被害者が愛人だったとすれば、その事実はアーサーには有利に働く。ベッドをともにしている相手から何かを盗むくらいなら、赤の他人から盗むほうが気楽なはずだからだ。それでもジュディは、妻として、子どもの母親として唯一受け入れられるであろう答えを必死に求めている。

ジュディがふと目を上げ、ライムや車椅子や、ライムの生活を成り立たせているさまざまな装置を見やった。さっきまでほどおずおずとした視線ではなかった。「たとえそういうことがあったんだとしても、その女性を殺してないことだけは確かよ。そんなことができる人じゃない。私にはわかるの……だから、力を貸していただけない？」

ライムとサックスは目を見合わせた。それからライムは言った。「残念だが、ジュディ、大きな事件を抱えていてね。ひじょうに危険な殺し屋に、あと一歩のところまで迫っているんだ。いま放り出すわけにはいかない」

「私もそこまではお願いしないわ。ただ、ちょっとでいいから——力を貸してもらえないかしら。ほかにどうしたらいいかわからないの」唇が震えていた。

「わかった。二つ三つ電話をかけて、何か手を打つ余地がありそうか探ってみよう。本来、弁護士を通じてしか知ることができない情報を流すことはできないが、検察側の勝算がどれだけありそうか、きみに正直な考えを伝えるよ」

「ありがとう、リンカーン」

「弁護士は誰がついている?」

ジュディが弁護士の名前と電話番号を言った。ライムも知っている、有名で値の張る刑事事件専門の弁護士だった。ただ、手に余るほどクライアントを抱えているだろうし、暴力犯罪より金融犯罪を得意としているはずだ。

サックスが担当検事の名を尋ねた。

「バーンハード・グロスマン。電話番号はあとで知らせるわ」

「あ、大丈夫」サックスが言った。「私が知ってますから。前に一緒に仕事をしたことがあるの。話のわかる人よ。きっとご主人に司法取引を持ちかけたんじゃないかしら」

「ええ。弁護士さんからは、応じたほうが得策だと言われたわ。でも、アーサーが断ったの。これは何かの間違いだ、かならず誤解だってわかるからってどうしても譲らなくて。でも、誤解だって証明できないことだってあるでしょう? 無実の人間が刑務所に送られることだってあるわよね?」

ある。ライムは胸のうちでそう答えたあと、こう言った。「ともかく心当たりに問い合わせてみるよ」

ジュディが立ち上がった。「ずっと連絡一つせずにいてごめんなさい。言い訳のしようもないわ」驚いたことに、ジュディ・ライムはまっすぐ車椅子に近づいてくると、かがみこんでライムの頰に自分の頰を軽く触れた。緊張の汗の匂いのほかに二つ、特徴的な香りがした。おそらく制汗剤とヘアスプレーだろう。香水はつけていない。香水を日常的に使うタイプではないらしい。「ありがとう、リンカーン」廊下に出ていきかけて立ち止まり、二人に向けて言った。「殺された女性とアーサーのこと——本当だったとしても、それはかまわない。夫が刑務所に行かずにすむなら、ほかのことはどうだっていいの」

「できるだけのことはしよう。信頼できる情報が入りしだい、連絡する」

ジュディはサックスに見送られて帰っていった。

サックスがラボに戻ると、ライムは言った。「まずは弁護士と検事から話を聞こう」

「胸が痛むわ、ライム」ライムが不思議そうな顔をすると、サックスは付け加えた。「だって、あなたにはつらいことだろうと思って」

「つらい？　なぜだね？」

「近しい親戚が殺人容疑で逮捕されたわけだもの」

ライムは肩をすくめた。それはいまのライムに可能な数少ない仕草の一つだった。

「あのテッド・バンディも誰かの息子だった。誰かのいとこでもあったろう」

「それでもやっぱり、ね」サックスは受話器を取った。あちこち問い合わせた末にようやく弁護士の携帯電話の番号を突き止めたが、応答したのは留守番電話だった。サックスは伝言を残した。ライムは、弁護士はいまごろどこのゴルフコースの何番ホールにいるのだろうと考えた。

サックスは次に地方検事補グロスマンに連絡した。日曜だというのに、検事補はダウンタウンのオフィスにいた。容疑者の姓は知っていたが、まさかライムの親戚だとは夢にも思わなかったという。「そうか、それは残念だ、リンカーン」口先だけの言葉とは聞こえなかった。「しかし、今回の事件は堅いと言わざるをえないな。これははったりじゃない。まず間違いなく有罪の評決が出るだろう。司法取引に応じるようきみから説得してもらえたら、そのほうが断然、本人のためだと思う。応じるなら、おそらく仮釈放なしの十二年。アーサーにとっては死の宣告に等しいだろう。仮釈放なしの十二年までは譲れる」

「ありがとう」サックスが寛大な提案に感謝した。

地方検事は続けて、明日、難しい公判を控えているから、いまは仕事に戻らなくてはいけない、よかったら週の後半にこちらから電話するよと言った。

そして電話を切る前に、捜査指揮官の名前――ボビー・ラグレイン ジ刑事――を教えてくれた。

「彼なら知ってる」サックスは今度もまた、まず自宅に電話をかけた。こちらは留守電になっていたが、携帯電話にかけ直すと、本人がすぐに出た。

「はい、ラグレインジ」

風と波の音が、このよく晴れた暑いくらいの休日に刑事がどこで何をしているかを物

語っていた

サックスが名乗る。

「おお、きみか。どうだ調子は、アメリア？　ところで、情報屋から電話がくることになっててな。レッドフック（ブルックリンの波止場。犯罪多発地域）でちょっと動きがありそうなんだ」

なるほど、船で釣りに出ているわけではないらしい。

「というわけで、情報屋から連絡があったら、悪いがね、話の途中でも切らなくちゃならんかもしれない」

「わかりました。ところで、こちらはスピーカーモードになってます」

「ラグレインジ刑事。リンカーン・ライムだ」

短い間。「これはこれは警部」電話の主がリンカーン・ライムだと知るや、人は例外なく全神経を耳に集中させる。

ライムはいとこの件を話した。

「待てよ……ライム。そうか。いや、俺も思ってましたよ、おかしな名前だなって。あっと、その、珍しい名前だってね。しかし、警部の親戚だとは思わなかった。本人も警部のことは一度も持ち出さずにいるし。少なくともこれまでの取り調べじゃ、何も言ってない。そうか、警部のいとこでしたか。いや、残念なことになりましたな」

「進行中の捜査のお邪魔はしたくない。ただ、何がどうなっているか、調べるだけ調べてみると約束したものだから。事件はもう検事局に預けたそうだね。じつはたったいま

「検事補と話をしたところだ」

「逮捕は正当だったと言うしかありませんな。殺人課の課長になって五年たちますがね、ちんぴらの盗みの現場をパトロールがたまたま目撃したみたいなのは別として、これほど証拠がみごとにそろった事件にはまだお目にかかったことがない」

「詳しく話してもらえないだろうか。アーサーの奥さんからは、あらまししか聞けなかった」

ラグレインジの声は、ふいに犯罪の詳細を説明する刑事特有のもの——いっさいの感情を排した口調——に変わった。「アーサー・ライムは定時より早く退社して、グリニッチヴィレッジの、アリス・サンダーソンという名の女性のアパートに行った。被害者のほうも会社を早退したらしい。アーサーがどのくらいの時間、アパートにいたかははっきりしないが、だいたい六時ごろ、被害者は包丁で刺殺され、絵画が盗まれた」

「高値で取引される画家だそうだね」

「そうらしいですよ。とはいってもヴァン・ゴッホみたいな値段じゃありませんが」

「画家の名は?」

「プレスコット。ああ、そうだ、アーサーの自宅で、二軒の画廊から送られたプレスコットの個展のダイレクトメールが見つかってる。これもアーサーにとっては悪材料ですね」

「五月十二日のことをもう少し聞かせてくれないか」

「目撃者の話では、六時ごろ悲鳴が聞こえたそうで。そのあとすぐ、絵を持った男が出てきて、路駐してた水色の〈メルセデス〉に積みこんだ。そしてそのまま急発進して走り去ったそうです。目撃者はナンバープレートの頭の三文字だけ記憶してた。どこの州のものかまでは見てなかったようですがね、ニューヨーク市周辺の該当車両の持ち主に片端から事情聴取しました。そのうちの一人が警部のいとこだったというわけで。さっそくパートナーとニュージャージーまで事情を聴きに出張《でば》りました。ニュージャージー州警察の刑事につきあってもらいましたよ。勝手に他州に乗りこんでっちゃ、あとで何を言われるかわかりませんから。車の後ろのドアとシートに血痕様の汚れが見つかりました。シートの下には血の染みたタオルが押しこまれてた。タオルは被害者のアパートにあったのと同じメーカーのものです」

「DNAも一致したんだね？」

「ええ、血液は被害者のものです」

「面通しは？　目撃者は、自分が見たのは私のいとこだと証言したのかね？」

「いやいや、匿名の通報でしたから。かけてきたのは公衆電話からで、自分の名前は言わずじまいだった。関わりたくなかったんでしょう。しかし、目撃者の証言は必要ない。鑑識はほくほくしてましたよ。アパートの玄関には靴痕が残ってるわ──ちなみに、警部のいとこが履いてる靴のものと一致しました──微細証拠物件もこれでもかってくらい採取できるわで」

「同定証拠か」

「ええ。微量のシェービングクリーム、スナック菓子のかけら、容疑者の自宅のガレージにあった芝用の化学肥料。被害者のアパートで見つかったものと完全に一致しました」

いや、完全に一致したというのは間違いだとライムは思った。微細証拠物件は、複数のカテゴリーに分類される。〝個別化された証拠〟は、単一の由来が明らかになったもの。DNAや指紋などがこれに当たる。〝同定された証拠〟は、類似の物質と複数の特徴が共通してはいるものの、由来も共通しているとは断定できないものを指す。たとえばカーペットの繊維などだ。現場で見つかった血液のDNAが容疑者の血液のものと〝完全に一致〟することはあるだろう。しかし、現場で採取されたカーペットの繊維と容疑者の住居で見つかった繊維とを比較したところで、〝同種のもの〟という判断が可能なだけであり、被告人は犯行現場に行ったのではないかとの印象を陪審に持たせることしかできない。

「被害者の女性と知り合いだったかどうかについては、どう思われます?」サックスが訊いた。

「本人は知らないと言い張ったが、被害者が書いたメモが二つ見つかってる。一つは〝アーサー――バーで〟。もう一つは〝アーサー〟の一言だけ。ほかには何も書いてなかった。ああ、そうだそうだ、被害者のアドレス帳にも名前があったな」

「電話番号が書いてあったのかね」ライムは眉を寄せた。

「いや。プリペイド式の携帯電話の番号でした。記録は残ってない」

「とすると、二人は友人以上の関係だったときみたちは考えているわけだな」

「もちろんそう疑いましたよ。だって、自宅や勤務先のじゃなく、プリペイド式の携帯の番号を教える理由がほかにありますか」笑い声。「被害者のほうは気にしてなかったみたいですがね。人間ってのは、どんなに信じがたいことであろうと、意外に何の疑問も持たずに信じちまうものなんですな。そりゃもう、びっくりするほど簡単に」

いや、いまさらびっくりはしないね——ライムは心のなかでそう切り返した。

「その携帯電話の解析は？」

「できませんでした。発見されてないんですよ」

「被害者を殺したのは、離婚を迫られたからだと考えているんだね」

「ええ、検察はその線で押すでしょうな。そんなふうに持ってくと思いますよ」

ライムはいとこについて自分が知っていること（ただし、最後に会ったのは十年以上も前だ）と、たったいま聞かされた情報を頭のなかで引き比べた。容疑を肯定することも否定することもできなかった。

サックスが尋ねた。「ほかに動機のある人物はいないんですね？」

「いない。家族や友人の話じゃ、被害者は何人かの男とデートくらいはしてたらしいが、恋人と呼べる相手はいなかった。過去にひどい別れかたをした恋人がいたってこともない。犯人は女房――ジュディじゃないかとまで疑ったが、アリバイがあった」

「アーサーのアリバイは？」

「ない。公園で走ってたと言ってるが、見かけたって証言は一つもない。クリントン州立公園だ。あそこは広いだろう。人なんかまばらにしかいない」

「取り調べのあいだの態度はどうでした？」

ラグレインジは笑った。「は、それを訊かれるとはな。この事件で何が奇妙って、そこなんだ。茫然自失って感じでね。自宅に警察が来たってだけで腰を抜かしてた。俺も現場にいたころ、いろんなやつをしょっ引いた。なかにはプロだっていたよ。マフィアの一員とかな。しかし、〝僕はやってない〟演技賞は、迷わずアーサー・ライムに贈呈する。あれは大した役者だ。どうです、昔から演技派だったんですか、ライム警部？」

ライムはこれには答えなかった。「絵画はその後どうなった？」

短い沈黙。「そこもまた奇妙なとこでしてね。いまだに見つかってない。家にもガレージにもなかった。ただ、鑑識が車のリアシートとガレージから微量の土を発見してましてね。これが毎晩ジョギングに行ってたっていう近くの州立公園の土と一致した。絵は公園に埋めたんじゃないかと思いますね」

「一つ訊いていいかな、ラグレインジ刑事」

数秒の間があった。誰かの声が聞こえたが、何と言っているのかまではわからなかった。強い風の音もした。「どうぞ」

「捜査資料を見せてもらえないだろうか」

「捜査資料を？」それは質問ではなかった。時間稼ぎに訊き返しただけのことだ。「しかし、有罪がもう確定してるみたいな事件ですよ。捜査手順にも穴はない」

サックスが割りこんだ。「その点はまったく疑ってません。ただ、司法取引を拒否してると聞いたものですから」

「ああ、そうか。応じるよう説得しようというわけだな。なるほど、なるほど。まあ、本人にとってもそれが一番だろう。ただ、俺の手もとにあるのは全部コピーでね。原本や証拠の類《たぐい》はみんな検事のところに行ってる。だが、報告書なら送れるよ。明日か明後日でもいいなら」

ライムは首を振った。サックスが電話に向かって言う。「記録課に話を通していただければ、私が自分で取りに行きます」

スピーカーから聞こえるのはまた風の音だけになった。が、まもなく唐突にやんだ。ラグレインジがどこか屋内に移動したのだろう。

「わかった。このあとすぐ電話しておくよ」

「恩に着ます」

「いやいや。幸運を祈ってる」

電話を切ると、ライムは小さく笑った。「名案だったな。司法取引の件をちらつかせるとは」

「〝人を見て法を説《と》け〟って言うでしょ」サックスはバッグを肩にかけると、さっそく出かけていった。

4

公共交通機関を利用して往復していたら――あるいは信号を律儀に守っていたら――サックスはこれほど早く市警本部から戻ってきていないだろう。愛車の一九六九年型〈カマロSS〉のダッシュボードに回転灯を閃かせるという奥の手も使ったに違いない。サックスは何年か前に愛車を塗装し直し、ライムが好む車椅子の色、燃えるような赤に変えていた。大馬力のエンジンに火を入れ、路面にタイヤ痕を残す口実をいつも探しているところなどは、まるで十代の若者のようだった。

「端からコピーしてきた」サックスは分厚いファイルを抱えて入ってきた。そしてそれを作業台に下ろそうとして、顔をしかめた。

「おい、大丈夫か」

アメリア・サックスには慢性関節炎という持病がある。まるでゼリービーンズなどのちょっとしたおやつでもつまむように、グルコサミンやコンドロイチンといったサプリメント、〈アドヴィル〉や〈ナプロシン〉などの鎮痛剤をしじゅう口に放りこんでいるが、関節炎のことはめったに人に打ち明けない。もしも上層部に知れたら、〝健康上の理由〟から事務職に配置換えになるのではという不安からだ。ライムと二人きりのときさえ、大した痛みではないように取り繕う。だが、この日は珍しく自分からその話を持ち出した。「今日はやけに痛むとこがあって」

「椅子にかけたらどうだ？」

サックスは首を振った。

「そうか。で、収穫は？」

「報告書、証拠物件目録、写真のコピー。ビデオはなかった。もう検事局に行っちゃってる」

「よし、ひととおりホワイトボードに書き出してもらえないか。主たる犯行現場とアーサーの自宅で採取された証拠を確かめたい」

サックスはホワイトボードの一つの前に立ち——ラボにはホワイトボードがそれこそ何十枚とある——情報を書き写し始めた。ライムは文字をじっと目で追った。

アリス・サンダーソン殺害事件

アリス・サンダーソンのアパート

・〈エッジ・アドヴァンスト・ジェル〉ブランドのシェービングクリーム。アロエ成分入り。

・スナック菓子の食べかす。無脂肪タイプ、バーベキュー味の〈プリングルス〉と判明。

・〈シカゴ・カトラリー〉の包丁（凶器）。

・〈トゥルーグロー〉の化学肥料。

・〈オールトンEZウォーク〉の靴痕。サイズ10½。

・ラテックスゴムの手袋の薄片。

・〝アーサー〟とプリペイド式携帯電話の番号が記入されたアドレス帳。電話は現在使用されておらず。販売ルート追跡不能（不倫の可能性？）。

・メモ二枚。〝アーサー――バーで〟（勤務先で発見）。〝アーサー〟（自宅で発見）。

・匿名通報者が水色の〈メルセデス〉を目撃。ナンバープレートの一部を記憶（〝NLP〟）。

アーサー・ライムの自動車

・二〇〇四年型の水色の〈メルセデスCクラス〉セダン。ニュージャージー州登録のナンバープレート（NLP745）。登録名義はアーサー・ライム。

・ドアと後部座席のフロアに血痕（DNA検査の結果、被害者のものと一致）。
・血の染みたタオル。被害者が自宅にそろえていたものと同一（DNA検査の結果、血液は被害者のものと一致）。
・土。クリントン州立公園のものと酷似した組成。

アーサー・ライムの自宅

・アロエ成分入り〈エッジ・アドヴァンスト・ジェル〉シェービングクリーム。犯行現場で発見されたものと同一商品。
・無脂肪タイプ、バーベキュー味の〈プリングルス〉。
・〈トゥルーグロー〉化学肥料（ガレージで発見）。
・クリントン州立公園の土に酷似する組成の土が付着したシャベル。
・〈シカゴ・カトラリー〉の包丁セット。凶器と同じタイプのもの。
・〈オールトンEZウォーク〉の靴。サイズ10½。靴底の模様は犯行現場で採取された靴痕のものに酷似。
・マサチューセッツ州ボストンの〈ウィルコックス画廊〉、カリフォルニア州カーメルの〈アンダーソン-ビリングス画廊〉から送付された、ハーヴィー・プレスコットの個展の案内状。
・〈セーフハンド〉のラテックスゴム製手袋の箱（ガレージで発見）。犯行現場で見つかった薄片とゴムの組成が酷似。

「たしかに、有罪は確定したも同然ね、ライム。ここまで証拠がそろっちゃうと」サックスは一歩下がり、腰に手を当ててホワイトボードをながめた。

「プリペイド式の携帯電話に、〝アーサー〟と書いたメモ。ところがアドレス帳には自宅や勤務先の住所は記入されていない。不倫関係にあったと思われて当然だ……ほかには？」

「以上よ。あとは写真」

「テープで留めてくれ」ライムは証拠物件の一覧表に目を走らせながら言った。自分で現場検証ができなかったことが悔やまれる。いや、厳密には、ふだんよくやっているように、アメリア・サックスを分身として、マイクとイヤフォン、あるいは装着式の高解像度ビデオカメラを介して。今回の検証を行なった鑑識班はなかなか有能と見えたが、それでも一流の勲章は授けられない。まず、犯行と関係ない部屋の写真が一枚も撮影されていない。それに包丁……ライムはベッドの下の血だらけの凶器を写した写真に目をやった。凶器がよく見えるよう、制服警官がベッドカバーの裾を持ち上げている。裾が下りた状態では凶器は見えないのか（見えないなら、犯人は慌てていて凶器を回収しそこねたとも考えられる）、それとも裾が下りていても見えたのか（見えたなら、犯人が何らかの意図を持って凶器を現場に残していった可能性がある)。

次に、床に散らばった包装資材の写真にじっと目を注いだ。プレスコットの絵画はこれに包まれて配達されたのだろう。

「妙だな」ライムはささやくように言った。

ホワイトボードの前に立っていたサックスがちらりと振り返る。

「絵のことだよ」ライムは続けた。

「絵のどこが変?」

「ラグレインジは考えられる動機を二つ挙げたな。一つは、アーサーの目的はアリスを殺して自分の人生から追い払うことで、プレスコットの絵を盗んだのは、真の動機から目をそらすため」

「そうね」

「しかし、ただの強盗事件が殺人に発展したように見せかけたいなら、現場でたった一つ自分に結びつきそうな品物をわざわざ選んで盗んだりしないはずだ。覚えているだろう、アーサーは以前、プレスコットの作品を所有していた。最近も個展の案内状を受け取ってる」

「たしかに筋が通らないわね、ライム」

「一方で、アーサーはプレスコットの絵がほしかったが、金がなくて買えなかったと仮定すると、絵の持ち主を殺して絵を奪うより、持ち主が仕事に出ている日中に侵入して盗むほうが、はるかに安全で簡単だ」容疑者の態度を根拠に有罪か無罪か推測するのは決してライムの得意分野ではなかったが、いとこの態度も気にかかった。「無実の芝居をしたわけではないのかもしれない。本当に無実なのかもしれない……きみはさっき、〝ここまで証拠がそろえば〟と言ったね。違う。これは〝証拠がそろいすぎている〟だ」

ここからは頭のなかだけで推理を続けた。アーサーは犯人ではないと仮定してみよう。真犯人ではないとすれば、その意味はあまりにも重い。ただの誤認逮捕ではすまないからだ。証拠がそろいすぎている——被害者の血液とアーサーの車を結びつける決定的な証拠も含めて。もしアーサーが無実なら、何者かが手間暇かけてアーサーに濡《ぬ》れ衣《ぎぬ》を着せたということになる。

「アーサーははめられたのではないかな」

「どうして?」

「動機のことか?」ライムはぼそりと言った。「いまの時点では動機は重要ではない。いま考えるべきは、〝どうやって〟だよ。その答えがわかれば、〝誰が〟に対する回答も得られるかもしれない。ついでに〝どうして〟の答えもおまけでついてくるかもしれないが、私たちにとってはそれは最優先事項ではない。とりあえず、何者かが——ミスターXがアリス・サンダーソンを殺害して絵を盗み、アーサーに罪をかぶせたという前提で考えを進めてみよう。さて、サックス、どうすればそんな芸当ができる?」

顔をしかめながら——また関節が痛んだのだろう——サックスは腰を下ろした。しばらく考えていたあと、ようやく口を開いた。「ミスターXはアーサーを尾行し、アリスも尾行した。二人とも美術に関心があることを知って、画廊で顔を合わせるように仕向け、二人の身元を調べた」

「ミスターXは、アリスがプレスコットの絵を持っていることを知っている。自分もほしいが、買う金がない」

「そう」サックスは証拠物件一覧表のほうにうなずいた。「次にアーサーの自宅に侵入して、〈プリングルス〉、〈エッジ〉のシェービングクリーム、〈トゥルーグロー〉の肥料、〈シカゴ・カトラリー〉の包丁を見つけた。そして、証拠を偽装するために、その一部を盗んだ。アーサーが愛用してる靴のブランドも確認した。現場に靴痕を残せるようにね。そして、アーサーのシャベルに州立公園の土をなすりつけておいた……

ここからは、五月十二日に何があったかだわね。ミスターXは何らかの手を使って、アーサーが毎週木曜日に早めに会社を出て、人気《ひとけ》のない公園でジョギングをすることを突き止めた。つまり、アリバイが証明できないことを知ってたわけ。そこで、アーサーが公園を走っているあいだに被害者のアパートに行き、被害者を殺して絵を盗んで、公衆電話から警察に通報し、悲鳴を聞いた、絵画を抱えた男が出てきて車に積みこむのを見たと言ってアーサーの車の特徴とナンバーの一部を伝えた。そのあと、今度はニュージャージーのアーサーの自宅に行って、血痕、土、タオル、シャベルを置いた」

電話が鳴りだした。アーサーの弁護士からだった。苦悩がにじむ声で、地方検事補とまったく同じ話を繰り返した。真相解明に役立ちそうな情報は何も持っていないうえに、司法取引に応じるようアーサーをどうにか説き伏せてくれないかと繰り返した。「このままじゃ終身刑にだってなりかねない。いとこのためだと思って、お願いしますよ。交渉すれば、十五年には短縮できるでしょう」

「十五年も耐えられるとは思えない」ライムは言った。「でも、終身刑よりはずっとましでしょう」

ライムは冷ややかに別れを告げると、電話を切った。ふたたび証拠物件一覧表に目を走らせる。

新たな考えが頭をよぎった。

「どうかした、ライム？」ライムが天井を見つめていることに気づいたサックスが訊いた。

「これまでにも似たようなことをしていると思うか」

「え、どういう意味？」

「犯人の目的——動機——は絵画を盗むことだったのだとするなら、一度かぎりの犯行とは考えにくい。これがルノワールだというなら、一千万ドルで売り払って姿を消すこともできるだろうがね。どことなく〝シリーズもの〟の匂いがしないか。この犯人は、罪を他人に押しつける利口な方法を発見したんだ。ついに捕まるまで、この先も同じことを繰り返すに違いない」

「なるほどね。とすると、ほかにも絵画が盗まれた事件を探してみるべきだってことになる」

「いや、盗むのは絵画だけと限定する理由はない。何だっていいわけだ。ただ、一つ共通した要素がある」

サックスはつかのま額に皺を寄せたが、すぐに答えを口にした。「殺人」

「そのとおり。他人を犯人に仕立て上げるには、被害者を殺す必要がある。顔を覚えられている可能性があるからね。殺人課に問い合わせてくれ。誰もつかまらなければ、自宅にだろうが何だろうが電話をかけろ。探すのは、同じ要素がそろった事件だ。主たる犯罪――おそらくは窃盗のために被害者が殺され、強力な情況証拠がそろっている事件」

「もう一つ。被害者のDNAが容疑者の身辺から検出された事件」

「そう、それもだな」突破口が見つかったかもしれないと思うと、心が躍った。「あとは、犯人の手口がいつも一定なのだとすれば、具体的な情報を提供する匿名の電話が九一一にかかっているはずだ」

サックスはラボの片隅のデスクに行き、電話をかけた。

ライムは車椅子に頭をもたせかけ、電話をかけているパートナーの姿をながめた。親指の爪に乾いた血がこびりついている。耳のすぐ上、まっすぐな赤毛に半分隠れて、小さな傷が見えた。いつものことだった。頭皮をひっかき、爪を嚙む。小さな自傷行為を繰り返す。それはサックスの癖でもあり、その行為に走らざるをえないストレスを感じている証拠でもあった。

サックスはうなずいている。まもなく、それまでどこを見ているわけでもなかった視線がふいに手もとに集中し、用紙にメモを取った。ライムの鼓動が速くなる——自分では感じることはできなかったが。サックスは何か重要な手がかりを得たのだ。ボールペンのインクがなくなったらしく、それを床に放り出すと、射撃の競技会で拳銃を抜くような素早い動きで新しいペンを取り出した。

十分後、ようやく受話器を置いた。

「ライム、耳寄りな話よ」サックスは車椅子の隣の籐椅子に腰を下ろした。「フリントロックに問い合わせたの」

「ああ、それはいい人選だ」

底意があってのことなのかどうなのか、大昔に絶滅した銃——火打ち石銃《フリントロック》——をあだ名に奉《たてまつ》られているジョセフ・フリンティックは、ライムがルーキーだった当時、すでに殺人課の刑事だった。その老刑事の石頭には、長い在職期間中にニューヨーク市内と周辺地域で発生したほぼすべての殺人事件のデータがインプットされている。日曜ともなれば休みを取って孫の相手をしていてもおかしくない年齢《とし》だというのに、フリントロックは今日も出勤していた。ライムはそう聞いても驚かなかった。

「いまわかってることを全部説明したら、即座に二つ、該当しそうな事件を教えてくれた。一件では五万ドル相当のレアもののコインが盗まれてるそうよ。もう一件はレイプ」

「レイプ?」この情報は事件に、より邪悪な、そしてはるかに憂慮すべき要素を付け加えた。

「そう。どっちの場合も、何か事件が起きたらしいっていう匿名の通報があって、容疑者を特定する手がかりになる情報を伝えてきたそうよ。今回の通報者が、あなたのいとこの車の特徴を伝えたみたいに」

「そして、いずれの通報者も男だった」

「当たり。市は謝礼を支払うと広告を出したけど、誰も名乗り出なかった」

「証拠は?」

「さすがのフリントロックも細かいことまでは覚えてなかったわ。ただ、微細証拠物件と情況証拠がこれでもかとばかりにそろってたとは言ってた。あなたのいとこの場合とまったく同じ——現場と犯行現場を結びつける五から六種類の同定証拠が見つかったそうよ。プラス、どっちの事件でも容疑者の住居から被害者の血液が検出されてる。片方はラグに、もう一件では衣服に付着してた」

「しかし、レイプ事件では、体液は現場に残っていなかったんだろう」レイプ犯の大半は、三つのS——精液(semen)、唾液(saliva)、汗(sweat)を現場に残したために有罪になる。

「いっさい残ってなかった」

「匿名の通報者だが――どちらも車のナンバーの一部だけを覚えていたんだな？」

サックスはメモを確かめた。「そう。どうしてわかったの？」

「我らが犯人には、時間稼ぎの必要があるからさ。ナンバーの全桁を伝えれば、濡れ衣を着せる予定の人物の自宅に、警察が直行してしまう。それでは、自分が偽の証拠を置きに行く時間がなくなる」この犯人は事前に万全の計画を立てている。「容疑者は関与を否定した。そうだね？」

「一貫して否定してる。そして陪審に運命をゆだねるという賭けに出て、負けた」

「やはりそうか。偶然にしてはできすぎているな」ライムはつぶやいた。「その二つの事件の――」

「資料なら、解決済み事件の資料庫から探してもらえるよう頼んでおいた」

ライムは笑った。一歩先を行かれた。最近では珍しいことではなかったが。何年も前、初めて会ったころのことを思い出した。サックスは一介のパトロール警官で、警察の仕事に幻滅を感じ、キャリアを手放そうかと考え始めていた。一方のライムは、もっとずっと大きなものを手放す覚悟を決めていた。あれから二人ともずいぶんと変わった。

ライムはスティック型のマイクに向かって言った。「コマンド、セリットーに電話をかける」気持ちが高揚していた。独特の陶酔感。狩りが始まろうとしているときの、血が沸き立つような感覚。おい、さっさと出ろよ、ロン――ふいに腹立たしくなった。このときばかりは、イギリスの作戦はすっかり頭から消えていた。

「リンカーンか」セリットーのブルックリン訛《なまり》の声がラボに轟き渡った。「どうした――」

「いいから聞け。相談がある」

「あー、いまちょいと忙しいんだが」ライムのかつての相棒、ロン・セリットー警部補のご機嫌は、このところあまり麗《うるわ》しくなかった。ある大規模捜査に注いだ労力が、きれいに水の泡になったせいだ。昨年、ブライトンビーチのロシアン・マフィアのボス、ウラジーミル・ディエンコが恐喝と殺人の容疑で起訴された。ライムも科学捜査の側面から捜査を支援した事件だった。ところが驚いたことに、先週の金曜日、ディエンコと手下の三人に対する訴訟は棄却された。証人全員がふいに口を閉ざしたり、行方不明になったりしたためだ。セリットーとFBIの捜査官は週末の休みを返上して新たな証人や情報屋を探した。

「手短にすませる」ライムはサックスとともに突き止めたこと――いとこの事件とレイプ事件、コイン窃盗事件について説明した。

「ほかにも二件あったって？　そりゃまた妙な話じゃないか。で、いとこは何て言ってる？」

「本人とはまだ話していない。だが、容疑を否定しているそうだ。少し調べてもらえないか」

「〝調べる〟ね。いったいどういう意味で調べるんだろうな」

「アーサーはやっていないと思う」

「まあ、おまえのいとこだ。犯人じゃないと思いたいのはわかる。しかし、無実を裏づける確かな証拠はあるのか」

「まだ何もない。だからこうして頼んでいる。人員を借りたい」

「俺はブライトンビーチでディエンコの件にケツまで浸かってる。おまえも協力してくれるものと思ってたが、意外や意外、英国のみなさんと午後のお茶をするのに忙しいそうだな」

「こいつは大事件かもしれないんだ、ロン。証拠が偽装されたと思《おぼ》しき事件が二つ。いやいや、賭けてもいい、ほかにもまだあるはずだ。おまえは常套句《クリーシェ》が大好きなんだったな、ロン。殺人犯が〝大手を振って歩いている〟んだぞ。どうだ、少しは心が動いたか」

「好きなだけ節《クローズ》をわめいてろ、リンカーン。俺は忙しいんだ」

「厳密には句《フレーズ》だな、ロン。節には主語と述語が必要だからね」

「ああ、もう、そんなことはどっちだっていい。俺はな、例のロシアン・コネクション事件をどうにか救ってやろうとしてるんだよ。ビッグ・ビルディングと連邦ビルの全員の頭から湯気が立ってるんだ」

「その全員に心の底から同情の意を表するよ。さ、ほら、担当替えを願い出てくれ」

「そっちは殺人事件だろう。俺の所属は重大事件課だ」

たしかに、ニューヨーク市警重大事件課は、殺人事件は担当しない。しかしセリットーの言い訳は、ライムの唇に皮肉な笑みを浮かべさせた。「気が向いたときは殺人の捜査も引き受けているじゃないか。いったいいつから規則なんぞに意味を見出すようになった？」

「わかった、こうしよう」セリットーは不機嫌に言った。「今日の当直の警部に話をしてやる。本部にいるはずだ。ジョー・マロイ。知ってるか」

「いや」

「知ってるわ」サックスが言った。「あの人なら信頼できる」

「よう、アメリア。どうだ、本日の寒冷前線からは無事に生き延びられそうか」

サックスが笑う。ライムはうめくように言った。「おもしろい冗談だな、ロン。で、そのマロイというのはどんな人物だ？」

「頭が切れる。妥協はしない。冗談もまるで通じない。おお、おまえさんと同類ってことじゃないか」

「今日は何だ、漫才師の集会か？」ライムはぶつぶつと言った。

「有能な男だよ。それに、使命感の塊だ。五年だか六年前、奥さんが家宅侵入犯に殺されてる」

サックスが眉を寄せた。「それは知らなかった」

「それもあって、捜査には百五十パーセントの力を注ぎこむ。そのうち最上階の角のオフィスをものにするだろうってみんな言ってるよ。ひょっとしたら、お隣さんの上階の住人になるかもしれないぞってな」

お隣さんとは、市庁舎のことだ。

セリットーが続けた。「マロイに連絡して、何人か融通してもらえないか頼んでみるといい」

「おまえを借りたいんだがな」

「無理な相談だ、リンカーン。張り込みの陣頭指揮を執ってる最中なんだから。まったく悪夢だよ。だが、そっちで何か進展があったら知らせて——」

「悪いが切るよ、ロン……コマンド、電話を切る」

「自分からかけておいていきなり切るなんて」サックスがたしなめるように言った。

ライムは一つうなっただけで、さっそくマロイに電話をかけた。これで留守電が応答しようものなら、頭がぽんと爆発するだろう。

ところが、二度目の呼び出し音で本人が出た。日曜も働いている上級刑事がまた一人。まあ、ライムも昔はそうだった。その結果が離婚だ。

「マロイだ」

ライムは名乗った。

小さなためらいがあった。「ああ、リンカーン……たしかまだ一度も会ったことはないと思うが、きみのことは当然ながらよく知ってるよ」

「きみの部下の一人、アメリア・サックスが一緒でね、ジョー。電話はスピーカーモードになっている」

「やあ、サックス刑事。お疲れさん」愛想のかけらもない声。「で、どんなご用件かな」

ライムは事件について説明したあと、アーサーは濡れ衣を着せられているのではないかと考えていると話した。

「きみのいとこだって？　心中お察しするよ」気遣いの言葉とは裏腹に、素っ気ない口調だった。検事と話をして、論告に手心を加えてやってくれるよう説得してくれと頼まれるのではと身構えているのだろう。いや、勘弁してくれ、身内びいきをしたと思われるのは間違いない。へたをすれば、内部監査部の調査とマスコミのバッシングの二重攻撃にさらされかねない。口に出さずとも、そう考えているだろう。もちろん、マロイの天秤《てんびん》のもう一方の皿には、ニューヨーク市警に計り知れない貢献をしてきた人物の頼みを断る不作法《ぶさほう》というデメリットが載せられているはずだ。しかもその人物は、よりによって体が不自由ときている。そして市政では、政治的正しさという概念が繁栄の盛りを迎えている。

しかしライムの頼みは、言うまでもなく、それほど単純なものではなかった。「今回の事件の犯人が、ほかにも事件を起こしている可能性は大いにあると考えている」ライムはそう前置きをして、コイン強盗事件とレイプ事件の詳細を話した。

つまり、マロイが警部を務めるニューヨーク市警は、一人ならず三人を誤認逮捕したということになる。さらに、三つの犯罪が実際には未解決のままであり、真犯人がいまも野放しにされているということでもある。この事実が公《おおやけ》になれば、市警は世論の猛攻撃にさらされるだろう。

「変則的な事例だね。ふつうでは考えにくいというか。もちろん、いとこの無実を信じたい気持ちは理解できるが――」

「私は真実に忠実でありたいだけだ、ジョー」ライムは言った。きれいごとと思われようが、かまわない。

「しかし……」

「何人か人員を振り分けてもらえれば、それでいい。過去の二件の証拠を見直すのと、ちょっとした聞き込みを頼みたいだけだ」

「ふむ……いや、申し訳ないが、リンカーン、こちらも余裕がなくてね。そういったことに人手は割けない。ただ、明日にでも副本部長に話はしてみるよ」

「どうかな、いまから電話するわけにはいかないかね」

ふたたび短い間があった。「ちょっと無理だな。今日は何か予定があったはずだ」

ブランチ。バーベキュー。『ヤング・フランケンシュタイン』か『スパマロット』あたりのミュージカルの日曜のマチネ。

「明日のブリーフィングでかならずその件を報告する。興味深い話ではあるからね。ただし、私から——または代理の者から連絡があるまでは、動かずにいてもらえないか」

「わかった」

電話を切る。それからしばらくのあいだ、ライムもサックスも黙り込んでいた。

興味深い話……

ライムはホワイトボードを見つめた。その上でにわかに息を吹き返しかけた捜査は、同じように唐突にふたたび命を失ってしまった。

ふいにサックスが言った。「ロナルドは何してるかしら」

「本人に確かめてみよう」ライムは作り物ではない——そしてめったに見せることのない——笑顔をサックスに向けた。

サックスは携帯電話を取り出して短縮ダイヤルのボタンを押し、次に〝スピーカー〟のボタンを押した。

若さにあふれた声が快活に応じた。「はい、マアム（男性のサーに相当する呼びかけ）」

頼むからアメリアと呼んでくれと口を酸っぱくして言っているが、青年パトロール警官ロナルド・プラスキーは、どうしても抵抗を拭いきれないらしい。

「プラスキー。こっちはスピーカーモードになってる」ライムが念のために言った。

「了解です、サー」

ライムも〝サー〟になじめなかったが、今日ばかりは〝サーはやめろと言っているだろう〟と叱りつける気にはなれない。

「お元気ですか」プラスキーが訊いた。

「よけいな挨拶はいい」ライムは切り返した。「いま何してる？　いま何の最中だ？　どうしてもいまやらなくてはいけないことか？」

「いま、ですか？」

「そう何度も言ったと思うが」

「皿を洗ってます。トニーと奥さんを招待して、ブランチを食べたところで。うちの子や甥っ子たちを連れて青物市に行きました。いや、楽しかったですよ。お二人は青物市に行かれたことは――」

「つまり、自宅にいるってことだな。そしてとくに何もしていない、と」

「ええ、まあ。皿は洗ってますが」

「皿洗いは中止だ。すぐに来てくれ」民間人であるライムには、ニューヨーク市警の職員に――たとえ交通課の制服警官であろうが何であろうが――指図《さしず》する権限はない。しかしサックスは三級刑事だ。ライムと自分に協力するよう命令することはできないが、配置換えを正式に要望することはできる。「ぜひ来てもらえない、ロナルド？　もしかしたら明日も来てもらうことになるかもしれない」

ロナルド・プラスキーは、これまでにも頻繁にライムやサックス、セリットーと仕事をしている。準セレブリティの犯罪学者の捜査班に何度も参加したことがあるという事実が青年パトロール警官の市警内でのステータスを一気に押し上げたと聞いて、ライムはおもしろがった。上司も、プラスキーを二、三日貸してくれという要請をむげには断らないはずだ――市警本部に電話をかけて、マロイか誰かから、それは正式に承認された捜査ではないと聞かされたりしないかぎり。

プラスキーは分署での直属の上司の名をサックスに教えた。それからこう尋ねた。

「あの、サー？　セリットー警部補も今回の捜査に加わるんでしょうか。警部補に連絡して、打ち合わせておいたほうがいいでしょうか」

「不要」ライムとサックスは同時に答えた。

短い沈黙があって、プラスキーは心もとなげに言った。「えっと、そういうことでしたら、はい、急いでそちらに行きます。ただ、グラスを拭いてからでもいいですか？　水滴の跡が残ってると、ジェニーに叱られます」

5

日曜はいい。

日曜にはたいがい、何より愛していることに存分に時間を費やせるからだ。

私はものを集める。

選《え》り好みはしない。気に入れば、そしてバックパックや車のトランクに入る大きさなら、どんなものでも集める。世間の一部は、私を〝ものを捨てられない人間〟と呼ぶかもしれないが、それは違う。ただの〝捨てられない人間〟は、代償を支払ってものを手に入れる。私の場合は、何かを見つけた瞬間、それは私のものなのだ。私は絶対に妥協しない。絶対に。

一週間のうちで、日曜日が一番好きだ。大衆――この喜びにあふれた街を我が家と呼ぶシックスティーンたち――にとっては休息の日だからだ。男、女、子ども、弁護士、自転車乗り、料理人、泥棒、妻、恋人（私はＤＶＤも集めている）、政治家、ジョガー、キュレーター……シックスティーンたちが娯楽のためにすることの数ときたら、驚くばかりだ。

彼らはのんきなアンテロープみたいに、ニュージャージー州やロングアイランドやニューヨーク州北部の街や公園をうろつきまわる。

そして私はそのアンテロープを心ゆくまで狩る。

たったいま私がしているのはまさにそれだ——日曜日につきものの退屈な娯楽のいっさいから逃れて。ブランチ、映画、ゴルフの誘い。ああ、礼拝を忘れちゃいけない。いつの時代でもアンテロープのあいだでは人気の娯楽だ。ただし、理の当然として、教会に行ったあとには、前述したブランチやらボール飛ばし遊びのハーフラウンドやらが待っているという条件付きで。

狩り……

いま私は最新の取引《トランザクション》を思い出している。私の記憶のコレクションに収められた一つ。うら若きアリス・サンダーソン、3895-0967-7524-3630。元気そうだった。とても元気そうだった。もちろんそれは、包丁がトランザクションを完了するまでの話だが。

アリス3895は、あのピンク色のセクシーなワンピースを着ていた。豊かな胸をこれでもかと見せつけ、尻といちゃついているようなワンピース（私のなかでは、彼女は96-66-91でもある。むろん、私にしか通じないジョークだ）。なかなかの美人だった。アジア産の花を連想させる香水をつけていた。

アリス3895が幸運にも（結果を考えれば、不運にも、とも言えるだろう）手に入れたハーヴィー・プレスコットの絵は、私が用意した計画のほんの一部にすぎない。絵画が無事届いていることを確認したら、ダクトテープに登場を願い、それから数時間、寝室でゆっくりと過ごす予定だった。ところが、あの女は計画を台無しにした。背後から近づこうとしたとき、ふいに振り向いて、悪夢に出てきそうな悲鳴をあげた。迷っている暇はなかった。包丁で喉を切り裂いた。トマトの皮を切るみたいに。そして私の美しいプレスコットを抱え、人目に用心しながら部屋を出た――正確には、窓から抜け出した。

ああ、なかなかの美人だったアリス3895を頭から追い出せない。体にぴったり張りついたミニ丈のワンピース、東洋のお茶の店を連想させる花の香りをまとった肌。要するに、私には女が必要なのだ。

歩道をぶらぶらと歩き、サングラス越しにシックスティーンたちをちらちらと観察する。対照的にシックスティーンたちは、私を本当には見ていない。思惑どおりだ。私は背景に溶けこむ服装を心がける。透明人間になるのに、マンハッタンほど適した街はない。

角を曲がる。路地を通り抜ける。ちょっとした買い物をして――むろん現金で――街のなかでも閑散とした地域、ソーホー近くの、かつては工業地帯だったが、住宅街と商業地域に変貌しつつある一帯にもぐりこむ。ここは静かだ。ほっとする。マイラ・ワインバーグ、９８３４‐４４５２‐６７４０‐３４１８、しばらく前から狙いをつけていたシックスティーンとのトランザクションは、できれば穏やかにすませたい。

　マイラ９８３４。私はきみを知り尽くしている。データがきみのすべてを教えてくれた《have told》（ああ、またこの議論か。〝データ〟……複数形なのか、それとも単数形なのか。〝Data has told.〟が正しいのか、〝Data have told.〟が正しいのか。『メリアム・ウェブスター英語辞典』は、どちらも誤りではないと請《う》け合っている。しかし私は、文法に関しては潔癖主義に傾きがちだ。だから、私のなかでは〝データ（data）〟は複数形で、単数形は〝データム（datum）〟だ。それでも他人の前では、世間の大多数と同じように、単数扱いするよう気をつけている。いつかぼろが出ないことを祈るのみだ。言葉は川だ。流れる方向は決まっていて、その流れに逆らおうとすると、たちまち人の目を引く。言うまでもないが、それは私が何より避けたい事態だ）。

　さて、マイラ９８３４のデータをおさらいしてみよう。グリニッチヴィレッジのウェイヴァリー・プレイスに面したアパートに住んでいるが、そこの大家は家屋明け渡し請求をして賃借人を追い出し、分譲アパートとして売却しようと計画している（哀れな賃借人たちはまだこのことを知らないが、私は知っている。収入と信用履歴から判断するに、住人の大部分は対抗できないだろう）。

　黒髪のエキゾチックな美人、マイラ９８３４は、ニューヨーク大学を数年前に卒業したあと、ニューヨーク市内のある広告代理店に就職した。母親は健在だが、父親は亡くなっている。轢《ひ》き逃げ事件の被害者だった。事件から何年もたつが、氏名不詳の容疑者に対する逮捕状はまだ取り下げられていない。警察がその種の悪質な犯罪の捜査を放り出すことはないのだ。

目下、マイラ９８３４に恋人はいない。親友と呼ぶほどの友人もいないようだ。というのも、つい最近、三十二回目の誕生日を迎えたが、その日も西四丁目の〈フーナン・ダイナスティ〉（悪くない選択だ）から木須肉《ムーシューロー》を一人前テイクアウトし、〈ケイマス・コナンドラム〉の白を買っただけだった（法外な値段を付ける〈ヴィレッジ・ワインズ〉で二十八ドル）。ただ、家族や知人とのロングアイランドへの日帰り旅行と、『ニューズデイ』が高評価を与えたガーデンシティのレストランの多額の請求書（おびただしい本数の〈ブルネロ〉が計上されていた）が、独りぼっちの誕生日を埋め合わせたことだろう。

マイラ９８３４は〈ヴィクトリアズ・シークレット〉のＴシャツをパジャマ代わりに愛用している。これは外出時に着るには大きすぎるサイズのものを五枚所有していることから推測できる。いつも早起きをして、〈エンテンマン〉のデニッシュ（ローファットのタイプは絶対に買わない。その点は見上げたものだ）と、〈スターバックス〉で買った豆で淹《い》れたコーヒーの朝食をとる。これについては残念だ。私は狙いをつけたアンテロープをじかに観察するのが好きだからだ。しかも〈スターバックス〉はアンテロープ観察にはうってつけの草原ときている。朝食後、午前八時半ごろにアパートを出て、ミッドタウンの職場に向かう。マイラ９８３４は、〈メイプル、リード＆サマーズ広告代理店〉の顧客会計《A》管理主任《E》アシスタントだ。

先へ、どんどん先へ。これといって特徴のない野球帽（ニューヨーク市周辺の男がかぶる帽子の八七・三パーセントが野球帽だ）をかぶった私は、日曜の街を歩き続ける。いつものように、顔を伏せて。五十キロ上空の衛星が、地上にいるきみの笑顔を記録するなんて無理だと思ってるなら、考えを改めたほうがいい。世界中に散らばった十数台のサーバーのどれかに、はるか高みから撮影されたきみの写真が何百枚と蓄積されているのだから。〈グッドイヤー〉のPR飛行船や、羊の形をした雲を何気なく見上げたとき、きみはただ太陽のまぶしさに目を細めているだけだったことを祈ろうじゃないか。

私の収集の対象には、私が関心を寄せているシックスティーンたちのこういった日常の出来事だけではなく、思考も含まれている。マイラ98334も例外ではない。彼女は仕事のあと、かなりの頻度で友人と飲みに出かける。そしてしばしば――私に言わせればあまりにもしばしば――勘定を一人で持つ。友情を金で買っているのは明らかだ――そうだろう、ドクター・フィル？　思春期にはニキビに悩まされたようだ。いまでもときおり皮膚科の診察を受けている。だが支払う診察費はいつも少額だ。ダーマブレーション（ニキビ跡や痣などを物理的に削り落とす手術）を受けようか迷っているのか（私が見たところ、その必要はなさそうだが）、夜の闇に身をひそめていた忍者みたいに、ニキビがふたたび急襲を仕掛けてくることがないか確かめているだけといったところか。

女友だちとコスモポリタンを三杯ずつ飲んだあと、あるいはときどき思い出したように行くスポーツクラブで体を動かしたあとは、自宅に帰り、電話タイム、現代人に欠かせないネットサーフィン・タイム、そしてプレミアム契約ではなくベーシック契約のケーブルテレビ・タイムだ（彼女の視聴傾向を追跡するのは楽しい。番組の選びかたに、強い忠誠心の持ち主であることが顕著に表われている。『となりのサインフェルド』を見るためだけにチャンネル契約を変更したし、『24』のジャック・バウアーと過ごしたいがためにデートの約束をキャンセルした前歴が二度もある）。

最後にベッド・タイム。ちょっとした娯楽にふける夜もある（単三乾電池をまとめ買いすることから推測できる。愛用のデジカメやｉＰｏｄは充電式なのだから）。

もちろん、以上はマイラ９８３４の平日のデータだ。しかし、今日は栄《は》えある日曜で、日曜は特別だ。マイラ９８３４が最愛の、そしておそろしく高価な自転車に乗って、気ままに街を走る日だからだ。

ルートは決まっていない。セントラルパークを通る日もあれば、リバーサイドパークや、ブルックリンのプロスペクトパークまで出かけたりもする。ただし、マイラ９８３４がかならず最後に立ち寄る場所がある。ブロードウェイの〈ハドソンズ・グルメ・デリ〉だ。そこからは、急げと食事とシャワーから手招きされているかのように、最短ルートで自宅に戻る。そのルートは、ダウンタウンのひどい混雑を避けるために、いまこの瞬間に私が立っている地点を通過する。

私が立っているのは、モーリーとステラのグリジンスキー夫妻が所有する一階のロフト（十年前に二十七万八千ドルで購入している——なんと！）に通じる中庭の入口だ。ただし、グリジンスキー夫妻は留守だ。スカンジナビアで春のクルーズ旅行を楽しんでいる。郵便の配達は止めてあり、植物に水をやるサービスやペットシッターは雇っていない。警報システムは初めから導入されていない。

マイラ９８３４はまだ来ない。ふむ。何か予定外のことが起きたのか。私の分析が間違っていたのかもしれない。

だが、私が間違うことはめったにない。

苦悶の五分が過ぎた。頭のなかのコレクションから、ハーヴィー・プレスコットの絵のイメージを呼び出す。しばらく眺めて楽しんだあと、もとのところにしまう。周囲に目を走らせる。すぐそこの大きなくず入れをあさって掘り出し物を探したくてむずむずしているが、どうにか我慢する。

光の当たる場所には出るな……網の目《オフ・ザ・グリッド》につかまらぬように。とりわけこういう局面では。それから、何が何でも窓を避けること。のぞき見の誘惑の強さ、こちらからは自分や光を映している平面にしか見えない窓ガラスの向こう側から他人をじっと観察している人間の多さ。現実を知ったら、誰もがきっと驚くことだろう。

どうしたんだ？　なぜまだ来ない？

もう待てない。いますぐにでもトランザクションが——

ああ——その姿が目に入った瞬間、胸のなかで晴れやかな音が鳴り響いた。マイラ９

834。

自転車はローギアでゆっくりと走ってくる。ペダルをこぐ美しい脚。価格千二十ドルの高級自転車。私の初めての車より高価な自転車。

それに、見ろ、あのタイトなデザインのサイクルウェア。呼吸が速くなる。彼女がほしくてたまらない。

目を上げて左右を確かめる。自転車で近づいてくる彼女を除いて、通りに人影はない。

彼女はさらに近づいてきた。あと十メートル。私は電源を入れないままの携帯電話を開いて耳に当て、〈フード・エンポリアム〉の袋を提げている。ちらりと彼女に目をやる。

それから、嘘っぱちの会話で盛り上がっているふりを続けながら、歩道に足を踏み出す。歩道を横切る途中で立ち止まって自転車を先に通しておいてから、眉を寄せ、顔を上げる。それからにっこりと微笑む。「あれ、マイラ？」

自転車の速度が落ちる。ぴったりとしたサイクルウェア。我慢だ。もう少し我慢だ。さりげなく振る舞え。

通りに面したカーテンのかかっていない窓に、人影は見えない。車も一台も通っていない。

「マイラ・ワインバーグだろう？」

自転車のブレーキがきいと鳴った。「あら、こんにちは」そんな挨拶と、こっちが誰だかわかっているみたいに装った一瞬の表情は、単に、人は恥をかかずにすむならどんなことだってするという事実ゆえだ。

私は世慣れたビジネスマンの役になりきり、目に見えない友人に「またあとでかけ直すよ」と言って携帯電話を閉じながら、彼女に近づく。

彼女が続ける。「ごめんなさい」困惑まじりの笑み。「お名前を忘れてしまって……」

「マイクだよ。ほら、〈オギルヴィ〉のAEの。たしか……ああ、そうそう、それだ。デヴィッドのところで『ナショナル・フーズ』の撮影をしたとき、会ったろう。僕らはもう一つのスタジオを使ってた。僕がきみたちのほうのスタジオをのぞいたら、きみと――えっと、彼は何て名前だったっけ。ああ、リッチーだ。きみたちのほうが、うちよりずっと優秀なケータリング会社を使ってた」

今度は純粋な笑顔。「ああ、あのときの」デヴィッドや『ナショナル・フーズ』、リッチー、それに撮影スタジオのケイタリング会社のことは彼女も覚えているだろう。だが、私のことは思い出せないはずだ。私はその場にはいなかったのだから。マイクという名前の人物もいなかった。それでも彼女は、その事実に意識の焦点を合わせることはしない。なぜなら、急逝した父親の名もマイクだったからだ。

「また会えてうれしいよ」私は言い、〝すごい偶然もあるものだね〟的笑みを浮かべて見せた。「この近くに住んでるの？」

「グリニッチヴィレッジ。あなたは？」

私はグリジンスキー夫妻のロフトのほうにうなずいてみせる。「そこだ」

「うわあ、ロフトね。かっこいい」

仕事は順調かと尋ねる。彼女も同じことを訊く。それから私は顔をしかめた。「もう行かないと。ちょっとレモンを買いに出ただけなんだ」そう言って小道具のレモンを持ち上げてみせる。「友だちが来ててね」私の声は、すばらしいことを思いついたかのように先細りになって消える。それから——「そうだ。このあととくに予定がなければ、これから遅めのブランチにするところなんだ。どうかな、きみも一緒に」

「ありがとう、でも、こんな格好だし」

「いいじゃないか……僕も〝ウォーク・フォー・ザ・キュア〟（乳がんの早期発見啓発／教育活動を目的としたチャリティイベント。参加者が走る〝ラン・フォー・ザ・キュア〟と歩く〝ウォーク・フォー・ザ・キュア〟、寄付だけをする〝スリープ・フォー・ザ・キュア〟がある）から帰ったところなんだ。パートナーと一緒に参加した」〝パートナー〟か。我ながらすばらしい。しかもアドリブときている。「きみより僕らのほうがよほど汗だらけだ。保証する。それに、カジュアルな集まりなんだ。楽しいよ。〈トンプソン〉のＡＥ部長も来てる。〈バーストン〉からも何人か。イケメンぞろいだが、あいにく全員ストレートでね」私は残念そうに肩をすくめる。

「それに、ある俳優も飛び入り参加することになってる。名前は内緒だけど」

「どうしようかしら……」

「いいじゃないか、おいでよ。それに、一刻も早くコスモポリタンが飲みたいって顔してる。覚えてるだろう、カクテルは何と言ってもコスモポリタンってことで意見が一致したじゃないか」

6

〝墓石ビル《トゥームズ》〟。

厳密には、トゥームズと呼ばれていたのは、一八〇〇年代にここにあった建物だ。本来のトゥームズはずいぶん前に取り壊され、建て替えられた。それでも、世間の誰もがいまだにここを――ダウンタウンにあるマンハッタン拘置所を、トゥームズと呼ぶ。アーサー・ライムはいま、そこにいる。心臓は、逮捕された瞬間からずっと、やけでも起こしたように、どくどくどくどくとせわしく打ち続けている。

トゥームズと呼ばれようが、マンハッタン拘置所であろうがバーナード・ケリック・センター（前ニューヨーク市警本部長ケリックと矯正局長が脱税などの容疑で起訴されるまで、ほんの短いあいだだけそう呼ばれていた）であろうが、アーサーにしてみれば、ここはただの地獄だった。

純然たる地獄。

ここにいる全員と同じようにオレンジ色のジャンプスーツを着ていたが、同僚犯罪者との共通点はそれだけだ。身長百八十センチ、体重八十六キロ、ビジネスマンらしく短めにそろえた茶色の髪をした男は、ここで公判の開始を待っているほかの人間とは別世界に属している。巨漢でもなく、インク（タトゥを意味するのだとここに来て学んだ）も入っておらず、頭をつるつるに剃り上げてもおらず、愚かでもなく、黒人でもラテン系でもない。アーサーと似たような背景を持つ犯罪者——ホワイトカラー犯罪で起訴された者たち——が、公判までのあいだトゥームズ暮らしを強《し》いられることはない。彼らは保釈される。どんな罪を犯したにしろ、アーサーの場合とは違って、二百万ドルなどという法外な保釈金を設定されることはない。

というわけで、五月十三日以来、アーサーの住居はトゥームズになった——そして生まれてこのかた、もっともつらく厳しい日々が始まった。

　これほど困惑に満ちた日々も初めてだ。

自分が殺したとされている女性にどこかで会っているのかもしれない。だが、アーサーにはまるで思い出せなかった。たしかに、ソーホーのその画廊には行った。その女性も同じ画廊に来ていたらしい。しかし、会話を交わした記憶はまったくない。またたしかに、ハーヴィー・プレスコットの作品は好きで、大学を追われたあと、せっかくの油絵を売却せざるをえなくなったときは本当にみじめな気持ちになった。だからといって、盗んだだって？　人を殺してまで？　冗談だろう。この私が人殺しに見えるか？

アーサーにとって、それは永久に理解できそうにない謎だった。数学的証明が果たされ、その解説に目を通したあとでも、やはりいまだに理解できないフェルマーの定理のようなものだ。被害者の血液が車から見つかった？　何者かにはめられたのだ。間違いない。ひょっとしたら、警察が証拠をでっちあげたのかもしれない。

トゥームズ生活が十日を数えるころには、O・J・シンプソン裁判での弁護団の主張さえ、さほど『トワイライト・ゾーン』じみたものではないように思えてきた。

どうして、どうして、どうして？　いったい誰がこんなことを？　正教授の候補から除外するとプリンストン大学から通告されたとき、大学に宛てて書いた何通もの怒りの手紙を思い出した。愚にもつかない手紙、視野狭窄《きようさく》的な手紙、脅迫するような手紙も書いた。学問研究の世界には、情緒の不安定な人間も多い。もしかすると、これはごねまくった彼に対する大学の報復なのかもしれない。それに、彼の講義に出ていた女子学生のこともある。その学生はアーサーにモーションをかけてきたが、アーサーがその気はないと断ると、激高した。

『危険な情事』……

警察はその女子学生を調べ、今回の殺人事件とは関係ないと断定したが、アリバイをどこまできちんと調べたのだろう？

広々とした共用のホールに視線を巡らせる。十何人かの〝コン〟――矯正施設の収容者を、塀の内側ではそう呼ぶらしい――が近くにいた。ここに来た当初、アーサーは好奇の対象でしかなかった。しかし、逮捕容疑は殺人だと知れたとたん、彼の株は急上昇したらしい。ところが、動機が被害者からドラッグを盗まれそうになったからでも、代金をごまかされそうになったからでもない——この世界では、女に手をかける理由としてはその二つしか認められていない——とわかると、ふたたび急降下した。

その後、馬鹿をやった大勢の白人の一人にすぎないことが誰の目にも明らかになるや、アーサーは危険に包囲されて日々を過ごすことになった。

こづかれる、喧嘩を売られる、ミルクのパックを奪い取られる——まるで中学校だ。性的なことは頭にない。とりあえずここでは。みな逮捕されたばかりだし、誰だってそう長い期間でなければ一物をちゃんとジャンプスーツのなかにしまっておける。しかし、アッティカのような長期刑務所に収容されたら、ことに〝クォーターパウンダー〟——二十五年から終身刑の判決——となったら、ヴァージンの寿命はそう長くないと覚悟したほうがいいと、新しい友人たちは口をそろえた。

これまでに四度顔を殴られ、二度足を出してつまずかされた。アクィラ・サンチェスという頭のいかれた拘置者から床に倒され押さえつけられたこともある。サンチェスは、退屈顔のハック（看守のことだ）に引き剝がされるまで、アーサーの鼻先に顔を突きつけ、スペイン語混じりの英語でわめき続けた。そのあいだずっと、汗が雨みたいにアーサーの顔に降ってきた。

二度小便をちびり、十回以上嘔吐した。自分はうじ虫だ。くずだ。何の価値もない。ここにいるあいだは。

自分の心臓の音を聞いていると、いつ破裂してもおかしくないと思う。父ヘンリー・ライムの心臓が破裂したように。ただし、かの名高い大学教授は、もちろん、このトゥームズのような屈辱的な場所で死んだのではない。大学教授にふさわしく、イリノイ州ハイドパークにある州立大学内の歩道で亡くなった。

どうしてこんなことになったのだろう。目撃者に証拠……何が何やらわからない。

「司法取引に同意してください、ミスター・ライム」地方検事補はそう言った。「強くお勧めします」

弁護士も同意見だった。「私はこの世界の隅々まで知り尽くしてるんだ、アーサー。GPSの地図を見てるようなものさ。この道がどこにつながってるか、正確に指さすことができる——行き先は死刑ではないよ。ニューヨーク州はたとえ命がかかってたって死刑は執行しない。おっと、趣味の悪い冗談だった、申し訳ない。それでも、二十五年食らう可能性は大だ。十五年まで譲歩させるよ。だから取引に応じてくれ」

「しかし、私は無実なんだ」

「無駄だ。そう言い続けてもこの世界じゃ誰もまともに耳を貸さない」

「でも、殺してない！」

「無駄だよ」

「司法取引には応じない。陪審なら理解してくれる。私という人間を見てくれる。私は人を殺したりするような人間じゃないとわかってくれるはずだ」

沈黙。そして――「いいだろう」口ではそう言ったが、弁護士は納得していなかった。一時間につき六百ドルを超える報酬を着々と積み上げている最中にもかかわらず、腹を立てているのは顔を見れば明らかだった。ああ、それにしても、そんな金、いったいどうやって支払えばいいというのだ？　どう考えたって――

そのとき、視線を感じてふと顔を上げると、ラテン系の〝コン〟が二人、こちらを見ていた。どちらも無表情にアーサーを観察している。親しげな目つきではなかったが、喧嘩を吹っかけようとしているようでもなく、虚勢を張っているふうでもない。ただ好奇心から見ているといった風情だった。

二人がどんどん近づいてくる。アーサーは迷った。立ち上がるべきか、このまま座っているべきか。

座っていよう。

ただ、目は伏せたほうがいい。

目を伏せた。二人のうち一人が目の前に来た。底の減ったジョギングシューズが視界の真ん中に居座った。

もう一人は背後に回った。

ああ、死ぬのだ。アーサー・ライムはそう確信した。ひと思いにやってくれ。どうせならさっさとすませてくれ。

「よう」背後の一人が甲高《かんだか》い声で言った。

アーサーは顔を上げて、前に立っている一人を見た。血走った目、大きなイヤリング、がたがたの歯。アーサーは声も出せなかった。

「よう」また背後から声がする。

アーサーはごくりと喉を鳴らした。どうしてもそうせずにはいられなかった。

「おい、俺たちはよ、おめえにしゃべってんだよ、おめえに。礼儀ってもんを知らねえのか。何様のつもりだよ?」

「申し訳ない。ただ……あの、初めまして」

「よう。おめえ、仕事は何やってんだ?」背後から甲高い声が訊く。

「私は……」心が凍りついたようだった。何と答えればいい? 「科学者だ」

イヤリング男が言う。「へえ。科学者だって? 何だよ、ロケットでも造ってんのか」

二人が笑った。

「いや、医療機器を設計してる」

「それって、あれかよ、ほら、〝クリア!〟とか言って電気流すやつ。『ER』とかでやってんだろ」

「いや、説明は難しい」

イヤリング男が眉をひそめた。

「ああ、そういう意味じゃない」アーサーはあわてて言った。「きみには理解できないだろうという意味じゃない。文字どおり、説明するのが難しいんだ。透析の品質管理システムとか――」

声がテナーの男。「給料、たくさんもらってんだろ、え？　入所手続き《プロス》のとき、高そうなスーツ着てたって話じゃねえか」

「プロス……？」ああ、プロセスのことか。「高いと言えるのかな。〈ノードストロム〉で買ったんだが」

「〈ノードストロム〉。何だ、それ？」

「店の名前だ」

アーサーはふたたび目を伏せてイヤリング男の靴を見つめた。イヤリング男が続ける。

「だからよ、給料、たくさんもらってんだろ。いくらだ？」

「その――」

「知らねえとかってごまかす気かよ」

「いや――」図星だった。

「いくらもらってんだよ」

「それは……たぶん六桁」

「驚いたね」

この二人にとっては高いと言いたいのか、はした金と言いたいのか、アーサーにはわからなかった。

テナー男が笑った。「家族はいるのかよ」

「家族の話はしない」つい挑むような口調になった。

「家族はいるのかよ」

アーサー・ライムは視線をそらしていた。近くの壁を見つめていた。コンクリートブロックの隙間のモルタル部分から釘が一本突き出している。掲示板か何かを下げるためのものだろう。だが、その何かは、何年も前に撤去されたか、盗まれたかしていた。

「私にかまわないでもらえないか。きみたちとは話したくない」迫力のある声で言ったつもりだった。しかし実際には、ダンスパーティで生理的に受けつけない相手から誘われた女の子の声みたいだった。

「俺ら、親睦《しんぼく》ってやつを図ってるだけだぜ」

いま何と言った？〝親睦を図ってる〟だって？

それから思い直した。本当なのかもしれない。これはただの世間話なのかもしれない。この二人と親しくなれば、いざというとき守ってもらえるかもしれない。味方は何人いても困ることはないだろう。さっきの発言をうまく撤回できるだろうか。「悪かった。その、私にとっては馴染みのないことだから。逮捕されるなんて、初めてで。だから――」

「女房は何やってんだ？　やっぱ科学者なのか？　頭いいのか？」

「私には――」あとに続くはずの言葉は蒸発したように消えた。

「おっぱいはでかいか？」

「アナルに突っこむのか？」

「いいか、科学馬鹿、よく聞けよ。そのおつむのいい女房は、銀行に行って金を下ろす。一万だな。でもって、そのまんまブロンクスの俺のいとこのうちに行く。でもって――」

甲高い声が途切れた。

ジャンプスーツの袖をまくりあげた、身長百八十五センチの筋肉と脂肪の塊みたいな黒人の拘置者が、三人に近づいてきた。不愉快そうにラテン系の二人をにらみつけている。

「おい、チワワども。失《う》せな」

アーサー・ライムは凍りついた。たとえ誰かに銃で狙われ撃たれたとしても（ここは磁気探知機で守られた領土の内側だとはいえ、銃の存在自体にはいまさら驚かないだろうが）身動き一つできないだろう。

「ファック・ユー、ニガー」イヤリング男が毒づいた。

「糞野郎」テナー男が言うと、黒人は笑い、イヤリング男に腕を回すと、引きずるようにして連れていった。耳もとで何かささやいている。イヤリング男の目に影が差し、相棒にうなずく。相棒は後を追った。二人はせいいっぱい虚勢を張りながらホールの隅っこに歩いていく。これほど震え上がっていなければ、アーサーは愉快な気分でその後ろ姿を見送っていただろう――子どもたちが通う小学校のいじめっ子二人組が、叱られてみじめに背を丸めているみたいな光景。

黒人が伸びをする。関節がぽきぽきと鳴る音が聞こえた。鼓動がいよいよ早くなった。言葉にならない祈りが心をよぎっていく――心臓よ、さっさと破裂してくれ、さっさとここから逃がしてくれ。

「ありがとう」

黒人が言う。「よせよ。あいつら、迷惑なんだよ。現実ってものを教えてやらねえとな。そういうもんだ、わかるだろ」

いや、ちっとも。だが、アーサー・ライムは答えた。「ともかくありがとう。私はアーサー」

「あんたの名前くらい、とっくに知ってるさ。ここじゃな、全員が知らないことなんか一つもねえんだ。あんたはその〝全員〟に入っちゃいねえがな。あんたは何にもわかっちゃいねえ」

それでも、アーサー・ライムでも知っていることが一つあった。知っていると胸を張って言えることが。それは、自分は死んだも同然だということだ。だから、こう応じた。

「なるほど。じゃあ、あんたはいったい誰なのか教えてくれないか、糞野郎」

大きな顔がこちらを向く。汗の匂い、煙草くさい息。アーサーは家族の顔を思い浮かべた。まず子どもたちの顔を、次にジュディの顔を。両親のことも思った。母親、そして父親。それから、意外なことに、いとこのリンカーンのことを思い出した。十代のころのある夏、猛烈に暑かった日に、イリノイ州の野原を競走したっけ。
あのカエデの木まで競走だ。ほら、あれだよ、あそこの木だよ。3でスタートだぞ。いいか？　1、2、3……走れ！

ところが黒人の男は無言で背を向けると、ホールをゆっくりと横切って、向こう側にいた別の黒人拘置者のところに行ってしまった。二人は拳を打ち合わせる挨拶を交わしている。アーサー・ライムの存在はすでに忘れられていた。

親しげな二人の様子を見つめる。孤独感がいっそう募った。目を閉じ、うつむいた。

アーサー・ライムは科学者だ。その科学者は、人生は自然淘汰《とうた》のプロセスを通して進化していくものだと、そこに神の裁きの入りこむ余地はないと信じている。

しかし、冬の潮流のように容赦ない絶望感に深くからめ取られたいまは、目に見えなくても現実に存在する重力のように、この世には何らかの天罰システムが存在しており、それが作用して、これまでに犯してきた罪に罰を下そうとしているのだろうかと考えずにはいられなかった。もちろん、善《よ》いことだってたくさんした。子どもたちを育て、偏りのない価値観と忍耐を教えた。妻に対してもよき伴侶だった。癌《がん》と闘う妻を支えた。この世界を豊かにする科学という偉大なものに貢献もした。

だが、悪い行いもあった。そういうものだろう。

悪臭を放つオレンジ色のジャンプスーツを着て拘置所のホールに座ったアーサーは、信じようとした。正しい思考と信仰——それに投票日ごとに国民の本分を守って支えてきた社会制度への信頼――さえあれば、きっと正義の天秤の反対側に戻って、家族や以前の人生を取り戻すことができると。

正しい心と意思さえあれば、あの暑い夏の日、カエデの木を目指して土埃舞う野原を全力で走り、リンカーンを負かしたように、運命との競走に勝つことだってできると。きっと救いの手が差し伸べられると。もしかしたら――

「どきな」

その声は低く静かだったが、アーサーはびくりと飛び上がった。背後から白人の拘置者が近づいてきていた。脂《あぶら》じみた髪をした白人の男だった。全身がタトゥだらけで、歯が何本かない。ドラッグが抜けかけているらしく、落ち着きがなかった。ほかに座る場所はいくらでもあるのに、アーサーが座っているベンチの、アーサーが座っている場所をじっと見つめている。その目は敵意だけを発していた。

アーサーがほんの一瞬だけ抱いた期待――道徳と正義の、数値化可能で科学的原理に従ったシステムへの期待はかき消えた。いまここにいる、体こそ小さいが、薬物に冒された物騒な男の一言にあっさりと殺された。

どきな……

いまにもあふれ出しそうな涙をこらえ、アーサー・ライムは場所を譲った。

7

電話が鳴り、リンカーン・ライムは思考をさえぎられたことにいらだちを感じた。ミスターXがどうやって証拠を偽装したのか——偽装が事実であるとしてのことだが——を考えているさなかだった。いまは邪魔されたくない。

しかし次の瞬間、現実が目に飛びこんできた。ナンバーディスプレイに、四四から始まる番号が表示されている。イギリスの国番号だ。「コマンド、電話を取る」即座にそうコマンドを発した。

かちり。

「ロングハースト警部補？」ファーストネームで呼び合う努力はとうに放棄していた。スコットランドヤードとのつきあいには、他人行儀な礼儀作法がどうやら必須らしい。

「もしもし、ライム警部」女性警部補の声。「ちょっと動きがありまして、ご報告をと思いましたの」

「お願いします」

「ダニー・クルーガーが以前取引をしていた闇ブローカーから情報が入りました。リチャード・ローガンがロンドンを離れたのは、マンチェスターで何かを受け取るためだそうです。それが何なのかはわかりませんが、マンチェスターには他地域に比べて兵器の闇ブローカーが多いことは、周知の事実です」

「正確にはどこにいるか、手がかりは？」

「ダニーも引き続き情報を収集してくれています。ローガンがロンドンに戻ってくるのを待たずに、マンチェスターで逮捕できれば何よりなのですが」

「ダニーは慎重に動いているんでしょうね」テレビ会議で見た元ブローカーの姿が目に浮かぶ。大柄で、よく陽に焼けた、声の大きな南アフリカ人。腹と、小指の金の指輪は、どちらもいまにももげ落ちるのではと心配になるほど大きく突き出していた。ライムにはダルフールがらみの事件を扱った経験があり、そのテレビ会議のときもダルフールの悲惨な内戦についてクルーガーと語り合った。

「ええ、彼に任せておけば大丈夫ですよ。目立たないほうがいい場面では、目立たずに動ける人ですから。反対に、犬みたいに獰猛《どうもう》になるべき場面では情け容赦しません。手に入れる方法があるなら、かならず詳細な情報を手に入れてくれるはずです。マンチェスター警察にも協力を要請して、狙撃チームを組織してもらっています。また何かわかりましたらご連絡しますから」

ライムは礼を言って電話を切った。

「きっと捕まるわよ、ライム」サックスが言った。ライムを励ますためだけではない。サックスにもローガン逮捕を願う理由がある。ローガンが起こした事件の一つで、サックス自身もあやうく命を落としかけたのだ。

今度はサックスに電話がかかってきた。しばらく相手の声に耳を澄ましたあと、十分で行くと言った。「フリントロックが言ってたほかの事件の捜査資料。用意できたって。さっそくもらってくるわね……ああ、そうだ。あとでパムが寄るかも」

「何の用事で来ているんだ？」

「マンハッタンに住んでるお友だちと一緒に勉強してるのよ──男の子と」

「ほう、それはうれしいニュースだな。どんな相手だ？」

「同じ学校の子ですって。早く会ってみたいわ。パムったら、最近じゃその彼氏の話ばかりなのよ。もちろん、パムはいい子だもの、ちゃんとした相手なら、つきあうこと自体はいいと思うの。ただ、あまり急速に関係を深めるのはどうかと思って。相手の子に実際に会って、徹底的に尋問してみるまでは、ちょっと心配」

ライムは部屋を出ていくサックスにうなずいてみせたが、心はすでに別のところにあった。アリス・サンダーソン殺害事件の情報が書かれたホワイトボードに目を注いだまま、音声コマンドを使って電話をかけた。

「もしもし？」穏やかな男の声。背景でワルツが聞こえている。それも大音量で。

「メル。メルか？」

「リンカーン？」

「そのやかましい音楽は何だ？　いまどこにいる？」

「ニューイングランド社交ダンス大会の会場」メル・クーパーが答えた。

思わず溜息が漏れる。皿洗いにマチネの観劇に社交ダンス。日曜はこれだからいやになる。「来てもらえないか。事件だ。こいつはユニークだぞ」

「あんたのとこに来る事件はどれもユニークなのばかりだろう、リンカーン」

「いや、こいつはなかでもユニークなんだ。〝ユニーク〟の意味が〝二つとない〟だということを考えると、論理的にはありえないことかもしれないがね。で、来られるのか？　さっき、ニューイングランドと言ったな。頼むよ、ボストンやらメイン州やらにいたりしないでくれ」

「ミッドタウンにいるよ。思うに、もうここには用はなさそうだ――グレタと出場したんだが、たったいま落とされた。ロージー・タルボットとブライアン・マーシャルが優勝しそうだよ。そうなったら大事件だね」メル・クーパーはいわくありげな口調でそう言った。「何時に行けばいい？」

「いますぐだ」

くっくという笑い声が聞こえた。「拘束時間は？」

「長くなるかもしれない」

「たとえば今日の六時までとか？　それとも水曜まで？」

「上司に連絡して、別の事件を担当することになったと伝えるようお勧めするね。私としても水曜までには解決していることを祈るが」

「誰の指示か報告しなくちゃいけない。指揮官は？」

「こう言っておこうか——〝その点は曖昧《あいまい》にしておけ〟」

「リンカーン。まさか、あんたも警察にいたことがあるのを忘れたわけじゃないよな。〝曖昧〟は通用しない。〝おそろしく具体的〟じゃないとだめだ」

「指揮官はとくにいない」

「あんたが一人で捜査してるってことか？」クーパーがいぶかしげな口調で訊き返す。

「一人でというわけではない。アメリアもいる。ロナルドもいる」

「それだけ？」

「きみもいる」

「なるほど。で、誰を追ってる？」

「じつを言うと、犯人はすでに捕まっている。二人は刑務所、一人は公判待ちで拘置所だ」

「で、あんたは、その三人が真犯人かどうか、疑わしいと思ってる、と」

「まあ、そんなところだ」

ニューヨーク市警鑑識課に所属するメル・クーパーは証拠物件の分析を専門としており、市警でもっとも優秀な職員の一人であると同時に、もっとも察しのいい人物の一人でもあった。「くそ。つまり、うちの上司たちがどんなミスをして誤認逮捕をしちまったのか突き止めて、真犯人どもを捕まえ直すために、金のかかる新しい捜査を三つも開始するよう説得するのを手伝えってことか。ちなみに真犯人も、いったんは刑務所行きを免れたと思ったのにやっぱりだめだったらしいと知ったら、かならずしも喜ばないだろうな。要するに、だ。誰にとっても都合の悪い話だってことだよ」

「グレタに申し訳ないと伝えてくれ、メル。さあ、急げ」


真紅の〈カマロSS〉に近づいたところで、サックスは呼び止められた。「アメリア！」

サックスは振り返った。きれいな顔立ちをした十代の少女が立っている。赤毛まじりの栗色の髪、両耳に趣味のよいピアスを数個ずつ。キャンバス地の重たそうなバッグを二つ提げている。淡いそばかすの散った顔は、うれしそうに輝いていた。「出かけるの？」

「大きな事件があってね。ダウンタウンに行くの。送っていきましょうか」

「うん。シティホールの駅で降ろしてもらえれば、そこからは電車で帰る」パムは助手席に乗りこんだ。

「どう、勉強は進んだ？」

「まあね」

「お友だちは？」サックスは辺りを見回した。

「たったいま別れたとこ」

スチュアート・エヴェレットは、パムが通っているマンハッタンの高校の生徒だ。交際を始めて三、四か月になる。同じ授業を取っていて知り合い、互いに読書好き、音楽好きであるとわかってすぐに意気投合した。二人とも学校の詩創作クラブのメンバーでもある。それを聞いてサックスは安心した。少なくともスチュアートは、オートバイで暴走する〝不良〟でもなければ、体ばかり立派で頭の中身はお粗末な〝マッチョタイプ〟でもなさそうだ。

パムは教科書の入ったバッグをリアシートに置き、もう一つのほうを開いた。ぼさぼさ頭の犬が顔をのぞかせた。

「こんにちは、ジャクソン」サックスは犬の頭をなでてやった。

小柄なハバニーズは、サックスがダッシュボードのドリンクホルダー――そこに犬用のビスケット以外のものが入っていたことはない――から取って差し出した〈ミルク・ボーン〉に飛びついた。

「スチュアートは送ってきてくれなかったの？　紳士とは言えないわね」

「サッカーの試合があるんだって。スポーツ好きなの。男の人ってだいたいスポーツ好きじゃない？」

発進して車の流れに乗りながら、サックスは苦笑した。「そうね」

この年齢の少女には不似合いな質問とも思える。ふつうの子なら、男とスポーツの関係について一とおり知っているものだろう。しかし、パム・ウィロビーはふつうの子ではなかった。父親はパムが幼いころ、国連平和維持軍の一員として派遣された先で殺害され、情緒不安定になった母親はその後、政治・宗教右派の地下組織に身を投じ、年月を重ねるごとに戦闘的になっていった。現在は、殺人罪で終身刑を宣告されて服役中だ(何年か前に国連ビルに爆弾を仕掛け、六人の命を奪った)。アメリア・サックスとパムはそのころに出会った。ある連続誘拐殺人事件の犯人の手から少女を救ったのだ。パムはその直後から行方がわからなくなっていたが、まったくの偶然から、しばらく前、ふたたびサックスに命を救われた。

反社会的疑似家族から解放されたパムは、ブルックリンの里親に預けられた(サックスは、大統領の訪問先の安全を事前に確認するシークレットサービスのごとく、里親候補の身辺を徹底調査した)。パムは里親の家族とうまくやっている。それでもサックスとはいまも頻繁に会っており、二人はすっかり親しくなった。養母がほかの五人の幼い子どもたちの世話で忙しいこともあって、サックスはパムの姉の役割を引き受けていた。その関係は、互いの足りないものを補った。サックスは昔から子どもを望んでいた。しかし、いろいろと複雑な経緯があって、いまだ実現していない。初めて真剣に交際し同棲までした恋人と家庭を築くつもりでいたものの、同じ市警の刑事だった彼は、考えられるかぎり最悪の相手だったとのちにわかった(収賄、脅迫、そして服役。ぱっと頭に浮かぶだけでそれだけの理由がある）。その恋人と別れたあと、しばらく誰ともつきあわずにいたが、リンカーン・ライムと知り合って以来は、ずっとライムとの関係を維持している。ライムは子どもが苦手だが、公平で聡明な優しい人間だ。石のようなプロ意識と家庭生活を切り離し両立させることだって、ライムならできるだろう――世の中には、それができない男も大勢いるが。

しかし、いまの段階で子どもを持つのは困難だ。警察の仕事は危険と隣り合わせで、時間的負担も大きく、しかもサックスにしてもライムにしても、捜査のことを片時も忘れることができない。しかも、ライムがいつまで健康でいられるかという不安も抱えている。そういった困難を切り抜けていかなくてはならないうえ、肉体的な障害も乗り越える必要があった。検査の結果、問題はライムではなく（ライムは子をなす充分な能力を備えている）、サックスにあると判明していた。

そんなこんなで、いまの時点では、パムとの関係があれば充分だった。サックスは与えられた役回りを楽しんでいたし、真剣に取り組んでもいた。これまでなかなか大人を信用しようとしなかったパムも、少しずつ障壁を切り崩し始めている。ライムもパムと話していると、本当に楽しそうにしていた。目下、パムはライムの助言を仰《あお》ぎながら、右派地下組織での自分の経験を『とらわれの身』と題した原稿にまとめようと奮闘している。トムは、出版された暁《あかつき》には、きっとあの『オプラ・ウィンフリー・ショー』の書評コーナーで紹介してもらえると励ましていた。

スピードを落とすことなく邪魔なタクシーを器用によけながら、サックスは言った。

「答えをまだ聞いてないわ。勉強は進んだ？」

「うん」

「じゃ、木曜の試験の準備は万全？」

「完璧。いつでも来いって感じ」

サックスは笑った。「今日は一度も教科書を開いてないくせに」

「アメリア、せっかくこんないい天気なんだよ！　この一週間、ぜんぜん晴れなかったじゃない。こんな日に外に出ないなんて犯罪！」

サックスはとっさに、学年末試験でよい成績を取ることがいかに大事なことであるかを説こうとした。パムは優秀な子だ。ＩＱが高く、読書にかける熱意も並大抵《なみたいてい》ではない。しかし、過去にほとんどまともに学校に通っていないという事情を考えると、一流の大学に入るのはかなり厳しいだろう。しかし、パムのいかにも幸せそうな顔を見て、サックスは優しい気持ちになった。「で、何をしてたの？」

「散歩してた。ハーレムまで行って、貯水池の周りを歩いた。ああ、ボートハウスのそばでちょうどコンサートをやってたよ。ただのカバーバンドだったけど。でも、本物のコールドプレイかと思うくらいそっくりだった……」パムは記憶をたどるような顔をした。「スチュアートとは、そうだなあ、ずっとただしゃべってた。とくに何についてってわけでもないけど。でも、そういうのって、一番幸せだと思うの」

アメリア・サックスもまったく同感だった。「彼、かっこいい？」

「うん。ものすごくかっこいい」

「写真、持ってないの？」

「アメリア！　写真持ち歩くなんて、いつの時代の話？」

「今度の事件が片づいたら、三人で食事でも行こうか」

「食事？　そんなにスチュアートに会いたい？」

「あなたとつきあうからには、あなたにはこわーい保護者がいるってことをよく理解しておいたほうがその子のためだから。銃と手錠を持ってる保護者がいるってことをね。さてと、ジャックをしっかり抱いてて。かっ飛ばしたい気分になった」

サックスはがつんとギアを落とすと、アクセルペダルを踏みこみ、エクスクラメーションマークを二つ、鈍い黒に輝く路面に残した。

8

アメリア・サックスがたびたび平日の夜や週末をライムの自宅で過ごすようになってから、ヴィクトリア朝風のタウンハウスにいくつかの変化が訪れた。事故のあと、そしてサックスが現われる前、一人きりで住んでいたころのこの家は、整理整頓は行き届いていても（介護士や家政婦を解雇して次を雇うまでのあいだは別として）、〝生活感〟という形容詞は決して似合わない空間だった。壁を見ても、家主の人物を知るヒントになる物品——資格証明書、学位証明書、ニューヨーク市警の科学捜査部長だった当時に授与された表彰状など——は一つも飾られていなかった。両親のテディとアン、伯父のヘンリー一家の写真もなかった。

サックスはこれを許さず、説教をするようにこう言った。「大切なものでしょう。これまでの実績も、家族も。まさか過去を抹消したいわけ、ライム？」

ライムはサックスのアパートの部屋を見たことがない——建物がバリアフリーではないせいだ——が、きっとどの部屋にもサックスの過去の証拠物件がぎっしりと詰まっているのだろう。もちろん、写真の大部分は見せてもらった。ほとんど笑顔を見せない美少女（とうの昔にきれいに消えたそばかすがまだあった）。工具を手にした高校生。休暇で帰省し、にこやかに微笑む警察官の父と厳格な母親にはさまれて写った大学生の娘。当時の流行に乗って、人間味の感じられない冷めた目をしてみせている、雑誌や広告のモデル（ただし、その目つきは、ただの洋服掛け扱いしかされないことに対する反感の表われだったことをライムは知っている）。

ほかにも何百枚と写真があった。ほとんどは、いつも早撃ちのガンマンみたいに素早く〈コダック〉をかまえたサックスの父親の手で撮影されたものだ。

サックスはライムの家の何もない壁を見て、それまで雇われたどの介護士も——さすがのトムでさえ——足を踏み入れなかった地へまっすぐ向かった。地下室の段ボール箱だ。ライムの前世、〝ビフォア〟の証拠物件を収めた箱、箱、箱。後妻の前で先妻の話は持ち出さないのと同じようにひた隠しにされた、以前の人生の名残《なごり》。その結果、地下室に埋蔵されていた資格証明書や学位証明書や家族写真はいま、タウンハウスじゅうの壁や暖炉上の棚を飾っている。

ライムはそのなかの一枚を見つめていた。痩せた十代の少年だったライム。陸上競技大会で撮影された写真だ。乱れた髪、トム・クルーズ似の存在感のある鼻。両手を膝についている。おそらく、千五百メートル走でゴールした直後だろう。ライムは短距離走には興味がなかった。長距離走のリリシズム、優美さに魅力を感じた。走るのは〝プロセス〟だと考えていた。ゴールラインを越えたあとも止まらずに走り続けることもあった。

この写真が撮影されたとき、家族はきっと観客席にいたはずだ。父親と伯父はともにシカゴ近郊に家を持っていたが、二軒の距離はいくらか離れていた。リンカーン・ライムの実家は、当時はまだ農地がちらほら残っていた新興住宅地のなかにあった。起伏のない、草木がはげかけたその一帯は、考えなしのデベロッパーと情け容赦なしの竜巻の格好のターゲットだった。一方、エヴァンストンの湖畔に住んでいたヘンリー・ライム一家は、そのいずれの脅威にもほとんどさらされずにすんだ。

シカゴ大学の教授で、応用物理学の授業を二つ担当していたヘンリーは、シカゴの何層にも重なる社会階層を貫いて走る電車に乗って、週二回、大都会に通勤した。妻のポーラはノースウェスタン大学で教えていた。夫妻には三人の子どもがいた。ロバート、マリー、アーサー。それぞれ科学者の名を取ってつけられた。ロバートとマリーは、もちろん、かの有名なオッペンハイマーとキュリーにあやかった。アーサーは、一九四二年にシカゴ大学に創設された、悪名高き冶金学《やきんがく》研究所の所長だったアーサー・コンプトンにちなんで名づけられた。ちなみに、この冶金学研究所は、世界初の原子核分裂連鎖反応制御プロジェクトの隠れ蓑《みの》だった。子どもたちは三人とも一流大学を卒業している。ロバートはノースウェスタン大学医学部、マリーはカリフォルニア大学バークリー校、アーサーはマサチューセッツ工科大学（ＭＩＴ）を出た。

ロバートはヨーロッパで勤務中の事故により、何年か前に亡くなった。マリーは中国で環境問題に取り組んでいる。二つのライム家の父母のなかでいまも健在なのは一人だけだった。ポーラおばは老人養護施設に預けられ、現在起きている出来事を理解不能な断片として経験しながら、鮮明できちんと筋の通った数々の思い出のなかに生きている。

ライムは自分の写真を見つめ続けていた。目をそらすことができない。その競技会のことを思い出したからだ……大学の教室で顔を合わせても、ヘンリー・ライム教授は挨拶代わりに片方の眉をかすかに持ち上げるだけだった。ところが陸上競技場では、ライムのレースが始まるなり観客席から跳ねるように立ち上がり、口笛を吹き鳴らしたり、リンカーンに向かって〝行け、行け、行け、まだ踏ん張れるぞ！〟と大声を張り上げたりして、甥っ子がトップでゴールできるようさかんな応援で背中を押した（実際、ライムは幾度となく優勝している）。

この写真の競技会のあとも、たしかアーサーと遊びに出かけたはずだ。兄弟のいないさみしさを埋めようと、二人はできるだけ一緒に過ごした。アーサーには兄ロバートや姉マリーがいたものの、行動をともにするには年齢が離れていたし、リンカーンは一人っ子だった。

そんなわけで、リンカーンとアーサーは互いを兄弟に選んだ。ほとんどの週末、そして夏休みは毎年、血のつながらない兄弟は二人で冒険の旅に出た。たいがいはアーサーの〈コルベット〉を駆って（大学の教授だったとはいえ、伯父のヘンリーの収入は、ライムの父の何倍もあった。ライムの父テディも科学者だったが、スポットライトの当たらない場所にひっそりととどまるのを好んだ）。冒険のテーマは、十代の少年なら誰もがひととおり経験するようなことだった——女の子、野球、映画、議論、ハンバーガーにピザ、隠れてビール、青臭い〝世の中論〟。そしてまた女の子。

新しい〈ＴＤＸ〉の車椅子の上で、ライムは考える。あの競技会のあとアーサーといったいどこへ出かけたのだったか。

アーサー、血のつながらない兄弟……

ライムの首の骨が強度の足りない木材のようにぽきりと折れたあと、一度も会いに来ない兄弟。

なぜだ、アーサー？　なぜなんだ……

そのとき、タウンハウスの呼び鈴が鳴り響いて、記憶の列車はふいに脱線した。トムが玄関へ向かう。まもなく、ほっそりとした体をタキシードに包んだ、生え際の後退しかけた男が悠然と入ってきた。メル・クーパーは繊細な鼻に載せた分厚い眼鏡を押し上げ、一つうなずいた。「どうも」

「この家のドレスコードはフォーマルだったか？」ライムはタキシードをちらりと見た。

「社交ダンスの競技会だよ。決勝に残ってたら、来られなかったんだぞ」ジャケットを脱ぎ、ボウタイを取って、フリルのついたシャツの袖をまくり上げる。「で？　さっき言ってた〝ユニーク〟な事件ってのは？」

ライムはこれまでの経過を説明した。

「いとこが逮捕されたのか。それは残念だ、リンカーン。しかし、あんたの話にそのいとこが登場したことは一度もないような気がするな」

「手口についてどう思う？」

「事実なら、あっぱれだね」クーパーはアリス・サンダーソン事件の証拠物件一覧表にじっと目を注いでいる。

「何か気づいたことは？」

「そうだな、いとこの自宅から押収された証拠の半分は、車かガレージで発見されてる。何かをこっそり置くには、家のなかよりずっと簡単な場所だ」

「私もまったく同じことを考えていた」

またしても呼び鈴が鳴った。今度はトムの足音だけが戻ってくるのが聞こえた。何かの配達が来ただけか。そう納得しかけた瞬間、ふと思い出した。今日は日曜だ。客人がカジュアルな私服にスニーカーという格好だったとしてもおかしくない。そしてスニーカーなら、足音はしない。

そうだ、きっとそれだ。

若きロナルド・プラスキーが廊下の角からひょいと現われ、はにかんだような顔で軽く会釈をした。数年の経験を積んだパトロール警官は、もう新人《ルーキー》ではない。しかし、見た目はいかにもルーキーといった雰囲気を引きずっており、ライムにとっては、プラスキーはいまでもやはりルーキーだった。そしておそらくこの先もずっとそれは変わらないだろう。

靴は思ったとおり音のしない〈ナイキ〉のスニーカーだった。ただし、ジーンズの上に、おそろしくやかましい柄のアロハシャツを着ていた。金色の髪は流行に乗ってつんつんと立たせてある。額にはひときわ目立つ傷痕が刻まれていた――ライムとサックスの捜査チームに初めて加わったとき、犯人に襲われてあやうく命を落としかけた、その名残だ。頭を強打されたために脳にまで損傷が及び、プラスキー青年は辞職も考えたが、厳しいリハビリをがんばり通してニューヨーク市警に残る道を選び取った。おもにライムの姿に勇気づけられての選択だったという（言うまでもなく、プラスキー本人はそのことをサックスにしか打ち明けていない。ライムはサックスから聞かされて知った）。

プラスキーはクーパーのタキシードを見て驚いたように目をしばたたかせたあと、改めて二人に挨拶代わりにうなずいた。

「皿は一枚残らずぴかぴかに洗ったか、プラスキー？　花に水をやるのを忘れなかったか？　食べ残しはちゃんとフリーザーバッグに入れたか？」

「いいえ、あのあとすぐうちを出ました」

三人で事件を検討していると、戸口からサックスの声がした。「あら、今日は仮装パーティだったの？」クーパーのタキシードとプラスキーの派手なアロハシャツをながめている。それから、クーパーに顔を向けて言った。「うん、なかなかスマートよ。ねえ、タキシードを着た人を見たら、そう言って褒めるものよね？　〝スマート〟って」

「悲しいかな、俺の心には〝準決勝ラウンドで敗退〟って言葉しか思い浮かばない」

「グレタは落ちこんでない？」

　クーパーの北欧美女の恋人はがっくりと落ちこんでいるらしい。「友だちと飲みに行ってる。いまごろは悲しみをアクアヴィットで癒してるはずだ。ああ、アクアヴィットってのは、グレタの故郷の酒でね。俺に言わせれば、とても飲めた代物じゃないが」

「お母さんはお元気？」

　クーパーは母親と同居している。人生の大部分をクイーンズで過ごしてきた、エネルギッシュなご婦人だ。

「おかげさまで。今日は〈ボート・ハウス〉でブランチだとか言って出かけた」

　サックスはプラスキーの妻や二人の幼い子どもたちの様子も尋ねたあと、こう付け加えた。「ごめんなさいね、せっかくの日曜に」それからライムに向き直った。「来てもらえてどれだけありがたいか、ちゃんと伝えたわよね」

「ああ、伝えたさ」ライムは口のなかで言った。「社交の時間はここまでにしてよろしいですかな……さて、獲物は何だ？」

「コイン強盗事件とレイプ事件の証拠物件の目録と写真」

「証拠物件の実物は？」

「もうロングアイランドの保管倉庫に移されてた」

「ふむ。ともかく見てみるとするか」

アーサーの捜査資料を点検したときと同じように、サックスがフェルトペンを取り、新しいホワイトボードに記入していった。

殺人／強盗　発生日：３月27日

３月27日

犯　罪：殺人、レア物コイン４箱分の窃盗

死　因：複数刺創による失血とショック

現　場：ブルックリンのベイリッジ

被害者：ハワード・シュワルツ

容疑者：ランドル・ペンバートン

被害者の自宅から押収された証拠物件

・グリス。

・乾燥したヘアスプレーの細片。

・ポリエステル繊維。

・ウール繊維。
・〈バス〉のウォーキングシューズの靴痕、サイズ9½。
目撃者より、ベージュ色のベストを着た男が黒の〈ホンダ・アコード〉に走っていくのを見たとの通報あり。

容疑者の自宅と自動車から押収された証拠物件

・パティオの傘からグリスを採取。被害者の自宅で見つかったグリスと成分が一致。
・〈バス〉のウォーキングシューズ、サイズ9½。
・〈クレイロール〉のヘアスプレー。現場で採取された細片と成分が一致。
・ナイフ——柄《え》から採取された微細証拠物件：
　・塵。犯行現場からも容疑者宅からも同一のものは採取されず。
　・古いボール紙の微片。
・ナイフ——刃から採取された微細証拠物件：
　・被害者の血液。DNA検査済み。
・容疑者所有の自動車——2004年型〈ホンダ・アコード〉。
・被害者のコレクションのなかにあったコインの1枚。
・〈カルバートン・アウトドア・カンパニー〉のベージュ色のベスト。ポリエステル繊維が犯行現場で採取されたものと一致。
・ウール毛布。車で発見。ウール繊維が犯行現場から採取されたものと一致。
備考：公判開始前、捜査員がニューヨーク市近郊およびネット上の有名コイン商に事情聴取。被害者宅から盗まれたコインは、いずれにも持ちこまれていない。

「つまり、真犯人は盗んだコインをいまも持っているわけだな。〝塵。犯行現場からも容疑者宅からも同一のものは採取されず〟……ということは、十中八九、犯人の自宅から運ばれてきたものだろう。いったいどういう種類の塵だったんだ？　分析しなかったのか？」ライムはあきれたように首を振った。「まあいい、写真を見せてくれないか。写真はどこだ？」

「いま貼るわ。ちょっと待って」

サックスはセロハンテープを探し、プリントアウトされたデジタル写真を三枚めのホワイトボードに貼っていった。ライムは車椅子を操作してそのすぐ前に陣取ると、数十枚に上る鑑識写真を見上げた。被害者であるコイン収集家の住まいは整理整頓が行き届いていた。一方、容疑者の自宅はそうは言いがたかった。コインとナイフは散らかったキッチンの流しの下から見つかっている。テーブルの上は汚れた皿やテイクアウトのカートンなどでいっぱいだ。郵便物の束も見えるが、ほとんどがダイレクトメールらしい。
「次」ライムは宣言した。「次に行こう」内心のいらだちを声に出すまいとした。

殺人／強姦　発生日：4月18日

4月18日
犯　罪：殺人、強姦
死　因：絞頸《こうけい》による窒息
現　場：ブルックリン
被害者：リタ・モスコーニ
容疑者：ジョセフ・ナイトリー

被害者のアパートから押収された証拠物件

・〈コルゲート・パームオリーブ・ソフトソープ〉のハンドソープ。
・コンドームの潤滑剤。
・ロープの繊維。
・ダクトテープに付着していた塵。アパート内から同一のものは発見されず。

・〈アメリカン・アドヒーシヴ〉のダクトテープ。
・ラテックスゴムの薄片。
・ウール／ポリエステル混紡繊維。色は黒。
・煙草の葉。被害者の体から採取（下記メモを参照のこと）。

容疑者の自宅から押収された証拠物件

・〈デュレックス〉のコンドーム。被害者から採取されたものと成分が一致。
・ロープ。犯行現場で採取されたものと繊維が一致。
・同一のロープ、長さ60センチ分。被害者の血液を検出。〈BASF〉の〈B35ナイロン6〉およそ5センチ分（人形の頭髪と見られる）がからみついていた。
・〈コルゲート・パームオリーブ・ソフトソープ〉。
・〈アメリカン・アドヒーシヴ〉のダクトテープ。
・ラテックスゴム製手袋。犯行現場で見つかった薄片とゴムの組成が一致。
・紳士用靴下一組。ウール／ポリエステル混紡。犯行現場で採取されたものと繊維が一致。同一商品の別の一組をガレージで発見。微量の被害者の血液が付着していた。
・〈タレイトン〉の煙草の葉（メモを参照のこと）。

「〝容疑者〟は、被害者の血がついた靴下をわざわざ家に持って帰ったというのか？　冗談だろう？　真犯人が置いたに決まっている」ライムは一覧表にもう一度目を走らせた。「〝メモ〟とは？」

サックスが探す。捜査指揮官を務めた刑事から検事に宛てた短いメモで、検察側の弱点になりうる問題を指摘する内容だった。サックスがライムの目の前にその文書を掲げる。

スタンへ

弁護側が突いてきそうな弱点を挙げておく。

——証拠汚染の可能性：酷似した煙草の葉が犯行現場と容疑者の自宅から見つかっているが、被害者も容疑者もノンスモーカーだ。容疑者を逮捕した刑事と現場検証をした鑑識課員に聞き取り調査をしたが、全員が自分が落としたものではないと答えている。

——DNAが一致した物証は、被害者の血液のみ。

——容疑者にアリバイあり。事件発生時刻前後、およそ六キロ離れた容疑者の自宅前で、容疑者を目撃した人物がいる。アリバイを証言した人物はホームレスの男で、容疑者からときおり小銭をもらっていた。

「〝容疑者にアリバイあり〟」サックスが読み上げる。「でも、陪審は証言を信用しなかったわけね、どうやら」

「どう思う、メル？」ライムは訊いた。

「さっきと同じ感想だな。証拠があまりにも都合よくそろいすぎてる」

プラスキーがうなずいた。「ヘアスプレー、ハンドソープ、繊維、潤滑剤……たしかにそろいすぎだ」

クーパーが続けた。「しかも証拠として偽装しやすいものばかりだろう。ところがDNAはどうだ——犯行現場から容疑者のDNAが見つかったんじゃない。容疑者の家に被害者のDNAがあった。こっちのほうがはるかに偽装しやすい」

ライムの目は相変わらず一覧表に注がれていた。一行ずつゆっくりとたどっていく。

サックスが指摘する。「でも、全部の証拠が一致したわけじゃないわ。古いボール紙と塵——この二つは、犯行現場とも容疑者の自宅とも結びついてない」

ライムは言った。「それに煙草の葉。被害者も、濡れ衣を着せられた哀れな男もノンスモーカーだった。すなわち、煙草の葉は真犯人が落としたものかもしれないということだ」

プラスキーが訊く。「人形の毛髪はどうなんでしょう？　真犯人には子どもがいるってことかな」

ライムは指示した。「強姦殺人事件の写真も貼ってくれ。見てみよう」

ほかの二つの事件と同様、鑑識は被害者のアパート、容疑者の自宅とガレージの隅々まで写真に収めていた。ライムは写真をひとわたりながめた。「人形はないな。玩具の類はいっさい見当たらない。真犯人には子どもがいるか、玩具と何らかの形で接触する機会が多いのかもしれないな。加えて、煙草を吸うか、煙草や葉巻が身近にある環境にいるらしい。いいぞ。手がかりらしきものが見つかった。よし、プロファイル表を作ろう。これまでは真犯人を〝ミスターX〟と呼んできた。そろそろちゃんとした名前をつけてやらないとな……今日は何月何日だ？」

「五月二十二日です」プラスキーが答えた。

「決まった。未詳五二二号だ。サックス、また頼む……」ライムはホワイトボードの一枚に顎をしゃくった。「プロファイル表を作るぞ」

未詳522号のプロファイル

- 男性。
- 喫煙者。または同居者／同僚に喫煙者がいるか、煙草のある場所の近くにいる。
- 子どもがいるか、子どものいる場所または玩具のある場所の近くで暮らしている

／働いている。
・美術品やコインに関心？

偽装ではない証拠物件

・塵。
・古いボール紙。
・人形の毛髪（〈ＢＡＳＦ〉の〈Ｂ35ナイロン６〉）。
・〈タレイトン〉の煙草の葉。

ふむ。足がかりはできた。いささか頼りないが。

「ロンかマロイ警部に連絡する？」サックスが言った。

ライムは冷ややかに笑った。「連絡して、いったい何と言う？」一覧表のほうにうなずいてみせる。「私たちのささやかな極秘捜査は即刻中止の憂き目に遭うことだろう」

「あの、それって、この捜査は正式のものじゃないってことですか」プラスキーが訊く。

「非行刑事クラブへようこそ」サックスが言った。

青年パトロール警官は与えられた情報を呑みこもうと奮闘している。

「だから、ほら、こうして仮装してるわけさ」クーパーが付け加え、タキシードのズボンの脇に縫い付けられた細い黒サテン地を指さした。もしかしたらウィンクもしたのかもしれないが、眼鏡のレンズが厚すぎて、よくわからなかった。「さて、お次は？」

「サックス、クイーンズの鑑識に電話だ。私のいとこの事件の証拠物件を手に入れるのは無理だろう。公判開始が迫っているから、証拠物件はすべて検事局が保管しているだろうからね。しかし、前の二件――レイプとコイン窃盗については、保管倉庫から送ってもらえるかもしれない。塵、厚紙、ロープの実物を調べたい。それから、プラスキー、きみはビッグ・ビルディングに行ってくれ。ここ六か月に発生した殺人事件の資料を残らず調べるんだ」

「残らず、ですか」

「市長はこの街から犯罪を一掃したんだ。聞いていないか？　ここがデトロイトやワシントンDCでないことをありがたく思え。フリントロックはこの二件をすぐに思い出した。ほかにもまだあるに違いない。殺人の発端となった犯罪に注目すればいい。おそらく窃盗、もしかしたらレイプ。さらに、明白な同定証拠がそろっていて、発生直後に匿名の通報が入っている。ああ、もう一つ、容疑者は無実を主張している」

「了解しました」

「で、あんたと俺は？」メル・クーパーが訊いた。

「待つ」ライムは、卑猥《ひわい》な言葉をいやいや口にするかのように、ぼそりと答えた。

9

すばらしいトランザクションだった。

私は満たされている。高揚感と充足感に包まれている。たったいまコレクションにそっと加えたイメージを、一枚一枚めくっていく。マイラ9834のイメージ。画像は私の記憶に保存された。それ以外は、デジタルテープレコーダーに保存されている。

通りを歩きながら、周囲のシックスティーンたちを観察する。歩道を川のように流れていくシックスティーンたち。車、バス、タクシー、トラックに乗ったシックスティーンたち。

誰かに観察されているとは夢にも思っていない、窓の向こうのシックスティーンたち。

シックスティーン……人間を指してそう呼ぶのは、もちろん、私だけではない。ほかにも大勢いる。この業界では一般的な用語だ。とはいえ、人をシックスティーンとして考えるのを好むのは――そう考えるほうが安心できるのは、おそらく私だけだろう。

十六桁の番号は、名前よりもよほど明快で効率的だ。名前は私をいらだたせる。私はそれが気に入らない。私がいらだつと、ろくなことにならない。絶対に誰のためにもならない。名前……やれやれ、なんと面倒な代物か。例を挙げよう。ジョーンズとブラウンというラストネームを持つ人間は、それぞれアメリカの人口のざっと〇・六パーセントを占める。ムーアは〇・三パーセント。一番人気のスミスに至っては、驚きの一パーセントだ。この国には三百万人近くのスミスがいる（ちなみに、ファーストネームで一番多いのは？　ジョン？　外れだ。ジョンは二番手――三・二パーセント。栄えある第一位は、三・三パーセントのジェームズだ）。

このデータの意味するところを考えてみてほしい。誰かが「ジェームズ・スミス」と言ったとしよう。その誰かは、数十万人いるジェームズ・スミスのなかの、いったいどのジェームズ・スミスを指している？　しかも、〝数十万人〟には、存命中の人間だけしか含まれていない。過去に存在したジェームズ・スミスを勘定したら、いったい何人になるのか。

勘弁してくれ。

考えただけで、頭がどうかしそうになる。

いらだち……

しかも、人違いの結果は取り返しのつかないものになりかねない。たとえば、いまは一九三八年、ここはベルリンだとしようか。ヴィルヘルム・フランケル氏は、ユダヤ人のヴィルヘルム・フランケルなのか、それとも非ユダヤ人のヴィルヘルム・フランケルなのか。どっちであるかによって、運命は大きく違ってくる。それに、ナチスについてきみがどのような考えを持っていようと、人の身元を突き止めることにかけて彼らはまったく天才的だった(しかもコンピューターを使っていたのだ！)。

名前はエラーを引き起こす。エラーはノイズだ。そして、ノイズは汚染物質だ。汚染物質は除去されなければならない。

アリス・サンダーソンは何十人もいるのかもしれないが、自分の命を犠牲にしてまで親愛なるミスター・プレスコット作『アメリカの家族の肖像』を私に差し出したのは、アリス3895一人だ。

マイラ・ワインバーグ？　そうだな、たしかに、そう大勢はいないだろう。しかし、ほかにもいることは確実だ。それでも、私に充足感を与えるために命を捧げたのは、マイラ9834しかいない。

デリオン・ウィリアムズはきっと大勢いるだろう。だが、マイラ9834をレイプし、強姦した罪で死ぬまで刑務所で過ごすことになるのは、6832‐5794‐8891‐0923一人だけだ。そしてこの一人のおかげで、私はこの先も自由の身でいられ、また同じ充足感を味わうことができる。

目下、私はデリオン6832の自宅（厳密にはガールフレンドの家らしい）に向かっている。陪審が、そう、ほんの一時間程度の討議を経て強姦殺人の容疑でデリオン68

32に有罪の評決を下せるだけの充分な証拠を携えて。

デリオン6832……

九一一への通報はもうすませた。黒人の男が運転する古ぼけたベージュの〈ダッジ〉――デリオン6832が所有しているのと同じ車種――が現場から猛スピードで走り去るのを見たと通報するトランザクション。「男の両手が見えたんです！　血まみれでした！　早く、早く誰かを現場に派遣してください。ものすごい悲鳴だった！」

デリオン6832君、きみはまもなく疑問の余地のない容疑者になろうとしているのだよ。強姦事件の犯人のおおよそ半数は、アルコールやドラッグに酔った勢いで犯行に及ぶ（デリオン6832は、いまでこそビールをほどほどにたしなむ程度だが、数年前までは断酒会に通っていた）。強姦事件の被害者の大多数は、知人に襲われている（デリオン6832は、故マイラ9834が行きつけにしている食料品店の内装工事をしたことがある。したがって、二人が顔見知りだったという推測は充分に成り立つ。現実にはおそらく知り合いでも何でもなかっただろうが）。

強姦犯のほとんどを三十歳以下が占める（確認したところ、デリオン6832はちょうど三十歳だ）。ドラッグの密売人や常用者とは違い、通例、ほかの前科はなくとも、ドメスティックバイオレンスで逮捕された経歴を持つ。ちなみに、私のデリオン6832は、ガールフレンドに対する暴行容疑で有罪判決を受けている。これを完璧と言わずして何と言う？　強姦犯の大半は下層階級の出身で、経済的に恵まれていない（デリオン６８３２は数か月前から失業中）。

さて、陪審員のみなさん。被告人が強姦事件の二日前に〈トロージャン－エンズ〉のコンドーム一箱を購入していた事実にご注目ください。これは被害者の遺体のそばで発見されたのと同じブランドのものです（実際に使用された二個――私のもの――は、言うまでもなく、とっくに処分した。ＤＮＡ検査はおそろしく危険な存在だ。とりわけニューヨーク州が、強姦犯だけでなく、すべての重罪犯からＤＮＡのサンプルを採取するようになって以来は。イギリスでは、飼い犬が歩道に粗相《そそう》をしたとか、危険なＵターンをしたとかといった理由で裁判所に呼び出されただけで、口のなかを綿棒でこすられてＤＮＡを採取される日がまもなく到来するだろう）。

さらに、警察がちゃんと下調べをしてから容疑者宅に向かうとしての話だが、もう一つ注目すべき事実が存在する。デリオン６８３２は、イラク戦争からの帰還兵で、退役後、支給されていた四五口径の拳銃が行方不明になっている。デリオン６８３２は拳銃を返却していない。戦闘中に〝なくした〟と主張している。

ところが奇妙なことに、数年前、四五口径の弾丸を購入した。

この情報を警察がつかめば――簡単に手に入る情報だ――容疑者は武装していると判断するかもしれない。しかももう少し深く掘り下げれば、デリオン６８３２が退役軍人局病院で治療を――ＰＴＳＤの治療を受けた事実も把握することだろう。

精神的に不安定な、武装した容疑者？

警察官なら、先手を打って発砲したくなるに決まっている。

そう祈ろう。さすがの私も、自分が選ぶシックスティーンたちに関して、いつも百パーセントの自信を持てるわけではない。予想外のアリバイがあるかもしれないし、愚かな陪審員がまぎれこんでいないともかぎらない。うまくいけば、デリオン6832は死体袋に入って明日を迎えるかもしれない。だって、そうだろう？　神はこのいらいらを私に与えたもうた。その埋め合わせに、ささやかな幸運に恵まれたって罰《ばち》は当たらないはずだ。いらいらのおかげで、私の人生はかならずしも楽なものではないのだから。

ブルックリンのここからデリオン6832の自宅までは、徒歩で三十分くらいかかる。マイラ9834とのトランザクションの興奮醒めやらぬまま、私はその道のりを楽しんで歩いている。背中のバックパックはずっしりと重い。入っているのは、これから下ろす予定の証拠やデリオン6832をはっきりと指し示す足跡を残すのに使った靴ばかりではない。今日、街を散策しながら見つけた宝もある。しかしポケットに入っているのは、残念ながら、マイラ9834から奪った小さな記念品、爪のかけらだけだ。より強く故人を偲《しの》ばせるものをいただきたいところだが、マンハッタンでは人の死は大事件だ。遺体の一部が持ち去られているとなれば、よけいな関心を集めることだろう。

いくらか速度を上げて歩き続ける。バックパックが刻む三拍子を楽しみながら。よく晴れた春の日曜のすがすがしさを楽しみ、マイラ9834とのトランザクションの記憶を楽しみながら。

おそらくニューヨーク市内でもっとも危険な人間であるにもかかわらず、私の守りは万全であり、私に害を与えようとするすべてのシックスティーンにとって透明人間も同然であるという確信がもたらすこのうえない心強さを楽しみながら。

光が視界をかすめた。

通りで閃《ひらめ》くまばゆい光。

赤。

またしても閃光《せんこう》。今度は青だ。

デリオン・ウィリアムズの手から受話器が滑り落ちそうになった。以前の雇い主の行方を捜して、知人と電話で話しているところだった。雇い主は内装工事の会社が倒産したあと、負債——もっとも頼りになる社員であるデリオン・ウィリアムズへの未払給与四千ドルを含む——だけを残して夜逃げした。

「デリオン」電話の相手が言っている。「俺もあの野郎の居場所は知らないよ。俺だって迷惑してるんだ、金を——」

「悪い、かけ直す」

かちり。

大柄なウィリアムズの両手は汗ばんでいた。昨日、新しくかけたばかりのカーテン(代金をジャニースに出してもらうしかなかった自分が不甲斐《ふがい》なくて泣きたくなった。

くそ、一日も早く〝失業者〟の肩書きを返上したい）越しに外の様子をうかがう。閃光の源は表に停まった警察の覆面車両二台だった。刑事が二人、コートのボタンを外しながら降りてくる。コートの前を開けたのは、春の陽射しが暖かいからではない。覆面車両はすぐに発進して次の角まで猛スピードで走り、通りをふさぐようにしてふたたび停まった。

刑事たちは油断のない目をあたりに走らせたあと、――この家の前に停まったのは奇妙な偶然だというウィリアムズの最後の希望を無残に打ち砕いて――ウィリアムズのベージュの〈ダッジ〉に歩み寄り、ナンバーを確かめ、車内をのぞいた。刑事の一人が無線のマイクに口を近づけた。

ウィリアムズはあきらめたようにまぶたを伏せ、肺の奥底から嫌悪の溜息を吐き出した。

またあの女か。

あの女……

去年、ウィリアムズは、セクシーなだけではなく、頭がよくて気立ての優しい女とつきあった。ともかく、初めはそういう女と見えた。ところが、真剣な交際が始まってまもなく、短気な意地悪女に豹変した。むら気で嫉妬深く、執念深い。情緒不安定……四か月ほどつきあったが、あれは人生最悪の四か月だった。しかも彼はその四か月の大部分を、彼女の子どもたちを彼女から守ってやることに費やすはめになった。

そして、よかれと思ってしたことが、結果的には彼を刑務所に送りこむことになった。ある晩、レティシアは、鍋の磨きかたが手抜きだと言って長女を殴ろうとした。ウィリアムズは反射的に彼女の腕をつかんだ。その隙に長女は泣きながら逃げた。ウィリアムズはレティシアをなだめ、その一件は丸く収まったかに見えた。ところが数時間後、ポーチに腰を下ろして、子どもたちをどうすればあの母親から引き離してやれるだろうか、父親に返してやるのが一番だろうかと考えていると、突然、警察がやってきて逮捕された。

レティシアが、彼に腕をつかまれたときにできた痣《あざ》を証拠に、暴力を受けたとしてウィリアムズを告発したという。ウィリアムズは愕然とした。経緯を説明したものの、警察としても彼を逮捕するしかなかった。ウィリアムズは起訴され、レティシアの長女は証言したいと申し出たが、ウィリアムズは頑として証言台に立たせようとしなかった。軽暴力罪で有罪となり、地域奉仕活動を命じられた。

しかし、公判のなかで、ウィリアムズはレティシアの虐待を証言した。ウィリアムズは嘘をついていないと判断した検事が、レティシアの名を社会福祉局に伝えた。これを受けてソーシャルワーカーがレティシアの家を訪ね、養育環境を調査したうえで、子どもたちをレティシアから引き離し、父親の保護監督下に置いた。

そのときから、レティシアのいやがらせが始まった。いやがらせは長期にわたって続いたが、その後、ぱたりとやんだ。それから数か月、どうやら解放されたらしいと思い始めたところに……

これだ。あの女の企みなのは間違いない。

やれやれ。こんなことにいつまで耐えられるだろう。

目を上げて外の様子を確かめる。嘘だろう！　刑事たちは銃を抜いていた。

恐怖が背筋を貫いた。もしかして、あの女が子どもの一人に怪我でもさせたのか？

そして、やったのは彼だとでも言い立てているのか？　まあ、仮にそうだとしても、いまさら驚きはしないが。

ウィリアムズの両手が震えた。大粒の涙があふれて、えらの張った顔を伝い落ちた。砂漠での戦闘のさなかに襲ってきたのと同じパニックを感じた。何気なく戦友のほうに顔を向けた瞬間、それまでにこにこ笑っていたアラバマ州出身の戦友が一瞬にして赤いぐちゃぐちゃに変わった。イラクのロケット推進式の榴弾に直撃されたのだ。そのときまで、ウィリアムズはかろうじて精神の平衡を保っていた。銃弾の雨を浴び、地面にめりこんだ銃弾が降らせた砂の雨も浴びた。暑さで失神したこともある。しかし、ジェイソンがただの肉に変わる瞬間を目撃した一件は、ウィリアムズの精神の土台を揺るがした。あれ以来、ＰＴＳＤと闘ってきたが、いままた、ＰＴＳＤの猛攻撃が再開されようとしていた。

反撃する気力さえ萎《な》えさせる、圧倒的な恐怖。

「やめてくれ、やめてくれ」あえぐようにつぶやき、必死で息をしようとする。もう大丈夫と思い、投薬治療は何か月か前にやめていた。

刑事が二手に分かれて家の両側に向かうのを見て、デリオン・ウィリアムズはわけもわからず頭のなかでこう考えていた――早く逃げろ！　早く！

ここにいてはいけない。ジャニースは何の関係もないのだと示すために、ジャニースとジャニースの息子――彼が心の底から愛している二人――を救うために、自分は消えるのだ。玄関にチェーンをかけ、鍵もかけて、二階へ駆け上がり、鞄を取ると、思いつくまま荷物を放りこんだ。支離滅裂《しりめつれつ》な荷造りだった。シェービングクリームは入れたが、剃刀《かみそり》は忘れた。下着は入れたが、シャツは忘れた。靴は入れたが、靴下は忘れた。

最後にもう一つ、クローゼットからあるものを取り出した。

軍で支給された四五口径の〈コルト〉。弾は入っていなかった――誰かを撃とうなんて気はまるでない――が、これをちらつかせれば、警察も彼を通さないわけにはいかないだろう。いざとなれば、カージャックにも使える。

ほかに何も考えられなかった――とにかく急いで逃げることしか。

ウィリアムズは遊園地で撮った、ジャニースと自分、それにジャニースの息子の三人が写った写真を最後に一目だけ見やった。また涙があふれた。それから涙を拭うと、鞄を肩にかけ、どっしりとした拳銃のグリップを汗ばむ手で何度も握り直しながら、階段を下りた。

10

「第一スナイパーは位置についたか」

元教練指導官で、現在は緊急出動隊（ＥＳＵ）――ニューヨーク市警のＳＷＡＴ隊――の隊長を務めるボー・ハウマンは、スナイパーを配置するのにもっとも適した建物を指さした。そこからは、デリオン・ウィリアムズが住んでいる一戸建ての猫の額ほどの裏庭全体が見渡せる。

「イエス・サー」傍《かたわ》らから制服警官が答える。「家の裏手はジョニーが狙っています」

「よし」

ごま塩頭をクルーカットに刈りこんだ、なめし革のようにタフなハウマンは、二つの戦術班に配置につくよう命じた。「気づかれるなよ」

ついさっきまで、ハウマンも裏庭にいた――ここからそう遠くないところにある自宅の裏庭に。そこへ強姦殺人事件発生、容疑者特定に結びつく信頼できる情報ありという一報が入った。ビールの最初の一本をまだ開けていなかったことに感謝しつつ、バーベキューの番という重大任務を息子にゆだね、装備一式を身に着けると、家を飛び出した。ビールを二本程度飲んで車を運転することはあっても、飲酒から八時間以内に発砲することは決してない。

だが、この春の日曜の晴れ渡った空のもと、銃撃戦に発展するおそれのある出動要請が舞いこんだのだ。

無線機がぱちぱちと音を立て、ヘッドセットのイヤフォンから部下の声が聞こえた。

「S&S一班より司令本部へ、どうぞ」第二スナイパーとともに配置された捜査および監視（S&S）班は、通りの向かい側に配置されている。

「こちら本部。どうぞ」

「赤外線に反応がありました。屋内に誰かいるのかもしれません。音は聞こえません」

〝かもしれません〟か。まったくもどかしい。ハウマンは赤外線探知機の予算額を見ている。あんな法外な値札をぶら下げてるなら、なかに誰かいるのかどうかくらい、ちゃんと見分けてくれよと思う。履いている靴のサイズや、その朝、デンタルフロスを使ったかどうかまで教えろとだだをこねているわけではないのだから。

「もう一度確認しろ」

永遠とも思える時間が過ぎたころ、ふたたび報告が入った。「S&S一班です。屋内にいるのは一人だけです。窓越しに目視もできました。配布された免許証の写真から判断するに、なかにいるのはデリオン・ウィリアムズに間違いありません」

「了解。交信終わり」

ハウマンは戦術班を呼び出した。二つの戦術班は、姿を隠しながら家を包囲するように。

「ブリーフィングに時間をかけていられない。しっかり聞いてくれ。今回の容疑者は強姦と殺人の罪を犯した。できれば生け捕りにしたいところだが、逃がすにはあまりも危険な男だ。抵抗のそぶりを見せたら、許可《グリーンライト》を待たずに射殺しろ」

「B班です。了解しました。ただいま配置完了しました。北側の路地と通り、それに家の裏口が確認できます、どうぞ」

「A班から司令本部へ。グリーンライト、了解しました。こちらは玄関の前にいます。南側、東側の通りはすべて確認できます」

「狙撃班」ハウマンは無線で確認した。「グリーンライト、了解したか」

「了解です」スナイパーたちは、いつでも撃てる《ロックト・アンド・ローデット》体勢でいると付け加えた（この言い回しはどうにも癪《しゃく》に障る。それが言葉どおり当てはまるのは——ボルトハンドルを後ろに引いて撃針をロックし、ふたたびボルトハンドルを押し戻して弾薬を薬室にロードするのは——古いM－1軍用ライフルだけだからだ。現代のライフルでは、ロードするのにロックする必要はない。しかし、いまは講釈を垂れている暇はなかった）。

　ハウマンはグロックのホルスターのボタンスナップを外し、目立たぬように一軒家の裏の路地に入った。彼と同様、絵に描いたように美しい春の日曜のプランを、一瞬にして、しかも百八十度変更するはめになったほかの隊員たちが待機していた。

そのとき、イヤフォンから早口の声が聞こえた。「S&S二班から司令本部へ。動きがあったようです」

デリオン・ウィリアムズは両膝を床につき、玄関ドアの隙間（いま作った隙間ではなく、本物の隙間、ドアのひび割れだ。修理しようと思いながらそのままになっていた）から慎重に外をのぞいた。警察は引き上げたようだ。

いや、違う――心のなかで訂正した。見える場所にはいなくなっただけだ。いないのと見えないのとは、大きな違いだ。生け垣のなかで金属かガラスが光を反射した。もしかしたら、隣の住人が集めている、おかしな姿のこびとや鹿の置物かもしれない。

だが、警察官の銃かもしれない。

鞄を引きずり、這うようにしながら、家の裏手に進む。また外を確かめる。今回は、恐怖心を必死で抑えつけ、思いきって窓からのぞいた。

裏庭とその向こうの路地は、無人だった。

だが、このときもまた心のなかで訂正した。正しくは、無人に見える、だ。

またしてもPTSDのパニックに襲われて体が震え、ドアから飛び出していきたい衝動に駆られた。銃を抜き、路地を猛然と走りながら、目に入る全員に銃をちらつかせて脅し、邪魔をするなと怒鳴り散らしたい。

頭が混乱して、とっさにドアノブに手を伸ばしかけた。

よせ……

馬鹿な真似をするな。

腰を下ろし、壁に頭をもたせかけて、速く浅くなった呼吸を落ち着かせようとした。少しするとパニックも収まって、別の戦略を試すことにした。地下室に、家の脇のせまい庭に面した窓がある。その窓は、二メートル半ほどの幅の枯れた芝をはさんで、隣の家の地下室の似たような窓と向かい合っていた。ウォン一家はこの週末、泊まりがけで出かけている（植物の水やりを頼まれていて知っている）から、そこからなかに入り、一階に上がって、裏口から出るというのはどうか。自分に運があるなら、警察は脇の庭までは見張っていないだろう。外に出たら、路地を通って表通りに出て、地下鉄の駅まで突っ走る。

絶妙の計画とは言いがたかったが、それでもここでぼんやり待っているよりは、逃げられるチャンスは大きいはずだ。また涙があふれかけた。パニックの気配も感じた。

よせよ。めそめそしてる場合か。

ウィリアムズは立ち上がり、おぼつかない足取りで階段を下って地下室に入った。ともかく急いでこの家を出ることだ。警察は、いつ玄関を蹴破って突入してくるかわからない。

窓の掛け金を外し、体を引き上げて外に出た。ウォン家の地下室の窓まで這っていこうとして、ちらりと右に目をやった。体が凍りついた。

くそ……

それぞれ右手に銃を握った刑事が二人——男と女だ——が細長い庭にしゃがんでいる。ただ、こちらを見てはいない。家の裏口と路地があるほうに顔を向けている。

強烈なパニックに襲われた。〈コルト〉を抜いて、あの二人を脅そう。地面に座らせて、自分たちの手錠をかけさせ、無線機を遠くに放り捨てる。できればそんなことはしたくない。やれば、今度こそ本物の犯罪だ。しかし、ほかに選択の余地はなかった。警察は、彼が何か恐ろしい犯罪を犯したと確信しているらしい。よし、あの二人の銃を奪って逃げよう。近くに覆面車両を停めているかもしれない。車のキーも奪おう。

あの二人を援護している刑事はいるだろうか。ここからは姿が見えないだけなのか。たとえばスナイパーとか。

いるのだとしても、そのくらいのリスクは負うしかない。

音を立てないようにして鞄を下ろし、銃を抜こうとした。

そのときだ。女の刑事がこちらを振り返った。ウィリアムズは息を呑んだ。俺は死ぬんだ——そう確信した。

ジャニース。愛してる……

ところが女の刑事は紙切れに一瞬視線を落としたあと、目を細めて彼をながめ回した。

「デリオン・ウィリアムズ?」

声がしゃがれた。「はい――」ウィリアムズはうなずき、肩を落とした。女の刑事のきれいな顔、ポニーテールに結った真っ赤な髪、冷たい光をたたえた目を見つめることしかできなかった。

刑事は首から下げていたバッジを持ち上げた。「警察よ。どうやって出たの？」それから、窓に気づいてうなずいた。「ミスター・ウィリアムズ。いま、ある作戦を展開中なの。家に戻っていただけますか。屋内のほうが安全です」

「でも――」パニックが声をひび割れさせた。「でも――」

「急いで」有無を言わせぬ口調だった。「すべて片づいたら、きちんと説明しますから。音を立てないようにしていてください。それから、もう家から出ようとしないこと。いいですね」

「わかりました。でも……いや、わかりました」

鞄をその場に残し、窓をすり抜けようとする。

刑事が無線で報告している声が聞こえた。「サックスです。警戒線を下げたほうがいいんじゃないかしら、ボー。相手はものすごく用心深いでしょうから」

いったい何がどうなってる？　だが、ぐずぐず考えていてもしかたがない。びくびくしながら地下室に戻り、階段を上った。そのままバスルームに直行した。便器のタンクの蓋を開けて、銃を放りこむ。それから、もう一度外の様子をうかがおうと窓に向かいかけた。だが、はたと足を止めると、便器に駆け戻り、激しく嘔吐した。

こんなに気持ちのいい一日だというのに——しかもマイラ９８３４とのトランザクションを楽しんだばかりだというのに、不思議なものだ、会社が恋しい。

何といっても、仕事は気に入っている。昔からずっとそうだった。あの雰囲気が好きだし、周囲のシックスティーンたちとのあいだにある連帯感、まるで一つの家族であるかのような絆《きずな》も愛おしい。

さらに、実りある何かに貢献しているという実感もある。めまぐるしい変化を続けるニューヨークのビジネスの一端を担っているという実感（〝最先端《カッティング・エッジ》〟などという言葉も耳にするが、私は業界用語《コーポレート・スピーク》の代表例みたいなこの表現が大嫌いだ。〝コーポレート・スピーク〟そのものがすでに業界用語だが。ルーズヴェルト大統領、トルーマン大統領、シーザー、ヒトラーといった偉大な指導者には、幼稚な美辞麗句の外套《がいとう》など必要なかった）。

だが何より重要なのは、言うまでもなく、仕事は私の趣味の役に立ってくれることだ。いや、役に立つどころではない。欠かせない存在になっている。

いまの立場は好都合だ。ひじょうに好都合だ。いつもいる場所にいなくても、怪しまれることはまずない。うまくやりくりすれば、平日でも趣味を追求する時間を作ることができる。それに私の立場——プロとしての顔とでも言おうか——からは、実際の私が表向きの私とは、そう、控えめに言っても、まったくかけ離れた人間なのかもしれないと疑われることはほぼないと安心していい。

　週末も出勤することが多いが、週末に会社で過ごすのは、もっとも楽しい時間の過ごしかたの一つだ。もちろん、マイラ９８３４のような美しい女とのトランザクションに没頭したり、絵画やコミック本やコインや、そうそうお目にかかれない陶器などを手に入れる喜びには及ばないにしても、だ。祝日や週末の静まりかえった廊下には、ほかのシックスティーンが会社にいるときでも、社会をこれまで誰一人思い描いたことのない新しい世界に向けて前進させている車輪のホワイトノイズが、ふだんより大きく響いている。

　ああ、アンティーク小物を売る店がある。私は足を止めてウィンドウをのぞく。絵、何かの記念品の皿やカップ、ポスターなどが私の目を引きつける。あいにく、用事をすませたあと、戻ってきて買ってやることはできない。ここはデリオン６８３２の自宅に近すぎるからだ。誰かが私と〝強姦魔〟を結びつけて考えるおそれはごくごくわずかだとはいえ……あえてリスクを冒すことはない（何か欲しいものがあるときは、商店で買うか、ごみ置き場をあさることにしている。〈ｅＢａｙ〉をながめているとわくわくするが、インターネットで買い物をするなんて、頭がどうかしているとしか思えない）。現金払いという制度がすぐにすたれることはないだろう。しかし、ほかのすべてのものと同じように、まもなく紙幣にもタグ――ＲＦＩＤが付くようになるに違いない。すでに導入している国もある。銀行は、どの二十ドル札がどのＡＴＭや銀行から誰の手に渡ったか、追跡することができる。その札が〈コカ・コーラ〉や愛人に贈るブラジャーを買うのに使われたのか、殺し屋を雇うのに使われたのかだって当然わかるわけだ。ときどきこう思うことがある。黄金を通貨代わりにしていた時代に戻ったほうが幸せなのではないかと。

網の目につかまらぬように。

哀れなデリオン6832。運転免許証の写真を見たから、顔は知っている。公僕の一員たるカメラをまっすぐに見つめる善良な瞳。ノックに答えて玄関を開け、強姦殺人容疑で逮捕する旨の書かれた令状を警察に提示された瞬間の表情が目に浮かぶ。恋人のジャニース9810やジャニースの十歳の息子も在宅なら、その二人に向けられる恐怖に満ちた視線も。デリオン6832は泣き虫だろうか。

あと三ブロック。あと三ブロックで——

おっと待て……風景から妙に浮いたものを見つけた。

脇道の、並木の葉の屋根の下に、ぴかぴかの〈クラウン・ヴィクトリア〉が二台。この界隈《かいわい》でああいう車を新品同様の状態で見かけるなど、統計的にまず考えにくい。まったく同じ車種が二台となれば、確率はゼロに近いだろう。しかも仲良く前後に並んで停まっているうえに、ほかの駐車車両と違って、木の葉一枚、花粉の一粒、ついていない。ここに停められてまもないという証拠だ。

通りがかりの人間が何だろうと不思議がっているように装って、さりげなく車内をのぞく。ああ、やっぱり、警察だ。

夫婦喧嘩や強盗の通報を予期して待機しているのとは違う。たしかに、統計から言えば、ブルックリンのこの地域では、そういった事件はかなり頻繁に発生する。しかし、データが示すとおり、この時間帯――ビールが冷蔵庫から取り出される前――に発生することはめったにない。それに、その手の通報に対応するのは、脇道に隠れるように停まっている覆面車両ではなく、堂々と姿を現わす黒と白のパトロールカーだ。考えてみよう。この二台はデリオン６８３２の住居から三ブロック離れて停まっている……ふむ、この事実は慎重に検討すべきだ。現場で陣頭指揮を執る刑事が部下たちに、「強姦の容疑者だ。危険な男だ。十分後に突入する。車を三ブロック先に停めて、ここに集合だ。さあ急げ」などという指示を出すとはとても考えられない。

一番手前の路地に何気なく目をやった。おっと、事態は悪化の一途をたどっている。影のなかに、ニューヨーク市警のＥＳＵ――緊急出動隊――のバンが停まっていた。デリオン６８３２のような危険な容疑者の逮捕の支援にしばしば駆り出される機動隊だ。それにしても、どうしてこんな短時間で来られたのだろう。私が九一一に通報してからまだ三十分しかたっていない（このやりかたにはリスクがつきまとうが、トランザクションと通報のあいだをあまりにも空けすぎると、なぜこんなに時間がたってから、悲鳴が聞こえたとか、疑わしい男を見かけたとかいう通報をしてくるのかと、警察に怪しまれかねない）。

警察がすでに来ている背景については、二種類の説明が可能だ。納得がいきやすいのは、私の匿名の通報のあと、警察は市内に登録されている五年落ちのベージュの〈ダッジ〉をデータベースで検索し（昨日の時点で千三百五十七台あった）、運よくこの一台を探し当てたという説明だ。つまり、デリオン６８３２のガレージに私が証拠を置くまでもなく、彼がマイラ９８３４を陵辱して殺害したものと確信し、早くも逮捕令状を執行しているか、デリオン６８３２の帰宅を待っているかのいずれかということになる。

もう一つの説明は、はるかに不吉だ。警察は、デリオン６８３２が濡れ衣を着せられようとしていると察知し、私が現われるのを待っている。

汗が噴き出す。まずい、これはまずい、まずいまずいまずい……

落ち着け。宝は無事だ。私のクローゼットは無事なのだ。肩の力を抜け。

それでも、いったいどういうことなのか、わからないまま帰るわけにはいかない。警察が先に来ているのが奇妙な偶然にすぎないなら――デリオン６８３２とも私ともまるで関係ないことなら――予定どおり証拠の品を置き、大急ぎで私のクローゼットに帰ろう。

しかし、警察が私の存在を突き止めたのだとすれば、ほかの事件についても突き止めるかもしれない。ランドール６７９４にリタ２９０７にアーサー３４８０に……

帽子を目深《まぶか》に引き下ろし、鼻の上のサングラスを押し上げて、私は予定していたルートを完全に変える。目当ての一軒家には近づかず、細い路地を抜け、花壇や裏庭を突っ切りながら、大きな円を描くように歩き続ける。円の半径は三ブロックに維持した。三ブロックを安全な距離と判断したのは、警察が、ご親切なことに、〈クラウン・ヴィクトリア〉という目印を三ブロック先に置いて教えてくれたからだ。

円を半周したころ、草むした土手に行き当たった。その上はハイウェイだ。土手の途中まで登ると、デリオン６８３２が住むブロックの家々のちっぽけな裏庭やポーチが見えた。一軒ずつ数えて、問題の家を探そうとした。

しかし、その必要はなかった。デリオン６８３２の家の真裏、路地をはさんだ二階建ての家の屋上に、警官の姿がはっきりと見えた。ライフルを持っている。スナイパーだ！　警官はもう一人いて、こちらは双眼鏡を手にしていた。ほかにも数人確認できた。スーツ姿やカジュアルな私服の刑事が家のすぐ脇を走る生け垣のそばにしゃがんでいる。

ふと見ると、二人の警官が私のほうを指さしていた。表通り側の向かいの家の屋上にも、別の警官がいる。その一人もこっちを指さしていた。私は身長百八十二センチ、体重百キロの大男ではないし、黒檀《こくたん》を思わせる肌の色もしていない。つまり、警察が待っているのはデリオン６８３２ではないということだ。連中が待っているのは私だ。

両手が震えだした。証拠の詰まったバックパックを背負って、あのどまんなかにのこのこ歩いていくようなへまをしていたら……。

新たに十人ほどの警官がわらわらと現われた。車のほうへ走っていく者、こちらに走ってくる者。まるで獲物を見つけたオオカミの群れのようだ。私は向きを変え、必死に土手をよじ登った。息が上がる。恐怖が押し寄せる。てっぺんにたどりつかないうちから、もうサイレンの音が聞こえ始めた。

嘘だ、嘘だ！

私の宝たち、私のクローゼット……

上下二車線ずつのハイウェイは混雑していた。ついている。シックスティーンたちの車はのろのろとしか進まないから、顔を伏せていても、よけるのは簡単だった。私の顔をまともに見たドライバーは一人もいないだろう。それからガードレールを飛び越えて、反対側の土手を転がるようにして駆け下りた。趣味のための街歩きやほかの運動のおかげで、体力はある。まもなく私は、一番近い地下鉄の駅に向けて全力疾走していた。速度をゆるめたのは一度だけ、コットン地の手袋を塡《は》めて、あの家に置くはずだった証拠を収めたビニール袋をバックパックから取り出し、通り沿いに見つけたくず入れに押しこんだときだけだ。あんなものを持ったまま捕まるわけにはいかない。断じて。駅の方角にさらに半ブロック走ったところで、レストランの裏手の路地に飛びこんだ。リバーシブルのジャケットを裏返し、帽子を別のものに替えて、また表通りに出る。バックパックはビニールのレジ袋に入れた。

ようやく地下鉄の駅に着いた。ああ、ありがたい——トンネルが吐くかび臭い息を頰に感じた。電車が近づいてきているのだ。まもなく、巨人のような車体が響かせる雷鳴に似た低音と、金属と金属がこすれ合う甲高い音も聞こえてきた。

しかし、回転式の改札の手前で私は足を止めた。ショックは消え、あのいらいらに置き換わっていた。このまま逃げるわけにはいかない。

問題の重さに押しつぶされそうになった。警察は、私の身元はまだ知らないのかもしれないが、私が何をしているかは突き止めたのだ。

それは、私から何かを奪おうとしているということを意味している。私の宝の数々、私のクローゼット……すべてを。

そしてもちろん、それは受け入れがたいことだ。

監視カメラに映らないよう用心しながら、さりげない様子を装っていま下りてきた階段をまた上り、レジ袋のなかを手で探りながら、私は地下鉄駅を出た。

「どこだ？」アメリア・サックスのイヤフォンにライムの声が轟いた。「奴はいったいどこだ？」

「私たちに気づいて逃げた」

「奴だというのは確かなんだな」

「間違いないと思う。S&S班が数ブロック先に不審な男を発見したの。どうやら覆面車両が停まってるのに気づいたらしくて、急にルートを変えたそうよ。その男が様子をうかがってるのにこっちが気づいたとたん、逃げた。いまもまだ追跡中」

サックスは、プラスキーや、ボー・ハウマンをはじめとする五、六人のESU隊員とともにデリオン・ウィリアムズの自宅の前庭にいる。複数の鑑識チームが男の逃走ルートの検証に取りかかると同時に、制服警官多数が周辺の聞き込みを始めていた。

「車に乗ってきたことを示すものは何か見つかっているか」

「わからない。私たちが見たときは徒歩だった」

「くそ。まあいい、何か発見があったら知らせてくれ」

「わかっ――」

かちり。

サックスはプラスキーにしかめ面《つら》をしてみせた。プラスキーは無線機を耳に押し当て、追跡中の刑事たちのやりとりに聴き入っている。ハウマンも同じように耳をそばだてている。ライムと電話をしながら聞いていたかぎりでは、追跡は上首尾には運んでいないようだ。ハイウェイを通行中だったドライバーは誰も男を見ていないか、見ていたのだとしても認めようとしなかった。サックスは一軒家に向き直った。レースのカーテン越しに、デリオン・ウィリアムズのひどく心配そうな、そしてひどく当惑したような顔が見えた。

五二二号によって濡れ衣を着せられるところだった彼が救われたのは、偶然と、警察捜査の賜《たまもの》だった。

さらに煎《せん》じ詰めれば、ロナルド・プラスキーのおかげだ。派手なアロハシャツを着た青年は、ライムに命じられた任務をりっぱに果たした――市警本部に直行し、五二二号の手口に合致する事件がほかにないか検索した。結局、見つからずじまいになったが、殺人課の刑事に思い当たる事件がないか尋ねているあいだに、匿名の通報があったと通信指令本部から殺人課に連絡が入った。ソーホー近くのロフトから悲鳴らしきものが聞こえた直後、黒人の男が旧型のベージュの〈ダッジ〉で走り去ったという。近くを巡回中だったパトロール警官が現場に急行し、マイラ・ワインバーグという若い女性の、陵辱ののちに殺害された遺体を発見した。

前の二つの事件に共通する匿名の通報——プラスキーはさっそくライムに報告した。事の次第を聞いたライムは考えた。もしこれが本当に五二二号の起こした事件なら、このあといつもどおりにことを運ぶと考えて間違いないだろう。すなわち、五二二号は、証拠を偽装して別の誰かに罪を着せようとするはずだ。対する捜査チームは、千三百台を超える旧型のベージュの〈ダッジ〉の所有者のなかから、五二二号が白羽の矢を立てた一人を探し出す。もちろん、今回の事件は五二二号とは無関係なのかもしれないが、たとえそうだとしても、強姦殺人犯を一人、逮捕するチャンスであることには変わりない。

ライムの指示を受け、メル・クーパーが陸運局の登録データベースと前科記録データベースを突き合わせた。過去に交通違反より重い罪状で有罪判決を受けたアフリカ系アメリカ人は七人。なかでも一人、これはと思わせる人物が見つかった。傷害容疑。しかも被害者は女性だ。デリオン・ウィリアムズは、犯人に仕立て上げる相手としては理想的だった。

偶然と、警察捜査。

ＥＳＵに出動を要請し、承認するには、警部補以上の肩書きが必要だ。しかし、ジョー・マロイ警部は五二二号事件の捜査が極秘に進行中であることをまだ知らない。そこでライムはセリットーに連絡した。セリットーはぶつぶつ文句を言いながらもボー・ハウマンにＥＳＵの出動を要請した。

アメリア・サックスは、先にウィリアムズの家に到着していたプラスキーやＥＳＵと合流した。Ｓ＆Ｓ班からの報告では、屋内にはウィリアムズ一人しかおらず、五二二号はまだ来ていないということだった。そこで、五二二号が偽の証拠を残しにやってきたところを逮捕せんと、警戒線を張った。あわただしく練られた作戦は、そもそもが危うい綱渡りだった。そして案《あん》の定《じょう》、どうやら失敗に終わった。それでも、無実の市民を強姦殺人の容疑から救うことはできた。真犯人に結びつく有力な手がかりも何かしら見つかるだろう。

「何か進展は？」サックスは部下たちと何やら相談していたハウマンに尋ねた。

「まだ」

そのとき、ハウマンの無線機がまたしてもかりかりと音を立て、大きな声が聞こえてきた。「こちら一班。現在、ハイウェイの反対側にいます。どうやら逃げられました。犯人は地下鉄に乗ったものと思われます」

「くそ」サックスは小声で毒づいた。

ハウマンは眉をひそめただけで黙っている。

無線越しの報告が続く。「奴が経由したと推測されるルートを検証しました。途中で物証をくず入れに捨てた可能性がありそうです」

「それ、ほんと？」サックスは言った。「どこ？」隊員が読み上げた番地を手帳に書き留める。「現場を保存しておいてって指示してもらえる？　十分で行くからって」サックスはハウマンにそう頼むと、玄関前の階段を上り、ドアをノックした。デリオン・ウィリアムズが顔を出す。「ごめんなさいね、さっきはちゃんと説明してる時間がなくて。いま私たちが追跡中の男がこの家に向かってたものだから」

「ここに？」

「そう、少なくとも私たちはそう考えてる。残念ながら捕まえそこねたみたいだけど」

そう言って、マイラ・ワインバーグの件を話した。

「そんな――亡くなったんですか」

「ええ、残念ながら」

「気の毒に。ほんとに残念です」

「被害者とは知り合い？」

「いいえ、名前も聞いたことがありません」

「犯人はあなたを犯人に見せかけようと企んでたようなの」

「動機はまだ私たちにもまったくわからない。もう少し捜査が進んだら、あなたから事情を聴く必要が出てくるかもしれないわ」

「え、僕に？　どうして？」

「いつでも連絡をください」デリオン・ウィリアムズは、自宅と携帯の電話番号をサックスに伝えた。それから、額に皺を寄せて尋ねた。「あの、一つ訊いてもいいでしょうか。あなたは僕が犯人じゃないって知ってるみたいですけど、どうして僕はやってないってわかるんです？」

「あなたの車とガレージを確認したからよ。さっき刑事が捜索したけど、事件との関連を示す証拠はいっさい見つからなかった。だから、ほぼ断言してもいいと思うわ。真犯人は別にいて、あなたを犯人に見せかけるための証拠を置きにここに向かってたのよ。もちろん、真犯人が証拠を置いたあとに捜索してたら、あなたはいまごろものすごく厄介な立場に置かれてたでしょうけど」サックスは立ち去りかけて思い直した。「あ、そうだ、ミスター・ウィリアムズ。もう一つだけ」

「何でしょう、刑事さん」

「知っておくと便利な豆知識があるの。未登録の拳銃の所有は、ニューヨーク市では重い犯罪なのよ。知ってた？」

「ああ、どこかで聞いたことがあります」

「ついでにもう一つ。各分署に〝恩赦プログラム《アムネスティ》〟の窓口が設けられてるわ。そこに拳銃を返上すれば、不問に付される仕組みになってる……さてと、元気出してね。せっかくの週末の残りを楽しんで」

「ありがとう。楽しめるかどうかわかりませんが」

11

私は、さっき私が証拠を捨てたくず入れをあさっている女の刑事を観察している。初めはどういうことかと当惑したが、まもなく、考えるまでもないと気づいた。連中が私の存在を突き止められるほど利口なのだとしたら、あのくず入れを見つけるのは当然のことだろう。

連中も私の姿はちらりとしか見なかったはずだ。それでも、私は用心に用心を重ねている。言うまでもなく、くず入れのそばにいたりなどしない。通りの反対側のレストランで、食べたくもないハンバーガーを食べ、水を飲んでいる。警察には防犯《アンチ・クライム》課などという部署があるが、私に言わせれば馬鹿げた概念だ。犯罪支援《プロ・クライム》課も設置しているというなら文句はないが。防犯課の職員は私服姿で犯罪発生地点の周辺を歩き回り、目撃者を探したり、ときには現場に舞い戻った犯人を見つけたりする。犯罪者の多くが現場に戻るのは、血の巡りが悪いから、物事を合理的に考えられないからだ。しかし、私がこうして戻ってきたことには、明確な理由が二つある。第一に、問題があることに気づいたからだ。私は問題があると知っていながら知らぬ顔はできない。解決策が必要だ。そして、問題を解決するには、知識が必要だ。私はすでに、いくつかの知識を得た。たとえば、私を追っている連中の何人かの顔を覚えた。そのうちの一人は、データを分析するときの私に負けない集中力を発揮して現場検証をしている、あの白いビニールみたいな素材でできたジャンプスーツ姿の赤毛の刑事だ。

女刑事がいくつかのビニール袋を抱えて、黄色いテープで守られたエリアから出てくる。ビニール袋を灰色のプラスチックの箱に入れ、白いジャンプスーツを脱ぐ。今日の午後に起きた災難の恐怖は完全には消えていないが、それでも、タイトなジーンズを穿《は》いた女の姿を見て、腹の奥底がうずいた。マイラ９８３４とのトランザクションの充足感はすでに薄れ始めている。

連中はそれぞれの車に戻っていき、女はどこかへ電話をかけている。

私は支払いをすませ、よく晴れた日曜の夕方にレストランで食事をしているほかの客たちと同じように、何の心配事もないような顔を装って店を出る。

網の目につかまらぬように。

おっと、ここに来た第二の理由を話しそこねていた。

ごく単純なことだ。私の宝を守るため、私の生活を守るためだ。それには、どんなことをしてでも連中を追い払わなくてはならない。

「五二二号はそのくず入れに何を置いていった？」ライムはハンズフリーの電話に向かって言った。

「大したものはなかった。でも、五二二号が捨てたものだってことは確かだわ。血の染みたペーパータオルに、まだ乾いてない血が入ったビニール袋——ウィリアムズの車かガレージにつけておく予定だった血ね。サンプルをラボに送って、ＤＮＡの簡易検査を依頼しておいた。ほかには、と、コンピューターからプリントした被害者の写真。ダクトテープ——〈ホーム・デポ〉の自社ブランドのもの。それからランニングシューズが片方。新品みたいだった」

「片方だけか」

「そう、片方だけ。ちなみに右」

「ウィリアムズの家から盗んで、現場に足跡をつけたのかもしれないな。誰か奴の姿を見たか」

「スナイパー一人と、Ｓ＆Ｓ班の二人。でも、かなり距離があったの。おそらく白人、または肌の色の薄い人種。中肉中背。ベージュの野球帽とサングラス。バックパックを背負ってた。年齢や髪の色はわからない」

「それだけか」

「それだけ」

「物証を大至急こっちに届けてくれ。そのあと、マイラ・ワインバーグの自宅のグリッド捜索を頼む。きみが行くまで、現場を保存しているはずだ」

「もう一つ手がかりを見つけたのよ、ライム」

「ほう。何だ？」

「物証が入ってたビニール袋の底に〈ポストイット〉が貼ってあったの。五二二号は袋は捨てるつもりでいたでしょうけど、このメモは意図的に捨てたのかどうか」

「メモの内容は？」

「マンハッタンのアッパーイーストサイドの居住用ホテルの部屋番号。ここを調べてみたいんだけど」

「五二二号の住居だと思うのか」

「ううん、フロントに問い合わせたら、問題の部屋の住人は朝から一度も外出してないって。ロバート・ジョーゲンセンって人」

「しかし、強姦殺人の現場の検証も必要だぞ、サックス」

「そっちはロナルドに行ってもらって。彼なら任せても大丈夫だから」

「いや、私はきみにやってもらいたいね」

「このジョーゲンセンって人と五二二号に何かつながりがあるのか、確かめておくべきだと私は思う。それも急いで」

さすがのライムも反論はできなかった。それに、プラスキーには、グリッド捜索のやりかたを二人がかりで叩きこんである。〝グリッド捜索〟というのは、現場検証を意味するライムの造語だ。現場を格子状《グリッド》に歩くこの手法を使えば、もっとも効率的に、しかも遺漏《いろう》なく捜索できる。

上司と父親の両方を兼務しているような気分でプラスキーを見守ってきたライムは、〝ルーキー〟にも遅かれ早かれ殺人事件の現場を単独で検証させる試練を与えなくてはならないだろうとは思っていた。「いいだろう」ライムはしぶしぶながらそう答えた。「その〈ポストイット〉がそれに見合った収穫をもたらすことを祈るとしよう」さらに、こう付け加えずにはいられなかった。「単なる時間の無駄にならずにすむことをもな」

サックスは笑った。「わざわざ言わなくても、そんなのいつものことでしょう、ライム」

「プラスキーに、絶対にしくじるなと念を押しておけ」

ライムは電話を切ると、物証はまもなく届くとクーパーに伝えた。

それから証拠物件一覧表をにらみつけ、独りつぶやいた。「くそ、逃げられたか」

トムを呼び、五二二号の人相特徴に関する乏しい情報を書き加えさせた。

おそらく白人、または肌の色の薄い人種……

そんな情報、いったい何の役に立つ？

アメリア・サックスは駐車した〈カマロ〉のフロントシートに座っていた。ドアは開けたままだ。春の夕暮れ前の空気が、古びた革とオイルの匂いが充満した車内にふわりと流れこんでくる。サックスは現場検証報告書のためのメモを取っているところだった。人のいつも検証からできるだけ時間をおかずにメモだけは作っておくことにしている。人の記憶は、ほんの短いあいだに驚くほどあやふやになるものだ。色は変わり、左は右になり、ドアや窓は一つの壁から別の壁に移動し、下手をすれば、そもそもなかったことになってしまう。

またしても今回の事件の奇妙な事実を思い出して、サックスはメモを書く手を止めた。犯人は、恐ろしい強姦殺人の罪を無実の男性になすりつけるという芸当にあと一歩で成功するところだった。どうしてそんなことができたのか。こんな犯罪者は初めてだ。証拠を偽装して捜査を攪乱《かくらん》する犯罪者は珍しくないが、今度の犯人は、警察の目をまるで見当違いの方角に向かせることにかけては天才だ。

〈カマロ〉を停めた通りは、証拠が見つかったくず入れから二ブロックほど離れていた。影に包まれ、人気《ひとけ》もない。

そのとき、視界の隅に何か動くものがあった。とっさに五二二号のことを思い出し、心臓がすくみ上がった。ルームミラーをのぞく。男がこちらに向かって歩いてくる。サックスは目を細め、その男の挙動を油断なく観察したが、警戒するまでもなさそうだと判断した。いかにも身だしなみのよいビジネスマンといった雰囲気だ。片手にテイクアウト店の袋を提げ、笑みを浮かべながら携帯電話で話している。夕食用にと中華料理かメキシコ料理をすぐそこまで買いに出たといった風情だ。

サックスは目を落としてメモ書きを再開した。

まもなく、できあがったメモをブリーフケースにしまった。そのとき、おかしなことに思い当たった。さっき後ろから歩道を歩いてきた男は、とっくに〈カマロ〉を追い越していていいはずだ。途中の建物のどれかに入ったのだろうか。サックスは振り返り、男がいたあたりを見つめた。

しまった！

男が提げていたテイクアウト店の袋は、歩道の上、〈カマロ〉の左後方に置かれていた。芝居の小道具だったのだ！

反射的に〈グロック〉に手をやる。だが、銃を抜く間もなく、助手席側のドアが勢いよく開いた。次の瞬間、サックスは殺人者と間近に向き合っていた。憎々しげに細められた目。そして、こちらに向けて持ち上げられようとしている銃口。

呼び鈴が鳴り、すぐに特徴的な足音が続いた。重たげな足音だ。

「こっちだ、ロン」

ロン・セリットー警部補が挨拶代わりに軽くうなずく。大きな体はジーンズと濃い紫色の〈アイゾッド〉のシャツに包まれている。驚いたことに、足もとはランニングシューズだ。セリットーの私服姿はこれまでほとんど見たことがなかった。もう一つ驚いたことに、セリットーはこれでもかと皺ができたスーツしか持っていないらしいのに、今日着ている服は、どれもアイロンをかけたばかりのようにしゃっきりとして見える。唯一、本来の形が損なわれているのは、ウェストバンドにかぶさるように突き出している腹の部分と、とても隠されているとは言えない勤務外用拳銃のホルスターがある腰の部分だけだった。

「逃げられたって？」

ライムはいまいましげに言った。「ああ、煙みたいに消えた」

大柄な刑事はのんびりと歩いて証拠物件一覧表の前に移動し、その体重に耐えかねた床板が次々と悲鳴をあげた。「これが犯人の仮名か？　五二二号」

「五月二十二日だからな。ところで、ロシアン・マフィアの件はどうなった？」

セリットーは答えなかった。「五二二号氏は何か証拠を残してってくれたか」

「分析はこれからだ。逃走の途中で、偽装に使う予定だった証拠を入れたビニール袋を捨てた。そいつがこれから届く」

「なかなか思いやり深い犯人じゃないか」

「アイスティーかコーヒーはいかがです？」

「ああ、もらおうかな」大柄な刑事はトムに向かってぼそぼそと答えた。「悪いね。コーヒーを頼むよ。低脂肪のミルクはあるか」

「二パーセントのがありますよ」

「じゃ、それも。それから、このあいだみたいなクッキーはあるかな。チョコレートチップが入ったやつ」

「オートミールのなら」

「ああ、あれも美味《うま》かったっけ」

「メル？」トムが尋ねる。「飲み物は？」

「作業台の近くで飲み食いしたら、雷が落ちてくる」

ライムはぴしゃりと言い返した。「なら弁護団に汚染された証拠物件は排除しろだの何だのと法廷で騒がれても、決して私のせいにしないでくれよ。法律を作ったのは私ではない」

セリットーがライムをしげしげと見つめて言った。「ご機嫌は少しも上向いてないらしいな。ロンドンはどうなってる？」

「その話はしたくないね」

「そうか。ものはついでだ、もっと機嫌をななめにしてやろう。別の問題が持ち上がった」

「マロイか」

「大当たり。アメリアが現場検証をしたとか、俺がＥＳＵの出動を承認したとかって話が耳に入ったらしくてね。ディエンコの件でＥＳＵを要請したと勘違いして、歓喜の涙にむせんだが、そうじゃないとわかると、今度は悲嘆の涙に暮れたってわけだ。で、おまえと関係があるのかと問い合わせてきた。おまえの代理で拳くらいなら喰らうのにやぶさかじゃあないが、弾丸は勘弁だ。というわけで、全部ゲロったよ……ああ、ありがとう」トムが差し出した軽食を受け取って礼を言う。トムは次にメル・クーパーから遠からぬテーブルに同じものを置いた。クーパーはラテックスゴムの手袋をはめると、さっそくクッキーをつまんだ。

「私にはスコッチをいただけないだろうか」ライムは機に乗じてそう言ってみた。

「だめです」トムは行ってしまった。

険悪な顔つきで、ライムは言った。「ESUが出動したと聞きつけたら、マロイにひねりつぶされるだろうと予想はしていた。しかし、いまやこれは重大事件だ。上層部にぜひとも味方が必要だよ。どう対処すればいい？」

「何かうまい手を大急ぎで考えたほうがいい。マロイから至急連絡しろと言われてるからな。いますぐ連絡したって手遅れなくらいだろう」また一口コーヒーを飲んだあと、全部食べてはなるものかという決意を宣言するように、しかしいくらか名残惜しげな手つきで、クッキーが四分の一ほど残った皿を置いた。

「ぜひとも味方がほしい。五二二号を捜すのに人手が必要だ」

「そういうことならさっそく電話しよう。覚悟はいいか？」

「ああ、いいぞ」

セリットーがダイヤルし、〝スピーカー〟ボタンを押した。

「音量を下げておいてくれ」ライムが言った。「大声で怒鳴り合うことになりかねんからな」

「マロイだ」風の音、話し声、皿やグラスのぶつかり合う音が聞こえている。カフェのテラス席にでもいるのだろうか。

「警部。リンカーン・ライムの家からスピーカーモードでかけてます」

「そうか。で、何がどうなってる？　ＥＳＵを出動させたのは、リンカーンが今朝電話をくれた件でだと正直に話してくれなかったのはどうしてなんだ？　どんな事件のどんな作戦であれ、決断を明日まで引き延ばすだろうと知ってたからか？」

「いや、それは違う」ライムが代わって答えた。

セリットーが横から口をはさむ。「まあ、こんな事情じゃ、そうなるだろうと予測できましたから」

「じつに感動的だ。そうやって互いをかばい合うとは。しかし、問題は、なぜ正直に報告しなかったかだ」

セリットーが言った。「強姦殺人犯を逮捕できる可能性が充分にあったからです。迅速に動かないとそのチャンスを逃すことになるだろうと、この俺が判断しました」

「私は子どもではないんだよ、警部補。きみは私に説明して承認を求める。私は判断を下す。そういう仕組みになっているはずなんだがね」

「謝ります、警部。そのときは正しい判断だと思えたもので」

沈黙。やがて――「だが、犯人は逃走した」

「そのとおり」ライムが答えた。

「なぜ取り逃がした？」

「急いでチームを編成したが、位置取りの判断が甘かった。〝未詳〟は私たちが考えていたよりも近くに来ていた。奴は覆面車両に気づいたか、人員の一人に気づいたかしたんだろう。それで逃走した。しかし途中で証拠を捨てている。そこから何か手がかりが見つかるかもしれない」

「その証拠とやらは、クイーンズのラボに向かっているのか、それともきみのところに向かっているのか」

ライムはセリットーを見やった。ニューヨーク市警のような組織で出世するには、経験と熱意と機転が不可欠だ。マロイはこちらのゆうに半歩先を行っている。

「じつは、ジョー、ここに届けるよう依頼した」ライムは言った。

今回は沈黙はなかった。スピーカーから流れ出したのは、あきらめたような溜息の気配だった。「リンカーン。何が問題か、わかっているだろう？」

わかっている。公益と私益の衝突だ。

「公益と私益の明らかな衝突だよ。市警の捜査顧問としての立場と、いとこの容疑を晴らすための努力は相容《あいい》れない。加えて、誤認逮捕を示唆しているも同然だ」

「だが、まさしく誤認逮捕だ。さらに、冤罪事件が二つ」ライムは、フリントロックから聞いた強姦事件とコイン窃盗事件について、もう一度マロイに説明した。「ほかにも出てきたとしても、私は驚かない……ロカールの原則は知っているだろう、ジョー」

「きみの本に書いてあったな。警察学校で使っている教科書に」

フランスの犯罪学者エドモン・ロカールは、犯罪が発生した際、犯人と犯行現場と被害者のあいだで例外なく証拠物件が移動するとした。ロカールはとりわけ塵《ちり》を念頭に置いてこの原則を唱えたが、これは数多くの微細証拠物件やさまざまなタイプの物証に当てはまる。点と点を結びつけるのは困難であるかもしれないが、結びつける線はかならず存在する。

「ロカールの原則は、私たち捜査する側の行動を決定する指標だ。しかし、同じ原則を武器として利用している犯罪者がいる。それがその男の手口だ。人を殺すが、自分は捕まらない。誰か別の人間がその罪をかぶるからだ。いつ犯罪を実行すべきか、どんな証拠をどのタイミングで獲物の家に置けばいいか、正確に知っている。鑑識、刑事、ラボの技術者、検事、判事……この男は全員を利用し、全員を共犯者にしてきた。私のいとこ云々は関係ないんだよ、ジョー。常識では考えられないくらい危険な男がこれ以上の被害者を出すのを食い止めることが目的だ」

今回は溜息のない沈黙が流れた。「わかった。承認しよう」

セリットーが意外そうに片方の眉を吊り上げている。

「ただし、条件付きだ。どんな些細《ささい》なことであれ、何か進展があればすぐに私に報告すること。どんな小さなことでも、かならずだ」

「約束する」

「それから、ロン、次に私に隠し事をしたら、予算課に異動だぞ。いいな？」

「わかりました、警部。了解です」

「いまリンカーンのところにいるということは、ロン、ウラジーミル・ディエンコの事件から、リンカーンの捜査チームに配置換えを希望していると解釈していいな？」

「向こうはペティ・ヒメネスに任せられます。聞き込みをしたのはほとんどあいつだし、今回のおとり捜査の手はずを整えたのもあいつですから」

「情報屋を管理してるのはデルレイだったな？　ＦＢＩ側の指揮を執ってるのも？」

「そうです」

「よし。きみはそっちの捜査からは外れろ。一時的にな。その〝未詳〟の捜査を正式に開始してくれ——いや、とうの昔にこっそり開始してたその捜査の要点をまとめた報告書を提出しろ。だが、よく聞け。無実の市民が誤った有罪判決を受けて服役中らしいなどと騒ぐ予定は私にはない。誰にもその話はしない。きみも誰ともその話はしない。その件はいまのところ存在しないわけだ。きみが指揮する捜査は一件のみ、今日の午後発生した強姦殺人事件だ。手口の一部として、この未詳は無関係の別人に罪をなすりつけようとしたかもしれないが、しゃべってもいいのはそこまで、しかもそのことが話題に上った場合に限ってだ。きみのほうからその話をするんじゃないぞ。とくにマスコミには一言たりとも漏らすな」

「私はマスコミのインタビューは受けない」ライムは言った。誰が喜んでマスコミの相手などするものか。「しかし、奴のやり口を探るのに、ほかの事件を調べる必要はある」

「調べてはいけないと言った覚えはない」警部は毅然とした、しかし決して不愉快には聞こえない口調でそう応じた。「報告を欠かさずにな」電話は切れた。

「よっしゃ、晴れて正式な捜査になったぞ」セリットーはそう言うと、さっき四分の一だけ残したクッキーの誘惑に屈し、コーヒーで流しこむようにして一気に平らげた。


サックスは私服姿の三人の男と一緒に歩道の際に立ち、〈カマロ〉のドアを乱暴に引き開けて銃を突きつけてきた小柄な一人と話していた。その小柄な男は五二二号ではなかった。連邦麻薬取締局の捜査官だった。

「いま確認中だ」男は、上司である麻薬取締局（ＤＥＡ）ブルックリン支局長補をちらりと見やった。

支局長補が言う。「あと二、三分待ってくれ」

さっき、車のなかで銃を突きつけられたとき、サックスはゆっくりと両手を挙げて、自分は警察官だと言った。小柄な捜査官はサックスの銃を取り上げ、身分証明書を二度、丹念に確かめたあと、銃を返して首を振った。「どういうことかな」謝罪の言葉は口にしたものの、その顔は、申し訳なく思っているようには見えなかった。それよりも、そう、本人の申告どおり、〝どういうことかさっぱりわからない〟といった表情をしていた。

それからまもなく、支局長補がほかの二人の捜査官を率いて現われた。

支局長補の携帯電話が鳴った。支局長補はしばらく相手の話に聴き入っていた。やがて携帯電話をぱたりと閉じると、経緯を説明した。少し前に公衆電話から匿名の通報があったのだという。サックスの人相に一致する女が、麻薬取引がらみの口論ののちに、持っていた銃で相手を撃ったという内容だった。

「ちょうどこの界隈で捜査が一つ進行中なんだ」支局長補は続けた。「密売人と卸元《おろしもと》が暗殺された事件を調べている」そう言って部下の一人――サックスを逮捕しようとした一人に顎をしゃくった。「アンソニーはここからほんの一ブロック先に住んでいてね。連絡を受けた捜査指揮官は、人員を集めるあいだに、アンソニーに状況を把握させようとした」

アンソニーが付け加える。「あんたが車で逃げようとしてると思って、その辺に捨ててあったテイクアウト店の袋を拾って近づいた。そうしたら……」事の重大さが、いまごろになってようやく心に染み入り始めたらしい。顔が青ざめていた。

〈グロック〉は、引き金にかけた人差し指にごく軽く力を入れただけで弾を発射できる。サックスは、一歩間違えばあのとき射殺されていたのかもしれないのだとしみじみ思った。

「ここで何をしていた？」支局長補が尋ねた。

「今日、強姦殺人事件が発生しました」五二二号が無実の他人に罪をなすりつけていることは話さなかった。「その犯人が私を見つけて、捜査を遅らせるために通報したのではないかと思います」

または、同朋に射殺されることを期待したか。

支局長補は顔をしかめて首を振った。

「どうかしましたか」サックスは訊いた。

「いや、その男はじつに利口だなと思ってね。ふつうはまず地元警察に通報するものだろう。しかし市警の職員なら、その捜査のことも、きみのことも知っている。だから、市警ではなくわざわざDEAに通報した。私たちが知っているのは、きみが発砲したらしいことだけだ。となると、万が一を考え、用心深く接近するだろう。きみが銃を抜いたら迷わず射殺する覚悟でね」眉間《みけん》の皺がいっそう深くなる。「じつに利口だ」

「ぞっとする奴でもある」アンソニーがつぶやいた。まだ真っ青な顔をしていた。

四人を見送ったあと、サックスは電話をかけた。

ライムが応え、サックスはいまの出来事を話した。

ライムは事実を頭のなかで整理しているのか、しばらく黙っていたあと、こう確かめた。「わざわざDEAに通報したのか」

「そう」

「DEAが捜査を展開中だと知っていたとしか思えない話だな。それに、きみを逮捕しようとした捜査官がすぐ近くに住んでいることも知っていたみたいじゃないか」

「さすがにそこまではわからないんじゃない？」

「そうだな、さすがにそれは知らなかったかもしれない。しかし、奴が確実に知っていたことが一つある」

「え、何？」

「きみの居場所を正確に知っていた。つまり、どこかから見ていたということだ。いいな、用心しろよ、サックス」

ライムは、五二二号がブルックリンでサックスを陥れようとしたことをセリットーに話した。

「そんなことまでしたのか」

「ああ、そのようだ」

五二二号が果たしてどうやって必要な情報を手に入れたのか、検討していると――これだという結論にはたどりつかなかった――電話がさえずり始めた。ライムはナンバーディスプレイを確かめ、すぐに電話を取った。「ロングハースト警部補？」

ロングハースト警部補の声が大音量でスピーカーから聞こえた。「ライム警部、ご機嫌いかが？」

「おかげさまで元気ですよ」

「それはけっこう。ちょっとお知らせしておきたいことがありまして。ローガンのアジトを発見しました。予想と違いましてね、マンチェスターではありませんでした。隣り合ったオールダムという市にありました。マンチェスターの東隣の市です」ダニー・クルーガーがネットワークを通じ、リチャード・ローガンと思われる男が銃のパーツの購入法を問い合わせたという情報を手に入れたのだという。「銃そのものを買おうとしているのではないらしいんですけどね。でも、修理に必要なパーツがそろえば、使える銃を持っているも同然です」

「ライフルですか」

「ええ。大口径の」

「身分証などは提示したんでしょうか」

「いいえ、問い合わせを受けたディーラーは、ローガンはアメリカ軍の兵士だと考えたようですよ。将来、まとめ買いをしてくれるなら弾薬を格安で融通すると約束したとかで。在庫や仕様書といった軍の正式な書類を所持していたそうです」

「とすると、我々が用意したロンドンの狩猟場に魅力を感じているらしいですね」

「そのようです。アジトの件に話を戻しましょうか。オールダムのインド人コミュニティに情報提供者を何人か抱えていまして、申し分のない働きをしてもらっています。アメリカ人の男がオールダムのはずれに古家を借りたらしいというので、こちらで捜しましたところ、どうやら見つかりました。捜索はこれからです。すぐに取りかかってもよかったのですが、あなたにご相談してからと思いまして」

ロングハーストはさらに続けた。「ライム警部、これは私見なのですが、ローガンは私たちがアジトを発見したことにまだ気づいていないのではないかと。つまり、かなり有力な証拠物件が残されている可能性があると思います。それで、MI5に連絡して、高価な玩具を借り受けました。高解像度ビデオカメラです。鑑識の者にそれを着けさせて、あなたから捜索の指示を出していただいたり、お考えを随時うかがわせていただけたりしたら幸いなのですが。カメラはいまから四十分ほどで現場に届きます」

アジトの捜索を厳密に行なったら――すべての出入口、抽斗《ひきだし》、便器、物入れ、マットレスを細大漏らさず調べたら、おそらく朝までかかるに違いない。

なぜよりによってこのタイミングで？　ライムは五二二号はかなりの脅威であると考え始めていた。しかも、前の二件、ライムのいとこの件、今日の強姦殺人が発生した間隔から見るに、五二二号のスケジュールは立てこみ始めているようだ。さらに、ついさっき起きた出来事――五二二号が警察に矛先を向け、サックスが射殺されかけた一件――は、ライムの危惧をいっそう深めていた。

さて、どうする？

ほんの一瞬の苦渋に満ちた逡巡《しゅんじゅん》のち、ライムは結論を出した。「警部補、たいへん申し訳ないが、こちらでも大きな事件が発生しましてね。連続殺人です。その捜査に全力を注ぐ必要がある」

「なるほど」そう簡単には動じないイギリス人らしい他人行儀な反応。

「そちらの件はあなたにお任せするしかなさそうだ」

「かまいませんよ、警部。事情は理解できます」

「すべての判断をあなたに一任します」

「信任票をいただけて光栄です。では、こちらで捜索を行なって、結果をお知らせするようにいたしましょう。では、時間がありませんので、これで」

「幸運を祈ります」

「こちらこそ幸運を祈ってますよ」

自ら戦線離脱するのは、リンカーン・ライムにとっては苦い選択だった。今回の狩りの獲物はあの男なのだから、なおさらだ。

しかし、選択はなされた。この瞬間から、獲物は五二二号だけになった。

「メル、電話だ。ブルックリンの現場の物証はいったいどこでぐずぐずしてるのか突き止めろ」

12

驚いた。

〈ポストイット〉に書かれていたアッパーイーストサイドの住所と、ロバート・ジョーゲンセンという人物は整形外科医であるという事実から、〈ヘンダーソン・ハウス・レジデンス〉というのはかなり高級な居住用ホテルなのだろうと予想していた。

ところが実際に来てみると、足を踏み入れるのがためらわれるような不潔な木賃宿《きちんやど》、麻薬常用者や大酒飲みが巣ごもる短期滞在型ホテルだった。いまにもウジがわきそうなロビーには寄せ集めの薄汚れた調度が並び、ニンニクや安物の消毒薬、非力な消臭剤の匂い、それに酸敗したような人間の体臭が染みついていた。これなら、ホームレスのシェルターのほうがよほど清潔そうだ。

アメリア・サックスは薄暗い戸口で立ち止まって振り返った。五二二号はブルックリンで自分を見張っていた、麻薬局の捜査官をあれほど易々《やすやす》と欺いた――いまも消えやらぬ不安から、ホテル前の通りに注意深く目を配った。とりたててサックスに関心を向けている人物はいないようだ。だが、五二二号はデリオン・ウィリアムズの自宅のすぐ近くまで来ていたのに、そのときもサックスはまったく気づかなかった。真向かいの廃ビルに視線を凝らす。あの排ガスで汚れた窓のどれかに誰か立っていたりしないか。こちらを見つめていたりはしないか。

いまのは何だ？　窓ガラスの破れた二階の窓。暗闇の奥で何かが動いたような気がする。人の顔ではなかったか。それとも、天井に空いた穴から射しこんだ光だったのか。サックスはそのビルのほうに少し後戻りして、さらに入念に窓を確かめていった。人はいない。さっきのはきっと目の錯覚だろう。ホテルに向き直り、深く息を吸いこまないようにしながら、ロビーに入った。どうしようもなく太ったフロント係に警察のバッジを見せる。フロント係は、警察が来たとわかっても、驚きもせず、狼狽《ろうばい》もせず、エレベーターの場所をサックスに教えた。エレベーターの扉が開いたとたん、ものすごい悪臭が噴き出した。計画変更。階段で行こう。

足の関節の痛みに顔をしかめながら、六階のドアを押し開け、廊下を歩いて六七二号室を探す。ドアをノックして一歩脇によけた。「警察です。ミスター・ジョーゲンセン、いらっしゃいますか。ここを開けてください」この人物と殺人犯がどうつながっているのかわからない。念のため、いつでも〈グロック〉——太陽のように信頼の置けるすばらしい銃——を抜ける位置に手を置いて待った。

返事はなかったが、ドアののぞき穴の金属製の蓋が動く音がたしかに聞こえた。

「警察です」

「ドアの下の隙間から身分証をよこしてくれ」

言われたとおりにした。

一瞬の間があった。それから、チェーンが何本も続けざまに外された。最後に錠の回る音がした。ドアが開き始めたが、セキュリティバーが設置されているのか、途中で止まった。現われた隙間は、チェーンがかかっている場合よりは大きかったが、人一人が通れるだけの幅はない。

中年の男が顔をのぞかせた。長髪は脂じみ、顔は伸び放題の髭《ひげ》で覆われている。目はそわそわと落ち着きがない。

「ミスター・ロバート・ジョーゲンセンですね」

男はサックスの顔を穴の空くほど見つめたあと、また身分証を確かめた。ラミネート加工された身分証は透明ではないのに、ひっくり返して光にかざしている。それからようやく身分証を返してよこすと、セキュリティバーを外した。ドアが勢いよく開く。男はサックスの背後の廊下に目を走らせてから、なかに招き入れた。サックスは銃の近くに手を置いたまま、ゆっくりと足を踏み出した。室内とクローゼットに素早く視線を向ける。部屋は妙にがらんとした印象で、男は銃などは持っていなかった。「ミスター・ロバート・ジョーゲンセンですね」さっきと同じ質問を繰り返す。

男がうなずいた。

サックスは改めてこのみじめな部屋をしげしげと観察した。ベッド、机と椅子、肘掛《ひじか》け椅子、みすぼらしいソファ。濃い灰色のカーペットは染みだらけだ。明かりは、ぼんやりとした黄色い光を放つフロアスタンドが一つだけ。カーテンはぴたりと閉ざされていた。見たところ、大型のスーツケース四つとスポーツバッグ一つから荷物を出し入れしながら生活しているようだ。キッチンはないが、リビングルームの片隅に小型冷蔵庫が一つと電子レンジが二台置かれていた。コーヒーメーカーもある。おもな栄養源はスープと中華麵らしい。百冊はあろうかというマニラ紙のファイルフォルダーが壁にもたせかけるようにして積み上げられていた。

衣類は、人生の別の時代——もっと羽振りがよかった時代に買ったものらしい。高価そうだが、すっかり着古されてあちこちに染みがついている。やはり高価そうな靴の底はすり減っていた。推測：ドラッグかアルコールで問題を起こして医師免許を剝奪《はくだつ》された。

目下、ジョーゲンセンは奇妙な作業に没頭していた。大判のハードカバーの本を分解している。クランプで机に固定されたフレキシブルアーム付きの拡大鏡（レンズの縁《へり》が欠けている）をのぞきこみながら、ページを一枚ずつ切り取ってはそれをさらに細く切っていく。

ひょっとしたら、転落のきっかけは心の病だったのかもしれない。

「手紙のことだろう。そろそろ来るころだろうと思ってた」

「手紙？」

ジョーゲンセンは疑わしげな目でサックスを見つめた。「違うのか？」

「手紙のことは何も知りません」

「送ったのはワシントンに宛ててだ。しかし、きみらはしゃべる。法執行機関の職員はみんなおしゃべりだ。公共の安全を守る公務員は、おしゃべりぞろいだ。そうさ。みんなおしゃべりだ。だからだ。犯罪事件データベースやら何やら……」

「あの、おっしゃってる意味がまったくわからないんですが」

ジョーゲンセンはその言葉を信じたらしい。「そうか、じゃあ――」そう言いかけて、目を見開く。視線の先は、サックスの腰だった。「待て。その携帯電話は電源が入ってるのか」

「ええ。入ってますけど」

「たいへんだ！　いったい何を考えてる？」

「え、だって――」

「どうせなら、裸で通りを走り回って、行き合った他人に自分の住所を教えてやったらどうだ？　電池を外してくれ。ただ電源を切るだけじゃだめだ。電池を外して！」

「それはできません」

「電池を外せ。外さないなら、いますぐ出ていくんだ。ＰＤＡを持ってるなら、それもだ。ポケベルも」

交渉決裂の瀬戸際《せとぎわ》だ。それでもサックスは断固たる口調で言った。「電池を外したらデータが消えてしまうわ。携帯電話とポケベルは電池を外してもいいけど」

「まあ、いいだろう」ジョーゲンセンはうなるように言うと身を乗り出し、サックスが携帯電話とポケベルの電池を外し、PDAの電源を落とすのをじっと見守った。

サックスはジョーゲンセンに身分証の提示を求めた。ジョーゲンセンは迷っているような顔をしていたが、すぐに運転免許証を探して差し出した。住所はコネティカット州グリニッチ、ニューヨーク周辺でもっとも富裕層が多い町の一つだった。「手紙の件でうかがったわけではないんです、ミスター・ジョーゲンセン。いくつかお尋ねしたいことがあって来ました。お時間はとらせません」

ジョーゲンセンは、いやな匂いを発しているソファを手振りでサックスに勧め、自分は机の前のぐらぐらした椅子に腰を下ろした。まるでそうせずにはいられないとでもいうようにすぐに本に向き直り、剃刀《かみそり》で背表紙を薄く切り取る。剃刀の扱いは手慣れたものので、素早く、狂いがなかった。サックスは、ジョーゲンセンとのあいだに机があるおかげで、いざ銃を抜こうとしたとき、邪魔されるおそれがないことに安堵を感じた。

「ミスター・ジョーゲンセン、今朝起きたある事件についてお訊きしたいのですが」

「ああ、なるほど、やっぱりそうか」ジョーゲンセンは唇をすぼめてまたちらりとサックスを見やった。顔に浮かんだ表情の意味は、読み違いようがなかった。あきらめ、それに嫌悪。「私は今回は何をやらかしたことになってるのかな」

今回は？

「今朝の事件というのは、強姦殺人です。あなたが関わっていないことはわかっています。事件発生当時、あなたはここにいらっしゃった」

冷酷な薄笑い。「なるほど、私を監視していたわけだな。そうだろう、そうだろう」

それから顔をしかめた。「えい、くそ」この悪態は、分解中の本の背表紙のなかから見つけた何か、あるいは見つからなかった何かに対するものだった。背表紙をくず入れに放りこむ。ふと見ると、口を閉じていないごみ袋がいくつもその辺にあって、衣類や書籍、新聞、小さな箱などの切り刻まれた残骸が詰まっていた。サックスは大きいほうの電子レンジに目をやった。本が入っている。

黴菌《ばいきん》恐怖症か。

サックスの視線に気づいたらしい。ジョーゲンセンが言った。「破壊するには、電子レンジが一番だからね」

「バクテリアとかウィルスとか？」

ジョーゲンセンは冗談でも聞いたかのように笑った。それから、机の上の本にうなずいてみせた。「探しても探しても見つからない場合もある。だが、なんとしても見つけなくちゃいけない。敵の姿を知る必要があるんだよ」今度は電子レンジにうなずく。「奴らが電子レンジでも破壊できないやつを発明するのも時間の問題だろう。そう思っておいたほうがいい」

敵……奴ら……サックスは市警入局直後の何年か、警邏《けいら》課の一員としてパトロール業務に従事した経験がある（警察内では、パトロール警官を〝ポータブル〟と呼ぶ）。タイムズスクウェアがまだ昔ながらの〝タイムズスクウェア〟だったころ――いまのように〝東海岸のディズニーランド〟になる前は、そこも持ち場の一つだった。だから、ホームレスや精神的な病を抱えた人々に接した経験は豊富だ。妄想性人格障害――さらに進んで、統合失調症を疑わせる兆候はひととおり心得ている。

「デリオン・ウィリアムズという男性をご存じですか」

「知らない」

ライムのいとこを含め、ほかの被害者や〝容疑者〟の名前も挙げてみた。

「知ってる名前は一つもないな」本当に知らないようだった。ジョーゲンセンは、三十秒ほどのあいだ――永遠にも思われた――本の解体に没頭した。一ページ切り取り、光にかざして、今度もまた顔をしかめたあと、そのページを床に放り捨てる。

「ミスター・ジョーゲンセン、今日の事件現場の近くで、この部屋の番号を書いたメモが見つかりました」

剃刀を握った手がはたと動きを止めた。殺気を帯びた燃えるような視線がサックスを見つめる。それから、ジョーゲンセンはささやくような声でこう訊いた。「どこで？ いったいどこで見つかった？」

「ブルックリンの公共のくず入れです。ほかの証拠物件にくっついていました。今回の事件の犯人が捨てたのかもしれません」

悽愴《せいそう》なささやき声で、ジョーゲンセンがたたみかける。「犯人の名前はわかってるのか？　どんな外見をしてる？　教えてくれ！」椅子から腰を浮かせ、顔を真っ赤にしている。唇は震えていた。

「落ち着いてください、ミスター・ジョーゲンセン。落ち着いて。捨てたのが犯人だと決まったわけではないんです」

「いや、そいつだよ。間違いなくその犯人だ。あの野郎！」サックスのほうに身を乗り出す。「名前はわかってるのか？」

「それはまだ」

「頼むから教えてくれ！　たまには私のために何かしてくれてもいいだろう！　私に何かするばかりじゃなく！」

サックスは断固とした口調で言った。「あなたのお役に立てることがあれば、もちろんします。ともかく、落ち着いていただけませんか。いったい誰の話をしてらっしゃるんです？」

ジョーゲンセンは剃刀を机に放り出し、肩を丸めて椅子にどさりと座り直した。その顔には苦々しげな笑みが浮かんでいた。「誰の話か？　誰の話かって？　決まってるだろう、神だよ」

「神？」

「そして私はヨブだ。ヨブは知ってるね？　神にいじめられた罪のない男だよ。神から山ほど試練を与えられた男だ。だが、私が経験してきたことに比べたら、そんなもの……そうさ、あいつに決まってる。あいつはいま私がここにいることを突き止めて、そのメモとやらに書きつけたんだ。今度は逃げられたと思ったのに。くそ、やっぱり見つかった」

ジョーゲンセンの目に涙が見えたような気がした。「いったい何があったんですか。話していただけませんか」

ジョーゲンセンは掌で顔をこすった。「聞きたいなら話すが……二年前まで私は開業医として働きながら、コネティカット州に住んでいた。妻がいて、すばらしい子どもにも二人恵まれた。銀行には貯金があったし、老後の生活資金の積み立てもしていた。別荘も持っていた。何の不満もない生活だった。幸せだったよ。ところが、あるときから、奇妙なことが起こり始めた。初めは小さなことだった。たとえば、航空会社のマイレージを貯めるのに、新しくクレジットカードを作ろうとしたときの話だ。当時の年収は三十万ドルあったし、カードや住宅ローンの支払いが滞ったことは過去に一度もない。ところがカード会社は、私は〝信用リスク〟名簿に載っていると言ってきた。半年のあいだに三度も住所を変えたからだという。だが、私は一度も引越などしていなかった。誰かが私の名前と社会保障番号とカード情報を手に入れて私になりすまし、次々にアパートを借りていたんだ。そしてその誰かさんは、家賃を滞納した。ただし、家賃滞納で追い出される前に、十万ドル分の買い物をして、その住所に配達させていた」

「個人情報漏洩？」

「いや、個人情報漏洩なんてかわいいものじゃない。神は私の名前でクレジットカードを何枚も作り、莫大《ばくだい》な額の買い物をなさったうえに、請求書をばらばらな住所に送らせていらしたのさ。もちろん、支払いは一度だってしていない。私が一つを解決すると、神はまた何かする。しかも私に関する情報という情報を全部把握してるんだ。神は何もかも知っていた！　母の旧姓や誕生日、私が子どものころに飼っていた犬の名前、初めて買った車の種類——いろんな会社がパスワードとして設定させるような情報をすべて知っていたんだ。自宅や携帯電話の番号も知っていたし、クリニックの番号も知っていた。電話会社からは一万ドルの請求書が送られてきたよ。どうやったかって？　モスクワやらシンガポールやらシドニーやらからアメリカの時報サービスや天気予報サービスにダイヤルして、受話器をそのままにしておいたんだ」

「どうして？」

「どうしてか？　神だからだよ。そして私がヨブだからだ……そいつは、ついには私の名前で家まで買った！　家を一軒だ！　買っておいて、ローンの支払いを延滞した。取り立て代行業者が雇った弁護士からニューヨークのクリニックに電話が来て、三十七万ドルの借金の返済方法について相談したいと言われて初めてわかったことだ。神はほかにも、オンラインのギャンブルサイトで二十五万ドルもすってたよ。

私の名前ででたらめな保険金請求もしていた。おかげで医療過誤保険会社に契約を切られた。保険に入っていなければ医師として働くことはできないし、一度切られると、どこの保険会社も契約してくれない。結局、自宅を売却して、私が作った借金を返済したら、一文無しになった。参考までに、借金の総額はざっと二百万ドルに達してた」

「二百万ドル？」

ジョーゲンセンはほんの一瞬、きつく目をつむった。「そんなのは序の口だった。妻はそこまではじっと耐えてくれていた。苦しかったが、そばで支えてくれた……だが、神は、過去に私のクリニックで働いていた看護師の何人かに、私の名前で高価なプレゼントを贈っていた。私のクレジットカードを使って買ったプレゼントをね。しかも添えられたカードには、別荘に泊まりにこないかと書かれていたり、その気があるような言葉が書かれていた。受け取った看護師の一人が礼の電話をかけてきてね、ぜひ次の週末に泊まりに行きたいと伝言を残した。その電話を受けたのは娘だった。娘は泣きじゃくりながら妻に話した。妻は、私の無実を信じていてくれたと思う。それでも、四か月前、別居したいとついに言われてね。いまはコロラド州の義姉の家に身を寄せてる」

「たいへんでしたね」

「たいへんだった？　ありがたいね、同情してもらえるとは。しかし、話はまだ終わりじゃない。妻が出ていったころから、今度はあちこちの法執行機関に逮捕されるようになった。私名義のカードと偽造の運転免許証で購入された銃が、ブルックリン、ニューヘヴン、ヨンカーズで起きた強盗事件で使われた。襲われた店の店員の一人が重傷を負ったそうだ。私はニューヨーク州警察に逮捕された。起訴はされなかったが、逮捕歴は残った。この先も永遠に消えないだろう。ちょうど同じころ、麻薬取締局にも逮捕された。私は輸入禁止処方薬を購入して、支払いに小切手を振り出したらしい。

ああ、そうだ、服役もしたんだったな。いや、私が刑務所に入った訳じゃない。神が、偽造クレジットカードと私名義の運転免許証を売りつけた相手が、だ。服役した誰かは、私とは赤の他人だ。その他人の本名なんか誰も知りやしない。しかし、公の記録を見れば、社会保障番号９２３－６７－４１８２、前住所コネティカット州グリニッチのロバート・サミュエル・ジョーゲンセンが服役したことになっている。この過去も消えない。永遠に」

「ちゃんと調べてもらえばよかったのに。警察に相談して」

ジョーゲンセンは鼻で笑った。「おいおい、冗談だろう？　きみは警察の人間だ。この程度のことで騒いだって、〝優先的に対処すべき事項リスト〟のどのあたりに置かれるか、よくわかってるだろうに。横断歩道がないところで道路を横断《ジェイウォーキング》した歩行者のすぐ上くらいだろうな」

「あなたは、捜査に役立ちそうな情報をつかんでらっしゃいますか。その〝神〟について。年齢、人種、学歴、住所……」

「いや、何一つ。どこを掘り返しても、出てくるのは一人だけ——私だ。そいつは私から私を奪った……奴らは、万が一に備えた予防策は用意されてる、データは守られてると言う。笑止千万だ。たしかに、クレジットカードを紛失したくらいなら、ある程度までは守ってもらえるかもしれないな。だが、誰かが本気できみの人生を破滅させようとしたら、きみにできることは何一つない。人はコンピューターが言うことを鵜呑《うの》みにする。コンピューターが、きみには借金があると言えば、きみには借金があるんだ。きみと保険契約を結ぶのは危険だと言えば、きみと保険契約を結ぶのは危険なんだよ。きみには支払い能力がないと言えば、たとえ現実には億万長者だとしても、きみには支払い能力がない。人はデータを信じる。真実なんか意味を持たないんだよ。そうだ、私がついこのあいだまでしていた仕事を見せてやろう」ジョーゲンセンは跳ねるように立ち上がると、クローゼットの扉を開け、ファストフードチェーンの制服を見せた。そしてすぐにまた机に戻ってくると、本の解体作業を再開しながらつぶやいた。「かならず見つけてやるからな」それからちらりと目を上げた。「何が最悪か知りたいか」

サックスはうなずいた。

「神は私の名を騙《かた》って借りたアパートのどれにも一度も住まなかったたってことだ。だから、違法な薬物が届いてもそのままになってた。配達させた商品も同じだ。だから、警察はあらゆる証拠を押収できた。神はせっかく買った豪邸にも住まなかった。わかるだろう？　神の目的はただ一つ、私を苦しめることだけなのさ。やつは神で、私はヨブなんだ」

サックスはふと、机の上に飾られた写真に目を留めた。ジョーゲンセン、それに彼と同年代と思しき金髪の女性が、十代の少女ともう少し幼い少年に腕を回している。背景に写っている家はりっぱなものだった。ジョーゲンセンの言う〝神〟が五二二号だとするなら、なぜそこまでしてこの元医師の人生をめちゃくちゃにしたのだろう。被害者に近づき、他人に罪をなすりつけるテクニックを磨く実験台にしたということか。

それとも、五二二号は他人の苦しみを喜ぶ社会病質者《ソシオパス》なのか。五二二号がこれまでにジョーゲンセンにしてきたことは、セックスの介在しないレイプだ。

「引越をお勧めします、ミスター・ジョーゲンセン」

あきらめきったような笑み。「わかってる。そのほうが安全だ。今日も明日も、見つかりにくい場所に移動し続けること」

サックスは心のなかで、父がよく口にしていた言葉を思い出した。自分の人生観をよく言い表していると思う。〝動いてさえいれば自由だ……〟

ジョーゲンセンが本のほうに顎をしゃくった。「奴がどうやってここを見つけたと思う？　これだよ。私にはわかる。これを買った直後にすべてが始まった。答えはここにあるとずっと思ってる。電子レンジを試したが、それではだめだった——どうやらね。答えはこのなかに隠されてるはずだ。ここにあるとしか考えられない！」

「あの、いったい何を探してらっしゃるんでしょう？」

「知らないのか？」

「ええ」

「追跡装置に決まってるだろう。本に仕込まれてるんだよ。服にも。じきにあらゆるものに仕込まれるようになるだろうな」

ふむ。黴菌《ばいきん》ではなかったらしい。

「その追跡装置は、電子レンジで破壊できるんですか」サックスは話を引き出そうと調子を合わせた。

「たいがいはね。アンテナも破壊できるが、最近のは本当に小さくてね。顕微鏡でもなくちゃ見えないくらいに」ジョーゲンセンは黙りこんだ。何かを迷っているようにサックスをじっと見つめている。やがて意を決したように言った。「持っていってくれ」

「え、何を？」

「この本だ」ジョーゲンセンの目は、室内をせわしなく踊り回っていた。「答えはこのなかにある。私に起きたことすべてに対する答えがこのなかに……お願いだ！　私の話を最後までちゃんと聞いてくれたのは——頭がどうかしてるんじゃないかって顔をしなかったのは、きみが初めてだ」椅子の上で身を乗り出す。「きみは私と同じくらい、奴を捕まえたいと考えてる。必要な機器だってそろってるだろう。走査型顕微鏡、いろんなセンサー……きみなら見つけられる！　見つかれば、それを手がかりに奴も見つけられる。頼む！」そう言って本を差し出した。

「でも、何を探せばいいのか」

するとジョーゲンセンは哀れむようにうなずいた。「その顔を見れば、何も知らないとわかるよ。そこが問題なんだ。奴らはしじゅう仕組みを変える。いつも私たちの一歩先を行く。だが、頼む……」

〝奴ら〟……

サックスは、本を受け取った。ビニールの証拠袋に収めてCOC（証拠物件保管継続証）カードを貼付《ちょうふ》すべきなのかどうか。証拠袋に入れてライムのタウンハウスに持ち帰ったら、物笑いの種にされるだろうか。たぶん、素のままで持っていくほうが無難だろう。

ジョーゲンセンがなおも身を乗り出し、力を込めてサックスの手を握った。「ありがとう」また涙を浮かべている。

「引越をしてくれますね」サックスは尋ねた。

ジョーゲンセンはすると答え、ロウワーイーストサイドの別の短期滞在型ホテルの名を告げた。「メモはしないでくれ。誰にも教えずにいてほしい。電話で私の名前を言うのもだめだ。奴らはずっと耳を澄ましてるから」

「もし何か思い出したことがあったら……神について……連絡してください」サックスはそう言って名刺を渡した。

ジョーゲンセンはそこに書かれた情報を暗記すると、名刺を細かく破った。それからバスルームに行き、半分をトイレに流した。そこでサックスの不思議そうな様子に気づいたらしい。「残り半分はまたあとで流す。いっぺんに流すのは、配達人が郵便物を届けた印に郵便箱の赤い旗を立てたことに気づいてるのに、すぐに取りに行かないのと同じくらい愚かな行為だ。世間はみんな愚かだよ」

ジョーゲンセンは戸口まで見送りに来て、サックスに顔を近づけた。洗濯していない衣類の臭いが鼻をついた。縁が赤く腫《は》れた目をらんらんとさせてサックスを見つめる。

「刑事さん、よく聞いてくれ。きみが大きな銃を腰に下げてるのは知ってる。だが、奴みたいな相手に、そんなものは通用しない。撃つにはまず奴に近づかなくちゃならない。しかし、奴はそもそもきみに近づく必要さえないんだ。照明を落としたどこかの部屋でワインのグラスを傾けながら、きみの人生を粉々に破壊することができるんだよ」ジョーゲンセンはサックスの手のなかの本にうなずいた。「それを受け取ったと同時に、きみも感染したんだ」

13

ニュースをチェックし続けている――いまの時代、情報を効率的に手に入れる手段はいくらでもある――が、これまでのところ、赤毛の刑事がブルックリンで麻薬取締局の捜査官に射殺されたという報道はない。

だが、少なくとも連中は恐々としているはずだ。

いらだっているはずだ。

それならいい。私一人だけがいらだっていなくてはならない理由はない。

歩きながら考える。どうしてこんなことになった？　いったいどうして、起きるはずのないことが起きたんだ？

これはよくない。これはまずい、これはこれはこれはこれは……

私が何をしているか、私の被害者は誰か、連中は正確に知っている。

なぜだ？

データを徹底的に洗い、データを並べ替え、データを分析する。わからない。どうして知っているのか、私には理解できない。

いまはまだ理解できない。もっとよく考える必要がある。

情報が足りない。データがなければ、結論を出せるわけがない。そんなのは無理だ。

待て。焦《あせ》るな。先を急ぐな。自分にそう言い聞かせる。急いで歩くシックスティーンは、データをぼろぼろと落とす。ありとあらゆる情報をばらまく。ともあれ、利口な人間、データから推論を導き出すことに長《た》けた人間にとっては、急いでいるシックスティーンはそういう存在だ。

灰色の街を歩き回る。日曜日は、さっきまでの美しさを失ってしまった。醜悪な日、だいなしにされた日。陽射しはただまぶしいだけで、しかも汚れている。街の手触りは冷たく、縁《へり》はぎざぎざしている。シックスティーンたちの顔には嘲笑と軽蔑と尊大さが見える。

どいつもこいつもまったくいとわしい！

だが、自重することだ。日曜を楽しんでいるふりを続けることだ。

それより何より、考えることだ。冷静に分析することだ。問題に直面したとき、コンピューターならデータをどう分析する？　考えろ。連中はどうして私のことを突き止めた？

一ブロック。二ブロック。三ブロック。四……

答えは出ない。結論が出ただけだ――〝連中は有能である〟。加えて、新たな疑問が加わった――〝連中とは、厳密には誰のことか〟。思うに――

そのとき、恐ろしい考えに頭をがつんと殴られた。まさか、あのとき……私は足を止め、バックパックの中身をかき回す。嘘だ、嘘だ。嘘だと言ってくれ。ない！　あの〈ポストイット〉がない。証拠を入れた袋を捨てる前に剝《は》がすのを忘れた。私のお気に入りのシックスティーン、3694‐8938‐5330９‐2498、私のペット――世間からはドクター・ロバート・ジョーゲンセンと呼ばれているシックスティーンの現住所。今日、私から隠れようとして逃げた先を突き止め、〈ポストイット〉にメモしておいた。暗記してメモを捨てなかった自分に猛烈に腹が立つ。

自分が憎い。自分の何もかもが憎い。どうしてそんな不注意なことができた？

泣きたい。思いきりわめきたい。

私のロバート3694！　この二年、私のモルモットだったシックスティーン、練習台だったシックスティーン。公文書の改竄《かいざん》、個人情報漏洩、クレジットカードの不正使用……

だが、何よりも大きな快感だったのは、ロバート3694の人生を破滅させたことだった。セックスの絶頂感にも通じる、えもいわれぬ快感。コカインやヘロインをやったみたいな。どこをとってもまともで、幸せな家庭生活を営む男、腕がよくて思いやりに満ちた医者を選び出し、そして破滅させた。

何にせよ、楽観視しては危険だ。誰かがあのメモを見つけて本人に連絡すると思っていたほうがいい。ロバート3694は逃げるだろう……逃がすしかない。

今日、私はまた一つ大事なものを奪われた。この気持ちは言葉には言い表せない。炎に似た痛み、正体のわからないパニックに似た恐怖。空中に放り出され、ぼんやりと見えている地面にいまにも叩きつけられるとわかっているのに、その瞬間がなかなか訪れないような。

アンテロープの群れのなかをおぼつかない足取りで行く。休息の日を漫然とうろつき回るシックスティーンの群れ。私の幸福は打ち壊され、平安は失われた。ほんの数時間前までは温かな好奇心や欲望の目で周囲の人間を見ていたのに、いまは適当な一人を選んで突進し、青白い肌、トマトの皮みたいに薄い皮膚を、八十九本持っている剃刀のなかの一つで切り裂いてやりたい衝動と闘っている。

そうだ、どうせなら〈クルシアス・ブラザーズ〉の十九世紀末の剃刀がいい。エクストラロングの刃と、美しい鹿の角の柄のついた剃刀。私のコレクションのなかでも自慢の逸品だ。

「証拠だ、メル。分析を始めよう」

デリオン・ウィリアムズの自宅近くのくず入れから回収された証拠が届いていた。

「摩擦稜線《りょうせん》は？」

クーパーが真っ先に摩擦稜線——指紋——採取を試みたのは、ビニール袋だった。五二二号が偽装に使おうとしていた証拠類がまとめて収められていた袋。そこから取り出した、まだ乾いていない血液が入っている袋。血の染みたペーパータオルが入っている袋。ビニールの表面には、指紋は一つも付着していなかった。期待がくじかれた。ビニールは、付着した指紋をよく保留する素材だからだ（潜在指紋ではなく顕在指紋である場合が多く、特殊な薬品や光源を使わずとも視認できる）。それでも、未詳五二二号がコットン地の手袋をはめて袋に触れた痕跡は見つかった。経験豊富な犯罪者は、内側に付いた指紋を安定して保存するラテックスゴムの手袋よりも、コットン地のものを好む。

さまざまな薬品をスプレーしたり、波長可変型光源装置（ＡＬＳ）を当てたりしながら、メル・クーパーはほかの物品も丹念に調べたが、指紋は一つも採取できなかった。

五二二号が関与したと思われるほかの事件と同様、この事件も、証拠物件が大きく二つのカテゴリーに分類できるという点で、通常の犯罪事件とは異なっていた。一つめのカテゴリーは、デリオン・ウィリアムズを犯人に仕立てるために用意された偽の物証だ。五二二号が、これらの物証と自分が結びつくことが絶対にないよう念を入れたことは疑いようがない。もう一つのカテゴリーは、本物の証拠――五二二号がうっかり残したもの、五二二号の住居に案内してくれる可能性を含んだ証拠物件だ。たとえば煙草の葉や人形の髪がこれに当たる。

血の染みたペーパータオルやまだ乾いていない血液は、第一のカテゴリー、故意に残される予定だった証拠物件だ。同じように、ウィリアムズの自宅のガレージか車にこっそり置かれるはずだったダクトテープは、マイラ・ワインバーグの口をふさいだり手足を縛ったりするのに使われたダクトテープと間違いなく一致することだろうが、五二二号の住居の微細証拠物件を拾ってしまわないよう、注意深く扱われたはずだ。おそらくウィリアムズが持っているランニングシューズの自宅にまぎれこませる予定ではなかっただろう。しかし、五二二号がウィリアムズが持っているランニングシューズのいずれかと酷似した靴痕を現場に残すために使ったことに疑問の余地はなく、その意味でやはり〝偽造〟証拠に分類される。それでもメル・クーパーはランニングシューズを調べ、微細証拠物件を発見した。底に付いていた微量のビールだ。何年も前、ライムがまだニューヨーク市警にいたころに構築した発酵飲料の原料のデータベースに照会してみると、〈ミラー〉ビールの可能性がもっとも高いと判明した。これは〝偽造〟〝本物〟のいずれのカテゴリーにも属しうる。その分類は、マイラ・ワインバーグが殺害された現場を検証しているプラスキーが戻るまでは保留とするしかない。

ビニール袋には、コンピューターから印刷したらしきマイラの写真も入っていた。おそらく、ウィリアムズがネット上でマイラをストーキングしていたことを疑わせるためのものだろう。ということは、これも〝偽造〟に分類できそうだ。それでも、ライムは指紋が付着していないかよく調べるようクーパーに指示した。しかしニンヒドリン試験でも指紋は検出できなかった。顕微鏡や薬品を使った分析の結果、用紙はどこででも売られているごく一般的なものであることがわかった。粉末インクは〈ヒューレットパッカード〉のレーザープリンター向けのものと判明したが、これもありふれた品で、販売経路をたどるのは不可能だった。

それでも一つ、のちのち役に立ちそうな発見があった——微量のスタキボトリス・チャルトラム。シックハウス症候群の原因の一つとして悪名高きカビの一種だ。用紙から採取された量はひじょうに少なく、五二二号が故意に付着させたとは考えにくい。五二二号の住居または職場に由来すると考えるのが妥当だろう。ほぼ百パーセント、屋内からしか見つからないこのカビの存在は、五二二号の自宅または職場の少なくとも一部は暗くて湿度が高いことを示唆している。カビは、乾燥した環境では生育しない。

やはりうっかり残した手がかりと思われる〈ポストイット〉は、安価なノーブランド品ではなく、〈3M〉のものだったが、これも購入店を突き止めるのは無理だ。採取された微細証拠物件は、同種のカビの胞子《ほうし》数個だけではあったものの、これによって、少なくともこの〈ポストイット〉は十中八九、五二二号が捨てたものだろうという推測が可能になった。インクはアメリカ全国の無数の商店で販売されている、使い捨てタイプのボールペンのものだった。

くず入れから回収された証拠物件からの収穫はそれだけだったが、クーパーが判明した事項をメモしているあいだに、ライムがいつも急ぎの医学的分析を依頼している民間ラボから、ビニール袋に入っていた血液はマイラ・ワインバーグのものだという予備検査の結果報告の連絡があった。

入れ違いにセリットーの携帯電話が鳴った。セリットーは短いやりとりだけで通話を終えた。「だめか……麻薬取締局からだ。アメリアに関するタレコミ電話の発信元をたどったらしい。公衆電話だったそうだ。目撃者はゼロ。ハイウェイを走って横切った男を目撃したドライバーもゼロだ。ハイウェイから近い地下鉄駅二か所でも聞き込みをしたが、奴が逃走した時間帯に不審な人物を見たという証言は得られなかった」

「おいおい、奴が不審な行動をするわけがないだろうが。何を考えて聞き込みをしたんだ？　逃走中の殺人犯が改札のバーを飛び越えたり、服を脱ぎ捨ててスーパーヒーローの格好で逃げたりしたとでも思ったか」

「俺は言われたとおりに伝えただけだ、リンカーン」

ライムは不機嫌な顔のまま、ここまでに判明したことをホワイトボードに記入するようトムに頼んだ。

デリオン・ウィリアムズの自宅近くの街路

・ビニール袋三個。〈ジップロック〉の冷凍用。一ガロンサイズ。
・〈シュアートラック〉のランニングシューズ。右のみ。サイズは13。底にビールの乾いた痕跡（おそらく〈ミラー〉）。擦り痕はなし。識別可能な微細証拠物件なし。犯行現場に足跡を残すために購入?
・血の染みたペーパータオル。ビニール袋に入っていた。予備検査の結果、被害者のものと判明。
・血液2cc。ビニール袋に入っていた。予備検査の結果、被害者のものと判明。
・〈ヘンダーソン・ハウス・レジデンス〉の住所が書かれた〈ポストイット〉。部屋番号は672。滞在者はロバート・ジョーゲンセン。〈ポストイット〉とボールペンの販売経路は追跡不可能。〈ポストイット〉にスタキボトリス・チャルトラム。
・被害者の写真。カラー。コンピューターを使って印刷されたものと思われる。〈ヒューレット・パッカード〉のプリンター用のインク。販売経路は追跡不可能。用紙の販売経路も追跡不可能。用紙にスタキボトリス・チャルトラム。
・〈ホーム・デポ〉自社ブランドのダクトテープ。販売経路の追跡不可能。
・指紋は検出されず。

呼び鈴が鳴り、ロナルド・プラスキーがきびきびとした足取りでラボに入ってきた。ビニール袋の詰まったプラスチックケースを二つ抱えている。マイラ・ワインバーグが殺害された現場で採取した証拠物件だ。

一目見るなり、ライムは青年の表情の変化に気づいた。正確には、表情が失われていた。プラスキーはだいたいいつも、妙に緊張しているか、当惑したような顔をしているかのどちらかだった。ごくたまに（頬が紅潮するほど）誇らしげにしているときもある。だが、ラボに入ってきたプラスキーの目はうつろだった。さっきまでの使命感に燃える目つきとはまるで違っている。ライムにちらりと目をやって軽く会釈し、無表情なまま作業台に近づくと、クーパーに証拠物件とCOCカードを手渡した。クーパーがCOCカードに署名する。

それからルーキーは一歩下がってホワイトボードに顔を向け、トムが書いた一覧表に目を走らせた。両手をジーンズのポケットに突っこんでいる。アロハシャツの裾は出しっぱなしだ。そして、ただの一言も発しない。

「大丈夫か、プラスキー？」

「ええ」

「大丈夫には見えないぞ」セリットーが言った。

「何でもないですって」

強がりを言っている。初めて単独で現場検証を行ない、そこで起きた何かに動揺しているのだ。

長い沈黙のあと、プラスキーはようやく口を開いた。「仰向《あおむ》けに横たわって、じっと天井を見つめてました。死んでなんかなくて、何か探してでもいるみたいだった。眉間に皺を寄せて、あれは何だろうって目を凝らしてるような顔をして。たぶん僕は、遺体は布で覆われてるはずだって思いこんでたんだな」

「まあ、布で隠すのはドラマのなかだけだってことは知ってるだろう」セリットーが小声で言った。

プラスキーは窓の外に目を向けた。「ただ……変に聞こえるかもしれませんが、どことなくジェニーに似て見えたんです」プラスキーの妻のことだ。「あまり後味がよくなかったというか」

リンカーン・ライムとアメリア・サックスの犯罪捜査に対する姿勢には共通点が多い。どちらも、現場の検証をする際には感情移入が必要だと考えている。それによって、犯人が、そして被害者がそこで何を経験したかを感じ取ることができる。そしてそのことが現場の理解につながり、理解がなければ見逃していたかもしれない証拠の発見につながる。

グリッド捜索の〝名人〟になるには、どうしてもそのスキルが必要なのだ。あとでどれほど苦しむことになろうとも。

しかし、ライムとサックスは、一つ重要な点で立場を異にしていた。サックスは犯罪の恐ろしさに無感覚になってしまってはいけないと考えている。犯行現場に行くたびに恐怖を感じ、そのあとも恐怖を感じ続けなければならない。恐怖を感じ続けなければ、心は冷えていき、自分が追っている犯罪者たちが属する闇に少しずつ引き寄せられていくからだ。一方、ライムは、できるだけ無感覚でいるべきだと考えている。悲劇を心から追い出すことによって初めて、刑事としてもっとも大きな能力を発揮することができる――そして将来起きていたかもしれない悲劇をもっとも効率的に防ぐことができる（「そこに横たわっているのは、人間ではない」ライムは新人によくそう説いた。「証拠の宝庫だ。それもとびきりの」）。

プラスキーは、やがては自分のようになれる潜在能力を持っているとライムは考えている。しかし、いまは――キャリアの初期段階では、アメリア・サックス陣営に属しているようだ。ライムはプラスキーに同情を感じたが、目下は捜査を進めることが肝心だ。妻を抱き締め、妻に似た女性の死を心のなかで悼《いた》むのは、今夜、家に帰ってからにしてもらうしかない。

ライムはわざと素《そ》っ気《け》なく訊いた。「先へ進んでいいか、プラスキー」

「はい、サー。僕は大丈夫です」

大丈夫には見えないがな。だが、言いたいことはもう伝わっただろう。「死体も調べたんだな？」

プラスキーがうなずく。「検死局の当番医も来てたので、一緒に検証しました。監察医にも靴に輪ゴムをしてもらいました」

どれが誰の足跡か混乱が起きないよう、ライムは現場検証を行なう者にはかならず靴に輪ゴムをかけさせた。鑑識員の体から髪や皮膚細胞などの微細証拠物件が落ちて現場が汚染されるのを防ぐための、フード付きのビニールのジャンプスーツを着ている場合でもだ。

「よし」ライムはそう言うと、焦がれるような目をプラスチックケースに向けた。「始めよう。私たちは奴の計画の一つをつぶした。もしかしたら、奴はそのことに腹を立て、いまごろ次の被害者をつけ狙っているかもしれない。あるいは、メキシコ行きの飛行機のチケットを買っているかもしれない。いずれにせよ、ぐずぐずしている暇はない」

プラスキーが手帳を開いた。「まず――」

「トム。来てくれ。おい、トム！　いったいどこに行った？」

「ここですよ、リンカーン」介護士が朗らかな笑みを浮かべて現われた。「そこまで丁重に呼び立てられては、やりかけの仕事を放り出さないわけにはいきません」

「また手を貸してもらいたい――一覧表だ」

「そうですか」

「頼む《プリーズ》」

「口先だけ殊勝にしたってだめですよ」

「トム」

「しかたありませんね」

「〝マイラ・ワインバーグの殺害現場〟」

介護士はホワイトボードに見出しを書くと、フェルトペンをかまえて先を待った。ライムはプラスキーに訊いた。「さて、プラスキー、現場は被害者の自宅ではないんだな？」

「そのとおりです、サー。ある夫婦が所有するロフトです。いまは休暇で留守にしてるそうです。クルーズ旅行だとか。運よく連絡が取れました。マイラ・ワインバーグという名前に聞き覚えはないそうです。いや、あの驚いた声を聞かせてさしあげたいくらいですよ。あのうろたえぶりは芝居じゃありません。まったく知らない女性だということでした。犯人は錠を壊して侵入してます」

「留守だってこと、ホームセキュリティが設置されてないことをあらかじめ知ってたわけだな」

「どう思う？」セリットーが首を振りながら訊く。「行き当たりばったり選んだだけなのかな」

「ほとんど人通りのない界隈でした」プラスキーが横から口をはさむ。

「じゃ、被害者はそこで何をしてたんだ？」

「自転車に乗っていたんだ。犯人はいつものルートを調べて、決まった時刻にそこを通ることを知っていたのかもしれないな。しかも、ロフトの所有者夫妻が留守にしていて、邪魔が入る気遣いがないことまで知っていた……よし、ルーキー。検証結果を報告してくれ。トム、お手数をかけてたいへん申し訳ないかぎりだが、そこに箇条書きにしていただければ幸いだ」

「いまのはやりすぎです」

「そうかね。で、死因は？」ライムはプラスキーを促した。

「当番医に、正式な検死報告書を大至急まとめてもらえるよう検死局に頼んでくださいと言っておきました」

セリットーがしわがれた声で笑った。「で、当番医は何だって？」

「〝ええ、言っときます〟とか何とか。ほかにも二言三言」

「そんな格好でそんな要請をしてもな。まあ、努力は買うよ。で、とりあえずの死因は？」

プラスキーは手帳を確かめた。「頭部に複数の殴打痕。抵抗を防ぐためと思われる、だそうです」そこで少し間があった。何年か前、自分も似たような怪我を負わされたことを思い出しているのかもしれない。「死因は絞頸《こうけい》による窒息です。眼球とまぶたの内側に溢血点《いっけつてん》が見られました。点状に出血があったということです」

「そのくらい知っている、ルーキー」

「あ、すみません。そうですよね。それから、頭皮と顔面に鬱血《うっけつ》。凶器はこれと思われます」そう言って長さ一メートル強のロープが入ったビニール袋を持ち上げた。

「メル？」

クーパーがビニール袋を受け取り、まっさらの新聞用紙の上で慎重に袋の口を開くと、ブラシを使って微細証拠物件を掃き落とした。紙に落ちたものを肉眼で観察したあと、試料として繊維を何本か拾った。

「何だ？」ライムは焦《じ》れったくなって訊いた。

「いま調べてる」

プラスキーはふたたび手帳の陰に逃げこんだ。「レイプについてですが、膣と肛門の両方が陵辱されています。当番医の見たところ、死後だそうです」

「死体の姿勢に変わったところは？」

「とくに……ああ、そう言えば一つ気づいたことが、警部」プラスキーは言った。「被害者は爪を長く伸ばしていましたが、一本だけ短く切られてました。ものすごく短く」

「血は？」

「流れてました。下の肉が見えるまで切られてて」ためらい。「おそらく死ぬ前に」

なるほど、五二二号はちょっとしたサディストのようだ。「苦痛がお好きらしいな」

「おい、前のレイプ事件の現場写真を見てみろ」

ルーキーは急ぎ足で写真を探しにいった。出てきた何枚もの写真をめくり、一枚で手を止めると、目を細めた。「これを見てください、警部。このときも爪を切ってます。同じ指の爪だ」

「記念品を集めるタイプか。有用な情報だ」

プラスキーは興奮したようにうなずいている。「それに、考えてみてください。どっちも左手の薬指ですよ。過去に何かあったのかもしれない。妻に捨てられたとか、母親か、母親のように慕っていた女性になおざりにされたとか――」

「いい着眼点だ、プラスキー。それで思い出したよ――一つ忘れていたことがある」

「何でしょう、サー？」

「今朝、捜査を始める前に、星占いをチェックしたかね」

「星占い……？」

「ああ、それに、今日の茶葉占い当番は誰だったかな。くそ、思い出せない」

セリットーが肩を揺らして笑っている。プラスキーは顔を真っ赤にしていた。

ライムはぴしゃりと言った。「心理プロファイリングなど、何の役にも立たん。爪の件で何が重要かと言えば、五二二号の手元にいま、犯罪とじかに結びつくＤＮＡがあるとわかったことだ。加えて、記念品を取るのにどんな道具を使ったかがわかれば、その販売経路をたどって奴を見つけられるかもしれないと判明したことだ。ものを言うのは証拠だよ、ルーキー。心理分析など役立たずだ」

「はい、警部。よくわかりました」

「リンカーンと呼べ」

「はい。わかりました」

「ロープはどうだ、メル？」

クーパーは繊維のデータベースをせっせとスクロールしていた。「何の変哲もない麻《ヘンプ》のロープだ。全国どこの安売り店でも手に入る」それから、化学分析を行なった。「微細証拠物件なし」

くそ。

「ほかには、プラスキー？」セリットーが訊いた。

プラスキーは手帳のリストに従って証拠物件をケースから取り出していった。被害者の両手を縛るのに使われた釣糸。皮膚に食いこんで出血していた。口をふさいでいたダクトテープ。言うまでもなく、五二二号が捨てた〈ホーム・デポ〉ブランドのロールから切り取られたものだ。ぎざぎざの切り口が完全に一致した。次が、封を切っていないコンドーム二個。プラスキーは証拠袋を持ち上げながら、遺体のそばに落ちていたと説明した。〈トロージャン＝エンズ〉のものだった。

「それから、この袋に綿棒が」

メル・クーパーはビニールの証拠袋を受け取ると、膣と直腸を拭った綿棒を調べた。検死局からあとでより詳しい分析報告書が提出されるはずだが、検出された物質の一つが、殺精子剤入り潤滑剤、それもコンドームに使われているのと同一のものであることは明らかだった。ただ、現場のどこからも精液はまったく見つかっていない。

床に残っていたランニングシューズの靴痕を拭った別の綿棒からはビールが検出された。分析の結果、〈ミラー〉のものと判明した。靴痕の静電画像は、当然のことながら、サイズ13の〈シュア＝トラック〉の右足――五二二号がくず入れに捨てたランニングシューズのものと一致した。「ロフトの所有者はビールを買い置きしていなかったんだな？　キッチンと食料庫も捜索したんだろう？」

「はい、サー。ビールはありませんでした」

ロン・セリットーがうなずいている。「〈ミラー〉はデリオン御用達ブランドだってのに十ドル賭けてもいい」

「その賭けは成立しそうにないぞ、ロン。ほかには何があった？」

プラスキーは被害者の耳のすぐ上で見つけたという、小さな茶色の物体が入ったビニール袋を持ち上げた。煙草の葉と判明した。「何かわかることはないか、メル？」

クーパーが詳しい分析にかかる。紙巻き煙草に使われる細刻みの葉だったが、データベースにある〈タレイトン〉のサンプルとは違っていた。リンカーン・ライムは、禁煙に異を唱える、国内でも数少ないノンスモーカーの一人だった。煙草と灰は、犯罪者と犯行現場を結びつける願ってもない科学的証拠だからだ。クーパーにも銘柄は突き止められなかった。しかし、煙草の葉が干からびて粉末状になりかけているのは、おそらく年代を経ているからではないかと言った。

「マイラは喫煙者だったか？　ロフトの所有者はどうだ？」

「それらしき形跡はありませんでした。それから、いつもおっしゃってるとおりのこともしました。到着してすぐ現場の匂いを嗅いだんです。煙草の匂いはしませんでした」

「いいぞ」これまでのところ、検証の出来に満足していた。「指紋は？」

「所有者夫妻の指紋のサンプルを採取しました——洗面所の戸棚と、ベッドサイドテーブルにあった品物から」

「きちんと手順どおり進めたということだな。私の本を読んだというのは本当らしい」

ライムは科学捜査の教則本のなかで、犯行現場で対照試料を集めることがいかに重要であるか、またどこを探すのがもっとも効率的かにかなりの文字数を費やしていた。

「そのとおりです、サー」

「じつにうれしいじゃないか。で、私の懐《ふところ》に印税は入るのかな？」

「あー、トニーのを借りました」ロナルド・プラスキーの双子の片割れ、トニー・プラスキーは、グリニッチヴィレッジの第六分署に所属する警察官だ。

「ふん、トニーはちゃんと買ってくれたことを祈るとしよう」

ロフトで採取された指紋のほとんどは、対照試料との比較から、所有者夫妻のものと断定された。それ以外のものはおそらく過去に訪れた客のものだろうが、五二二号が不注意にも自分の指紋を残した可能性は完全には否定できない。クーパーは所有者夫妻の指紋と確認できたもの以外をすべてスキャンしてコンピューターに取りこみ、FBIの統合指紋自動識別システム（IAFIS）に送った。照合の結果が返るまでには少し時間がかかる。

「よし、プラスキー。現場の印象を聞かせてくれ」

プラスキーは戸惑ったような顔をした。「印象、ですか」

「そこにあるのは木だ」ライムは証拠袋の山に目を落とした。「森を見てどう思った？」

青年はしばし考えこんだ。「そうですね、一つ思いついたことはあります。でも、取るに足りないことですから」

「きみの思いつきが取るに足りないことである場合には、私が真っ先にそう指摘してやるから安心しろ、ルーキー」

「えっと、現場に到着したとき、最初に思ったのは、抵抗を始めたのがやけに遅かったんだなってことです」

「それはどういう意味だ？」

「その、被害者の自転車はロフトのすぐ前の街灯柱にチェーンでくくりつけてありました。何の疑いもなくそこに自転車を停めたって感じで」

「つまり、五二二号に力ずくで引きずりこまれたわけではなさそうだと」

「そうです。で、現場のロフトの玄関は、ゲートの奥、長い通路の突き当たりにあります。その通路はものすごく幅がせまいし、所有者夫妻の持ち物がごちゃごちゃ置かれてるんです。空き瓶と缶とか、スポーツ用品とか、リサイクルに出す不要品とか、園芸用具とか。ところが、倒れたりしているものは一つもなかった」そう言うと、今度は別の写真を指で軽く叩いた。「でも、室内の写真を見てください――ここから争いが始まってる。ほら、このテーブルや花瓶。玄関を入ってすぐのところに転がってます」プラスキーはまたしても消沈したような声で付け加えた。「懸命に抵抗したんでしょうね」

ライムはうなずいた。「わかった。つまりこういうことだな。五二二号は被害者を言葉巧みにロフトに誘いこんだ。被害者は自転車にチェーンをかけて停めた。二人は通路を歩き、ロフトに入った。ところが、被害者は、玄関を入ったところでだまされたことに気づき、逃げようとした」

ライムはこの考えを頭のなかで転がした。「五二二号はマイラのことをあらかじめ知っていたということになる。警戒を解かせ、信頼させられるだけのことを知っていた……そうだな、どうやらそういうことだ。五二二号はあらゆる情報を握っている。誰がどういう人物か、いつも何を買うか、いつ旅行に出かけるか、ホームセキュリティを契約しているかどうか、いつどこに行くか……よくやった、ルーキー。これで奴について具体的な事実が一つわかった」

プラスキーは誇らしげな笑みを浮かべそうになるのを必死にこらえている。

そのとき、クーパーのコンピューターからちりんと音が鳴った。クーパーが画面に目を走らせる。「一致する指紋なし。ゼロだ」

ライムは肩をすくめた。予想された結果だ。「どうも気になるな――奴はあまりにもいろんなことを知りすぎてる。誰かデリオン・ウィリアムズに問い合わせてくれ。五二二号が用意した証拠は、どれも的を射ているのか」

セリットーが電話をかけ、短いやりとりがあった。答えはイエスだった。ウィリアムズはサイズ13の〈シュア゠トラック〉のランニングシューズを履いており、いつも〈トロージャン＝エンズ〉のコンドームを買い、強度四十ポンドの釣糸を持っていて、〈ミラー〉ビールを飲む。つい最近、〈ホーム・デポ〉に行って、ダクトテープと、車のルーフに荷物を固定するダウンベルト代わりに麻のロープを購入していた。

前の強姦事件の証拠物件一覧表を確かめると、このとき使われたコンドームは〈デュレックス〉のものだった。五二二号は、濡れ衣を着せられたジョセフ・ナイトリーがいつもそのブランドのものを買っていたからそれを使ったのだ。

ライムはスピーカーフォン越しにウィリアムズに尋ねた。「靴がなくなったりはしていないかね？」

「ええ、全部ありますが」

セリットーが言った。「とすると、奴は新品を買ったわけだ。きみが持ってるのと同じモデル、同じサイズのを。どうしてわかったんだろう。ここ最近、不審人物が敷地内に入ってきたようなことはなかったかな。とくにガレージ。車やごみをあさられた形跡があったとか。あとは、泥棒に入られたとか」

「いや、そういったことはありませんね。僕は失業中ですから、ほとんど出かけずに家の用事をしてます。何かあれば気づいたはずです。それに、この界隈の治安はお世辞にもよくありません。侵入アラームを設置してて、スイッチもいつも入ってます」

ライムは礼を言って電話を切った。

それから、首をそらすようにしてホワイトボードを見上げ、判明した事実をトムに書き留めさせた。

マイラ・ワインバーグ強姦殺害現場

- 死因：絞頸《こうけい》による窒息。検死局の正式報告書待ち。
- 遺体の切断なし、姿勢に特徴なし。ただし左手の薬指の爪が短く切られていた。
- 〈トロージャン－エンズ〉のコンドームの潤滑剤。
- 未開封の〈トロージャン－エンズ〉のコンドーム2個。
- 使用済みコンドームおよび体液は発見されず。
- 床に微量の〈ミラー〉ビール（外から持ちこまれたと推測される）。
- 強度40ポンド、単繊維の釣糸。普及品。
- ダクトテープで口をふさがれていた。
- 煙草の葉のかけら。古い。銘柄は不明。
- 靴痕。〈シュアートラック〉の男性用ランニングシューズ。サイズは13。
- 指紋は検出されず。

ライムは訊いた。「奴は九一一に通報したんだったな。〈ダッジ〉が走り去るのを見たと」

「その通話記録の詳細を調べてくれ。奴が何を言ったか、どんな声だったか」

セリットーが付け加える。「これまでの事件のも調べるか。おまえさんのいとこの事件、コイン窃盗事件、一つめのレイプ事件」

「そうか、そうだな。思いつかなかったよ」

セリットーが通信指令本部に電話をかけた。緊急通報はすべて録音されたうえ、一定期間保存されることになっている。セリットーは通話記録の検索を依頼した。十分後、返事があった。アーサーの事件と今日の強姦殺人事件の録音はまだ残っていたので、WAVE形式のファイルにしてクーパーのメールアドレスに送信した。古い二件の録音はすでにCDに落とされ、保管倉庫に送られていた。探すのに二、三日かかるかもしれないが、依頼は出しておいたという。

まもなく音声ファイルが届き、クーパーが再生した。どちらも男の声で、悲鳴が聞こえた住所に急行してくれという内容だった。逃走した車の特徴も伝えている。声は同一人物のもののようだ。

「声紋、採っとくか？」クーパーが訊いた。「容疑者が挙がったら比較できるように」

科学捜査の世界では、声紋の信頼性は嘘発見器のそれよりも高いとされている。担当判事によっては、法廷でも証拠として採用される場合がある。しかしライムは首を振った。「よく聴いてみろ。ボックスを使ってる。わからないか?」

〝ボックス〟とは、通報者の声の印象を変える装置だ。とはいえ『スター・ウォーズ』のダース・ベーダーのような、不気味な声になるわけではない。いくらかこもった感じに聞こえるが、音質はごくふつうだ。電話番号案内や企業のカスタマーサービスセンターなどでは、対応するオペレーターの声を均一化するためにボックスを使っていることが多い。

そのとき、ドアが開いて、アメリア・サックスがラボに入ってきた。何か大きな物体を脇に抱えている。ライムの目には、それが何なのか、すぐにはわからなかった。サックスは一つうなずくと、証拠物件一覧表にひととおり目を走らせ、プラスキーに言った。

「いい出来じゃない?」

「ありがとうございます」

サックスが抱えているものはどうやら本らしい。見たところ、なかば分解されている。

「そいつはいったい何だ?」ライムは訊いた。

「新しくできたお医者さんのお友だち、ロバート・ジョーゲンセンからのプレゼント」

「で、何なんだ? 物証か?」

「そこが難しいところね。ジョーゲンセンと話してきたけど、ものすごく異様な感じだった」

「異様って、どんなふうにだ、アメリア?」セリットーが尋ねた。

「コウモリ少年《バット・ボーイ》とエルヴィス・プレスリーと異星人がケネディ暗殺計画の黒幕でした、みたいな。そういう異様な感じ」

プラスキーがあははと笑いかけたが、ライムににらみつけられて、即座に真顔に戻った。

14

サックスは、個人情報を盗まれ、人生を踏みにじられて心を病んだ男の物語をした。敵は神で、自分はヨブだと言う男。

頭がおかしいのは明らかだ。〝異様〟などという表現では甘い。しかし、男の話がたとえ一部であれ真実なら、哀れではあるし、聞いているだけで胸が痛んだ。ずたずたにされた人生、そして無意味な犯罪。

だが、サックスの次の言葉がふいにライムの耳をそばだたせた。「ジョーゲンセンは、二年前にこの本を買って以来、やることなすことすべてその男に知られてるって言うの。その男は、ジョーゲンセンがしたことを何もかも知ってるみたい」

「何もかも知っている、か」ライムはそう繰り返し、証拠物件一覧表を見つめた。「ついさっき、似たような話をしていたところだ。五二二号は、被害者と罪をなすりつける相手に関して必要な情報をすべて把握しているようだという話をな」ライムはこれまでにわかったことをサックスに説明した。

サックスは本をメル・クーパーに手渡し、ジョーゲンセンはこの本のどこかに追跡装置があると信じていると言った。

「追跡装置だと？」ライムは鼻で笑った。「オリヴァー・ストーンの映画の見すぎじゃないのか……まあいい、探したいなら探してみろ。ただし、れっきとした手がかりをおろそかにするな」

サックスがジョーゲンセンを〝逮捕〟した各地の警察に問い合わせたが、実りは少なかった。個人情報漏洩事件は事実、起きている。「しかし」フロリダのある刑事は言った。「どこまで行ってもいたちごっこだ。こっちが架空の住所を見つけて踏みこむころには空っぽになってる。犯人は、被害者のカードを使って買った商品を持って、テキサスやらモンタナやらに逃げたあとだ」

ほとんどの警察はジョーゲンセンのことを知っており（「何しろ山ほど手紙を送ってくるからね」）、同情的でもあった。しかし、ジョーゲンセンが犯したとされる犯罪の真犯人と思《おぼ》しき人物あるいは組織につながる具体的な手がかりは何一つなく、捜査に時間を割きたくても割きようがなかったというのが実情だった。「たとえあと百人、捜査に投入していたとしても、何の前進もなかっただろう」

問い合わせを終えたサックスは、五二二号がジョーゲンセンの住所を知っているらしいことを考え、ジョーゲンセンについて尋ねる電話があったり、誰かが来たりしたら、知らせてくれるようホテルのフロント係に頼んであると説明した。もし頼みを聞いてくれるなら、市の建築審査課にそのホテルの話はせずにおくと付け加えたという。

「上出来だ」ライムは言った。「建築法違反があると見破ったわけか」

「ううん、フロント係が光の速度に負けない勢いで同意するまでは、知らなかった」サックスは作業台に近づき、プラスキーがソーホー近くのロフトで採取した証拠物件をながめた。

「何か思いつくことはないか、アメリア？」セリットーが訊く。

サックスは一本の指の爪で別の爪を痛めつけながらホワイトボードの文字をじっと追い、異質な手がかりの集まりに意味を見出そうとしていた。

「これはどこから手に入れたのかしら」そうつぶやいて、マイラ・ワインバーグの顔写真のプリントアウトが入ったビニール袋を拾い上げた。まっすぐにレンズを見つめるマイラの顔は、美しく、楽しげな表情を浮かべていた。「調べてみたほうがよさそう」

たしかに。ライムは写真の出所《でどころ》について深く考えていなかった。五二二号はどこかのウェブサイトからダウンロードしたのだろうと思っただけだった。手がかりの源として、用紙のほうにばかり気を取られていた。

写真のマイラ・ワインバーグは、花をつけている木のそばに立ち、笑みを浮かべてカメラを見返している。片手にピンク色のカクテルの入ったマティーニグラスを持っていた。

ライムはプラスキーも写真を凝視していることに気づいた。さっきと同じ動揺した目をしている。

ただ……どことなくジェニーに似て見えたんです。大部分は印刷写真は特徴的な枠に囲まれ、右側に文字の一部と思しきものがあるが、範囲からはずれていた。「ネット上から拾ってきたんだろう。デリオン・ウィリアムズが被害者に関心を抱いていたように見せかけるために」

セリットーが言った。「ダウンロード元から奴にたどりつけるかもしれないな。どこで拾ったかどうしたら調べられる？」

「マイラの名前を〈グーグル〉で検索してみるか」ライムは提案した。

クーパーが検索すると、十数件がヒットした。そのうちのいくつかは、別のマイラ・ワインバーグに関連づけられたページだった。被害者に関するページは、どれも業界組織のサイト内にあった。しかし、どの写真も五二二号が印刷したものとは違う。

サックスが言った。「いいことを思いついた。コンピューターのエキスパートに電話してみましょう」

「誰だ？　コンピューター犯罪課のあいつか？」セリットーが言った。

「いいえ。もっと優秀なエキスパート」

サックスは受話器を取ってダイヤルした。「パミー？　いまどこ？……ああ、ちょうどよかった。調べ物があるの。ネットにつないでウェブチャットに入って。電話はこのままで」

サックスはクーパーに向き直った。「ウェブカメラを起動してもらえる、メル?」

クーパーがキーボードを叩く。まもなく、ブルックリンにある里親の家のパムの部屋が画面いっぱいに映し出された。きれいな顔立ちをした十代の少女が現われてカメラの前に座った。広角カメラのために、画像は微妙にひずんでいる。

「やあ、パム」

「こんばんは、ミスター・クーパー」スピーカーフォンから快活な声が聞こえた。

「あとはまかせて」サックスがクーパーに替わってキーボードの前に座った。「パミー。ある写真を見てもらいたいの。ネットからダウンロードしたものじゃないかと思うんだけど、ちょっと見て、どこのサイトのものかわかるようなら、教えてくれる?」

「いいよ」

サックスは写真をウェブカムの前に持ち上げた。

「光っちゃっててよく見えない。ビニールから出せる?」

サックスはラテックスゴムの手袋をはめ、ビニール袋からプリンター用紙を注意深く引き出してウェブカムの前に掲げた。

「今度は見えた。ああ、それ。〈Ｏｕｒ Ｗｏｒｌｄ〉だよ」

「何のこと?」

「ほら、ソーシャルネットワーキングのサイト。〈Ｆａｃｅｂｏｏｋ〉とか〈ＭｙＳｐａｃｅ〉みたいな。〈Ｏｕｒ Ｗｏｒｌｄ〉は最近できたばっかりなんだけど、いますごく人気あるの。みんなやってるよ」サックスが訊く。

「話についてきてる、ライム？」

ライムはうなずいた。偶然にも、つい最近そのことを考える機会があったばかりだった。『ニューヨーク・タイムズ』で、ソーシャルネットワーキング・サービスや〈セカンドライフ〉のような仮想世界についての記事を読んだ。人が自宅の外で過ごす時間は減り、ヴァーチャルな世界――アバターから、いまパムが挙げたようなソーシャルネットワーキング・サイト、在宅勤務に至るまで――で過ごす時間が増えていると知って驚いた。現代のティーンエイジャーは、アメリカ史上のどの時代の同世代と比べても、屋外で過ごす時間が短くなっているらしい。そして皮肉なことに、エクササイズのおかげで体力が向上し、心の持ちようも変化したライムは、ヴァーチャルな世界から抜け出して外の世界に出ていこうとしている。いわゆる健常者と障害者の境界線は、ぼやけ始めていた。

サックスがパムに尋ねている。「そのサイトからダウンロードしたものだというのは確か？」

「うん。写真についてるその枠が独特だから。それ、よーく見るとただの線じゃないの。地球みたいなちっちゃい球がびっしり並んでる」

ライムは写真に目を凝らした。ああ、たしかに、パムの言うとおりだ。記憶をたどり、〈Ｏｕｒ Ｗｏｒｌｄ〉について書かれていたことを思い出す。「もしもし、パム……メンバーはきっと大勢いるんだろうね？」

「あ、こんばんは、ミスター・ライム。メンバーはたくさんいる。三千万人とか四千万人とか。で、それって誰のレルム？」

「領土《レルム》？」

「会員のホームページをそう呼ぶの。誰々の〝レルム〟って。その女の人は誰？」

「とても残念だけどね、今日、殺されてしまった人なの」サックスは静かな声で言った。

「ほら、さっき話した事件の被害者」

ライムなら、十代の少女相手に殺人事件の話などしない。しかし、これはサックスの領分だ。何をどこまで話し、何は伏せておくべきか、サックスなりの線引きがきちんとあってのことだろう。

「そうなんだ、かわいそう」パムの表情は同情にあふれていたが、過酷な事実にショックを受けたり狼狽したりしている様子はなかった。

ライムは尋ねた。「パム。このサイトには、誰でもログインして、他人のレルムに入れるのかね」

「えっと、最初に登録しないとだめ。でも、コメントつけたり、自分のレルムを作ったりできなくてもいいなら、裏口から侵入してレルムを見て回るくらいはできるんじゃないかな」

「とすると、この写真をプリントアウトした人物は、コンピューターに詳しいというこ

「うん、相当詳しくなくちゃ無理だと思う。でも、それ、プリントアウトじゃないよ」

「え、違う？」

「レルムのコンテンツはプリントアウトもダウンロードもできないようになってるから。スクリーンショットも撮れない。システムにフィルターがかかってるんだって——ストーキング防止のためとかで。その仕組みはクラック不可能。著作権保護された本をダウンロードできないのと一緒」

「では、どうやってこの写真を手に入れたんだろうな」ライムは訊いた。

パムは笑った。「あたしたちが学校のコンピューターでネットしてて、かっこいい男の子とかかっこいいゴスファッションの女《おんな》の子を見つけたときと同じじゃないかな。デジカメで画面を撮影するの。みんなそう」

「なるほど、その手があったか」ライムは首を振った。「まったく思いつかなかったよ」

「落ちこまないでね、ミスター・ライム」パムが言った。「答えがあんまり簡単すぎると、意外にわからなかったりするものだから」

サックスがこちらをちらりと見た。ライムは少女に励まされたことに苦笑いした。

「助かったよ、パム。ありがとう。じゃ、また」

「じゃあね！」

「さてと、我らが友人のプロファイルをアップデートしようか」

サックスがフェルトペンを取ってホワイトボードの前に立った。

未詳522号のプロファイル

・男性。
・喫煙者。または同居者／同僚に喫煙者がいるか、煙草のある場所の近くにいる。
・子どもがいるか、子どものいる場所または玩具のある場所の近くで暮らしている／働いている。
・美術品やコインに関心？
・おそらく白人、または肌の色の薄い人種。
・中肉中背。
・筋力あり——被害者を扼殺できる。
・音声加工装置を所持。
・コンピューターに明るい。〈Our World〉を知っている。ほかのソーシャルネットワーキング・サービスも？
・被害者から記念品を取る。サディスト？
・住居／職場に暗くて湿度の高い場所がある。

偽装ではない証拠物件

・塵。
・古いボール紙。
・人形の毛髪（〈BASF〉の〈B35ナイロン6〉）。
・〈タレイトン〉の煙草の葉。
・年代の古い煙草の葉。〈タレイトン〉ではないが、銘柄は不明。
・スタキボトリス・チャルトラムの痕跡。

ライムが各項目を頭のなかで検討していると、メル・クーパーの笑い声が聞こえた。

「おやおやおや」

「どうした？」

「こいつは興味深い」

「具体的に言え。〝興味深い〟では何もわからん。私がほしいのは具体的な事実だ」

「興味深いには変わりないぞ」鑑識技術者は、ロバート・ジョーゲンセンの本の切開された背表紙にまばゆい光を当てている。「医者は頭がおかしいと思ってたろう？　追跡装置なんかあるわけないって。驚くなよ。オリヴァー・ストーンはこいつをネタに映画を撮れるかもしれない――医者の言うとおり、何か仕込まれてる。背表紙のテープの内側に」

「ほんと?」サックスは首を振った。「あの人の妄想だとばかり思ってた」

「見せてくれ」ライムは言った。好奇心が募る。いつもの懐疑心は一時的に場所を譲っていた。

クーパーが小型の高解像度カメラを作業台に近づけ、本に赤外光を当てた。テープの下に、縦横の線が集まってできた小さな長方形が見えた。

「取り出してみよう」ライムは指示した。

クーパーは背表紙のテープに慎重に切り込みを入れると、コンピューターのマザーボードを連想させる外観をした、長さ二・五センチほどのビニール加工紙を取り出した。一連の番号とメーカー名〈DMS　Inc〉の文字も見える。

セリットーが訊く。「そりゃいったい何だ? これが追跡装置なのか?」

「仕組みは俺にもわからない。見たところ、バッテリーや何かの電源もない」クーパーが答えた。

「メル、そのメーカーを検索してみろ」

〈DMS　Inc〉を検索すると、ボストン郊外に本社を置く正式社名〈データ・マネージメント・システムズ〉というメーカーとわかった。クーパーが会社概要に目を通す。会社の一部門が、このような小型装置――〝RFIDタグ〟(無線ICタグ)と呼ばれているらしい――を製造している。

「ああ、聞いたことがあります」プラスキーが言った。「〈CNN〉で特集してました」

「〈CNN〉か、科学捜査の世界でもっとも信頼の置ける情報源だな」ライムは揶揄《やゆ》するように言った。

「いやいや、いま最高の情報源は『CSI：科学捜査班』だろう」セリットーが茶化した。ロナルド・プラスキーが噴き出しかけたが、今度も即座に真顔に戻ることになった。

サックスが訊く。「何する機械？」

「これは興味深いよ」

「〝興味深い〟。またか」

「簡単に言えば、プログラミング可能なチップで、無線スキャナーで情報を読み取れる。バッテリーは要らない。アンテナがスキャナーの電波を拾うと、非接触で電力が伝送されるんだ」

サックスが言った。「ジョーゲンセンは、アンテナを破壊すれば使用不能になるって話してた。なかには電子レンジで壊せるものもあるって。でもこれは」――本にあった装置を指さす――「壊せなかった。少なくとも、本人はそう言ってた」

クーパーが続ける。「こういうタグは、製造業や小売業の在庫管理システムに使われてる。今後数年のうちに、アメリカ国内で販売されるほとんどの商品にRFIDタグがつくだろうな。大手小売チェーンじゃもう、タグのついてない商品は仕入れさえしない」

サックスは笑った。「ジョーゲンセンが言ってたこととまったく同じ。聞いたときは、『ナショナル・エンクワイアラー』が大喜びで書き立てそうな陰謀説みたいだと思ったけど、そうでもなかったようね」

「あらゆる商品につくわけか」ライムは訊いた。

「そう、あらゆる商品だ。たとえば、小売業なら、特定の商品が倉庫のどこにあるかわかるし、在庫数もわかる。どの商品が売れてるかわかるわけだから、再発注のタイミングもわかる。航空会社の手荷物取り扱いシステムにも導入されてるな。バーコードを手作業でスキャンしなくても、どの客の荷物がどこにあるか、追跡できるわけだ。ほかには、クレジットカード、運転免許証、社員証なんかにも使われてる。当初は〝スマートカード〟って呼ばれてた」

「ジョーゲンセンに身分証を見せろって言われたわ。異常なほど念を入れて点検してた。あれはそのタグがないか確かめてたわけね」

「いまじゃそこらじゅうICタグだらけだからね」クーパーがさらに続ける。「食料品店の割引カードにも入ってるし、航空会社のマイレージサービスカードにも、フロントウィンドウに貼っとくハイウェイのパスカードにも入ってる」

サックスは証拠物件一覧表に顎をしゃくった。「考えてみて、ライム。ジョーゲンセンは、〝神〟は自分の生活の隅々まで知り尽くしてるって言ってた。彼のアイデンティティを盗んで、彼の名前を使って買い物をして、ローンを組んで、クレジットカードを作れるくらい何もかも知り尽くしてるって。彼がどこに行っても捜し出せるくらい」

ライムは胸の高鳴りを覚えていた。捜査はどうやら一歩前進しかけている。「五二二号も、被害者に関する知識を使って警戒を解かせ、接近しているな。濡れ衣を着せる相手の生活も、自宅にあるのと同じ商品を使って偽の証拠をでっち上げられる程度まで知っている」

「それに」セリットーが付け加える。「事件発生当時、偽の犯人候補がどこにいるはずかまで、正確に把握してる。アリバイが証明できないように」

サックスはちっぽけなタグを見やった。「ジョーゲンセンは、この本を買ったころから人生の崩壊が始まったって言ってた」

「どこで買ったんだ？　領収書や値札はないか、メル？」

「ないな。値札がついてたなら、切り取ったんだろう」

「ジョーゲンセンからもう一度話を聞こう。ここに来てもらうか」

サックスが携帯電話を取り出し、少し前にジョーゲンセンと会ったホテルに連絡した。が、すぐに表情を曇らせた。「え、もう？」フロント係と思しき相手にそう尋ねている。

よい兆候とは思えない。

「もう引き払ったって」サックスは電話を切ってそう報告した。「でも、次の行き先を聞いておいたから」紙片を取り出して新たに電話をかけ直す。しかし、会話はすぐに終わった。サックスが溜息をつく。ジョーゲンセンはそのホテルにもいなかった。予約の電話さえかけていない。

「携帯電話の番号は聞いていないのか」

「あの人、持ってないのよ。携帯電話を信用してないの。でも、私の番号は伝えてある。運がよければ、向こうからかけてくれるわ」サックスはちっぽけな追跡装置に歩み寄った。「メル。ワイヤを切って。このアンテナ」

「どうして？」

「ジョーゲンセンにこう言われた。この本を受け取ると同時に、私たちも感染するって。だから切って」

クーパーは肩をすくめ、ライムの顔を見た。ライムは、馬鹿げていると思った。とはいえ、アメリア・サックスは根拠もなく怯《おび》える人間ではない。「いいだろう、切ってくれ。COCカードに記入するのを忘れるな。〝安全化済み〟とでも書け」

ふつうなら爆弾や銃について使われる表現だ。

アンテナが切られると同時に、ライムのRFIDタグに対する興味も失われた。ライムは顔を上げて言った。「よし。ジョーゲンセンから連絡があるまでは、推理大会といこう……ほら、どうした。どんな大胆な発想でも歓迎だぞ。何でもいい、思いついたことを口に出せ！　他人のどんな情報も手に入れられる犯罪者がいる。いったいどうやって情報を手に入れているんだ？　そいつは〝無実の容疑者〟が何を購入したか、すべて把握している。釣糸、包丁、シェービングクリーム、肥料、コンドーム、ダクトテープ、ロープ、ビール。これまでの被害者は四人、無実の容疑者も四人――いま判明しているだけで、だ。全員のあとを尾《つ》け回すのは無理だろう。かといって、自宅に侵入した形跡もない」

「大手安売りチェーンの店員だとか」メル・クーパーが言った。

「たしかに、デリオンはいくつかの証拠を〈ホーム・デポ〉で購入しているが、コンドームやスナック菓子は〈ホーム・デポ〉では売っていない」

「五二二号はクレジットカード会社で働いてるってのはどうです？」プラスキーが言う。「顧客が何を買ったか調べられるんじゃないかな」

「悪くないな、ルーキー。しかし、現金で買ったものもあるだろう」

　意外にも、この問題に対する解答の一つを挙げたのはトムだった。介護士は、ポケットからキーホルダーを取り出した。「さっき、メルが割引カードの話をしてましたね」キーホルダーにぶら下がったプラスチックの小さなカードを二つ持ち上げる。一つは〈A&P〉のもの、もう一つは〈フード・エンポリアム〉のものだった。「このカードをレジにかざすと、割引が受けられます。現金で支払いをしても、僕が何を買ったか、店側にはわかりますよ」

「なるほど」ライムは言った。「だが、それだけでは説明しきれない。被害者と無実の容疑者が買い物をした店は、十や二十ではすまないだろうからな」

ライムはサックスを見やった。サックスは証拠物件一覧表を見つめていたが、その顔にはうっすらと笑みが浮かんでいる。「わかったかも」

「何がわかった？」科学捜査における原則のいずれかが鮮やかに活かされた結果に違いない。

しかし、サックスの答えはあまりにも簡潔だった。「靴。答えは靴よ」

「そうか」

15

「目をつけた相手がふだん何を買うかの問題じゃないのよ」サックスが説明した。「被害者と無実の容疑者全員について具体的な事実を知っていることが問題なの。三つの事件を見て。あなたのいとこの事件、マイラ・ワインバーグの事件、コイン窃盗事件。五二二号が知ってたのは、無実の容疑者が履いてる靴のブランドだけじゃない。サイズも知ってた」

ライムはうなずいた。「いい着眼点だ。デリオン・ウィリアムズとアーサーが靴をどこで買ったか、訊いてみよう」

ジュディ・ライムとデリオン・ウィリアムズに問い合わせると、いずれも通販で購入していた。一人はカタログ通販で、もう一人はネット通販で。ただし、メーカー直販であることは共通していた。

「よし」ライムは言った。「どちらかのメーカーに電話して、靴製造販売について学ぼうじゃないか。誰かコインを投げろ」

〈シュアー・トラック〉が勝った。四つ電話をかけただけで、会社をよく知る人物――ほかならぬ社長兼CEO――がつかまった。

「犯罪の捜査？」社長兼CEOが不安げに訊き返す。背景で水音と子どもの笑い声が聞こえている。

「おたくの会社に直接関係のある犯罪ではありません」ライムは安心させるように言った。「製品の一つが現場に残されていたというだけで」

「まさか、しばらく前にあったみたいに、靴に爆弾を隠して飛行機を爆破しようとしたとか、そんな話じゃないでしょうね」そう言ってふっと黙りこむ。まるでその話を持ち出すだけで、国家の安全を脅かす犯罪と見なされると恐れてでもいるみたいに。

ライムは、犯人は〈シュアー・トラック〉の靴に関する詳細を含めて、犯人にされかけた人物の個人情報を入手しているらしいことを説明した。いとこの〈オールトン〉の靴、コイン窃盗事件の〈バス〉の靴の件も話した。「御社の製品は、一般の小売店でも販売されていますか」

「いいえ。ネット販売のみです」

「同業者と情報を――顧客情報を共有したりといったようなことは？」

ためらっている気配。

「もしもし？」ライムは沈黙した電話に呼びかけた。

「あ、はい、情報を横流しすることはありません。個人情報の漏洩に当たりますから」

「では、〈シュアートラック〉の顧客情報を外部の人間がどうやって手に入れたんでしょうな」

「それはわかりかねます」

ライムは渋面を作った。

サックスが訊く。「私たちが追ってるのは殺人と強姦の容疑者です。御社の顧客情報をどうやって手に入れたのか、何か思い当たることはありませんか」

「いえ、とくに」

ロン・セリットーが吠えた。「そういうことなら、令状を取るぞ。販売記録を一行一行調べさせてもらう」

ライムならもっと狡猾《こうかつ》に攻め落とすところだが、いきなりハンマーを振り下ろすようなセリットーのアプローチが功を奏したらしい。社長兼CEOの声の調子が変わった。

「待って、待って、待ってください。思い当たることがあります」

「聞かせてもらおうじゃないか」セリットーが噛みつくように言う。

「その犯人は……ええっと、もしその犯人が複数のメーカーの情報を持ってるなら、データマイナーから手に入れたのではないかと」

「データマイナーとは？」ライムは訊き返した。

沈黙があった。今度はためらっているのではなく、驚いているらしい。「ご存じありませんか」

ライムはうんざりしたように天井を見上げた。「ありませんね。何ですか、それは」

「名前のとおりのものです。情報サービス会社ですよ。顧客の個人情報や購入履歴、住居、車、クレジットカードの利用履歴——とにかく、ありとあらゆるデータを採掘《マイン》するんです。集めた情報を分析して、販売する。で、企業はそれを利用して市場の動向を把握したり、新しい顧客を獲得したり、ダイレクトメールを送る顧客を絞りこんだり、広告戦略を練ったりするわけです」

ありとあらゆるデータ……

ライムは考えた——ひょっとしたら、突破口が見つかったのかもしれない。「そのデータマイナーは、RFIDタグからも情報を収集しますか」

「もちろんです。RFIDタグはデータの最大の供給源の一つですから」

「御社が使ってるデータマイナーは?」

「さあ、ちょっとそこまでは。何社かとつきあいがあると思いますが」煮えきらない口調だった。

「ぜひ教えていただけませんか」サックスが言う。〝よい警官、悪い警官〟戦術だ。サックスが前者、セリットーが後者。「これ以上の被害者を出したくありません。この犯人はひじょうに危険な人物です」

迷いが溜息になって聞こえてきた。「おもに〈SSD〉だと思います。最大手ですから。しかし、あの会社の内部に犯罪に関わっている人物がいるのではないかとお考えなんでしたら、それはありえないでしょうね。この世で最高に優秀な集団ですから。それにセキュリティが厳しいし――」

「本社はどこに？」サックスがさえぎる。

またしてもためらい。おい、いちいちもったいをつけるな――ライムは心のなかで毒づいた。

「ニューヨーク市です」

五二二号の縄張りではないか。ライムはサックスの視線をとらえてにやりとした。これは有望な情報だ。

「ニューヨーク周辺に〈ＳＳＤ〉以外のデータマイナーはありますか」

「いいえ。〈アクシオム〉や〈エクスペリアン〉、〈チョイスポイント〉あたりが大手に数えられると思いますが、本社はニューヨークじゃない。ただ、〈ＳＳＤ〉の誰かが関わってるはずはありませんよ。ええ、請け合ってもいい」

「〈ＳＳＤ〉の正式な社名は？」ライムは尋ねた。

「〈ストラテジック・システムズ・データコープ〉」

「御社の担当者をご存じですか」

「いいえ、個人的には」早口の答え。あまりにも早口だ。

「ご存じない？」

「えー、窓口になってくれている営業マンは何人かいます。ただ、いまここで名前までは思い出せません。調べればわかりますが」

「〈SSD〉の社長の名前は？」

また一瞬のためらい。「アンドリュー・スターリング。創業者で、現CEOです。しつこいようですが、〈SSD〉の社員は法に触れるようなことはしませんよ。絶対にありえない」

ようやくぴんときた。この男は怯えているのだ。警察が怖いのではない。〈SSD〉が怖いのだ。「あなたは何を心配してらっしゃるんです？」

「いえ、その……」何かを打ち明けるような声だった。「〈SSD〉なしでは、うちの会社はやっていけませんから。〈SSD〉は……大切なビジネスパートナーなんです」

その声の調子からは、〝大切なビジネスパートナー〟というより、〝命綱〟と聞こえた。

「御社の名前は出しませんから」サックスが言った。

「ありがとう。恩に着ますよ。ありがとう」ほっとしているのが明らかだった。

サックスは協力してくれたことに丁寧に礼を言い、聞いていたセリットーがあきれたように目を回した。

ライムは電話を切った。「データマイニングだと？　おい、誰か聞いたことはあるか？」

トムが言った。「〈SSD〉というのは初耳ですが、データマイナーの話は聞いたことがあります。二十一世紀をリードしていくビジネスですよ」

ライムは証拠物件一覧表に目を走らせた。「つまりこういうことか。五二二号が〈SSD〉の内部の人間か、顧客の一人だとすれば、必要な情報をすべて手に入れられる。誰が何を買ったか——何を偽装証拠に使えるか、わかるわけだ。シェービングクリームにロープ、コンドーム、釣糸」また一つ考えが浮かぶ。「いまの靴メーカーの社長は、データマイナーはダイレクトメールの送付名簿を作るためのデータも売っていると言っていたな。アーサーはプレスコットの絵に関するダイレクトメールを受け取っていたろう？　五二二号は、名簿を見て、アーサーにそのダイレクトメールが送られたことを知ったとも考えられるな。もしかしたら、同じ名簿にアリス・サンダーソンも載っていたのかもしれない」

「それに見て——現場の写真」サックスはずらりと並んだホワイトボードの一枚に歩み寄り、コイン窃盗事件の現場の写真を何枚か指さした。テーブルや床にダイレクトメールの封筒が大量に置かれている。

プラスキーが言った。「あの、いいですか、サー？　クーパー刑事がさっき、ハイウェイのパスカード——〈EZパス〉のことをおっしゃってましたね。〈SSD〉がそのデータも集めてるとしたら、警部補のいとこが、いつ市内にいらしたか、いつニュージャージーの自宅に帰られたか、五二二号は正確に把握できたかもしれません」

「まいったな」セリットーがつぶやく。「もしこれが事実なら、この男は究極の手口を発見しちまったことになるぞ」

「データマイニングについて調べてくれないか、メル。ニューヨーク周辺のデータマイナーは本当に〈SSD〉だけなのか確かめたい」

キーがかたかたと鳴る。「ふむ。〝データマイニング〟をキーワードに検索したら二千万件ヒットした」

「二千万だと？」

それから一時間ほど、全員がクーパーのコンピューターの画面に見入った。クーパーはまず、キーワードを加えて検索を繰り返しながら、アメリカ国内の大手データマイナーを六社まで絞りこみ、その六社のウェブサイトなどに掲載されていた情報を数百ページ分ダウンロードした。次にそれらのデータマイナーの顧客リストと、五二二号が証拠として使った商品を突き合わせた。その結果、すべての情報の源は〈SSD〉と思われること、〈SSD〉はたしかにニューヨーク市周辺に本社を置く唯一のデータマイナーであることがわかった。

「どうする？」クーパーが訊いた。「〈SSD〉のサービス概要もダウンロードできるぞ」

「もちろんダウンロードしてくれ、メル。見てみようじゃないか」

サックスがライムの隣に座る。画面に〈SSD〉のウェブサイトが表示された。一番上に、会社の灯台をモチーフにしたロゴ。窓から何本もの光の条が放たれている。

ストラテジック・システムズ・データコープ
ビジネスチャンスを照らし出します™

SSD®

〝知識は力なり〟……情報は、二十一世紀におけるもっとも価値ある財産です。私たち〈SSD〉は、ナレッジ・サービスのナンバーワン・プロバイダーです。ビジネス界には、日々新たなハードルが出現しています。それを確実に飛び越えるには、情報をもとに戦略を策定しながら、つねにゴールを見直していくことが重要です。国内外の四千を超えるクライアントの信頼を力に、私たち〈SSD〉は、世界最先端のナレッジ・サービス・プロバイダーとして、業界標準をリードし続けています。

データベース

〈インナーサークル®〉は、民間データベースとして世界最大規模を誇ります。〈インナーサークル®〉には、二億八千万のアメリカ市民に加え、一億三千万の外国市民の基本情報が登録されています。〈インナーサークル®〉データベースを管理しているのは、特許取得済みの史上最強の商用コンピューターシステム、〈マッシヴリー・パラレル・コンピューター・アレイ・ネットワーク（MPCAN）®〉です。

〈インナーサークル®〉には現在、五〇〇ペタバイトを超える情報が格納されています。これは数兆ページ分のデータに相当します。近い将来、情報は一エクサバイトに達するでしょう。一エクサバイトとはどのくらいの情報量なのでしょう？　人類の誕生以来、地球上に存在したすべてのヒトが発した言葉を残らず書き取ったとしても、その情報量は五エクサバイト程度と言われています。

〈インナーサークル®〉には莫大な私的／公的情報が登録されています。電話番号、住所、車両登録、運転免許、購買履歴や購買志向、旅行履歴、政府記録と人口動態記録、クレジットカード利用履歴、収入履歴。しかし、ここに挙げたのはほんの氷山の一角です。私たち〈SSD〉は、こういったデータを、クライアント個々のニーズに合わせて加工し、光の速さで、しかも簡単にかつ即座にビジネスに活用できる形でお届けします。

〈インナーサークル®〉は、一日に数十万件のペースでデータ量を増やしています。

各種ツール

・〈ウォッチタワーDBM®〉は、地球上でもっとも包括的なデータベース・マネージメント・システムです。戦略策定のパートナーとして、ゴールを定めたり、〈インナーサークル®〉から最適なデータを抽出したりするお手伝いをし、成功に直結する戦略を一日二十四時間、年三百六十五日、光のように速く、万全のセキュリティに守られたサーバーからあなたのデスクに直接お届けします。〈ウォッチタワー®〉は、SQLが何年も前に設定した標準をはるかに越えるパフォーマンスを発揮します。

・予測分析ソフト〈エクスペクテーション®〉は、最新のAI技術と数理モデル化技術に基づいて設計されています。メーカー、サービス・プロバイダー、卸売会社、小売会社……マーケットの今後の動向や顧客の未来のニーズを知ることができたら――。そのご要望にお応えするのが、この〈エクスペクテーション®〉です。また、法執行機関のお役にも立ちます。〈エクスペクテーション〉は、いつ、どこで犯罪が発生するか――そしてもっとも肝心な、〝誰が〟犯罪を犯しそうか――を予測するお手伝いをします。

・〈フォート®〉（Finding Obscure Relationships Tool）は、一見したところ互いに無関係な数百万の事実を分析し、コンピューターの支援がなくてはとうてい発見できないつながりを見つけ出す、ユニークで革新的な製品です。〈フォート®〉は、マーケット（またはライバル企業）についてより深く知りたい民間企業や、困難な捜査を抱えている法執行機関のお役に立つでしょう。

・モニタリング・ソフト〈コンシューマー・チョイス®〉は、宣伝広告、マーケティング戦略、新製品や開発中の製品などに対する消費者の反応を的確に測定するお手伝いをします。消費者の主観が反映されるフォーカスグループ法はもう時代遅れです。これからは、バイオメトリック・モニタリングを介して、企画段階の製品に対する消費者の正直な反応を集め、分析する時代なのです。条件によっては、消費者に気づかれずに反応を観察することも可能です。

・情報統合ソフト〈ハブ・オーヴァーヴュー®〉を使えば、貴社の組織内の全データベースを——環境さえ整えば、ほかの組織内のデータベースも——簡単にコントロールすることができます。

・〈セーフガード®〉は、セキュリティおよび個人認証ソフトとそれに付随するサービスです。テロ行為、企業役員の誘拐、企業スパイ、社員や顧客による窃盗。〈セーフガード®〉は、そういった不安から貴社の施設を守り、社員が本来の業務に集中できるようお手伝いします。このサービスには、世界中の民間企業や政府をクライアントに持つ最大手の身元調査会社、警備会社、化学物質スクリーニング会社が参加しています。〈SS

D〉の〈セーフガード®〉部門は、業界最先端のバイオメトリック・ハードウェアとソフトウェア〈バイオ・チェック®〉の開発元でもあります。

・〈ナノキュア®〉は、医学リサーチソフトおよびそれに付随するサービスです。診断と治療のためのマイクロバイオロジック・インテリジェント・システムの世界へようこそ。大勢の医学博士のご協力を得て、〈SSD〉のナノテク技術チームは、現代人を脅かすさまざまな健康問題を解決する手法を開発しています。遺伝子操作の問題の監視から、治療が長引きがちな重篤な病を発見し治療するための注射可能なタグの開発まで、〈ナノキュア®〉部門は、より健康な社会を目指して研究を重ねています。

・〈オン－トライアル®〉は、民事訴訟サポートシステムとそれに付随するサービスです。製造物責任訴訟から独禁法違反訴訟まで、〈オン－トライアル®〉は、書類作成・提出や証拠管理を合理化します。

・〈パブリックシュア®〉は、法執行機関をサポートするソフトです。国際、連邦、州、市町村の各データベースに保存されている犯罪記録やそれに類似する公的記録を統合し、管理するのに最適です。〈パブリックシュア®〉の検索結果は、オフィス、パトロールカー搭載のコンピューター、PDA、携帯電話に即座にダウンロードされ、スピーディな事件解決を支援します。また、現場で活躍する捜査官につねに最新の情報を提供し、予測される危険から守ります。

・〈エデュサーヴ®〉は、学校教育支援ソフトとそれに付随するサービスです。子どもたちの学習内容の管理は、社会の発展に欠かせません。〈エデュサーヴ®〉は学校関係者や、幼稚園から高等学校に勤務する教諭が能力をもっとも効率よく発揮できるよう支援し、税金一ドル当たりの教育効果を最大にします。

ライムは信じがたい思いで笑った。「五二二号がこれだけの情報にアクセスできる立場にいるとしたら……間違いなく〝すべてを知る男〟だな」

メル・クーパーが言った。「ちょっと聞いてくれよ。〈ＳＳＤ〉傘下にある会社のリストをながめてた。そのなかにどこの会社があったと思う？」

ライムは答えた。「〈ＤＭＳ〉——というイニシャルで合ってたかどうか忘れたが、さっき本から見つかったＲＦＩＤタグのメーカー。違うか？」

「大当たり」

しばらく誰も口を開かなかった。ふと見ると、部屋にいる全員がコンピューターの画面に表示された〈ＳＳＤ〉のロゴの、光を放つ窓を見つめていた。

「さて」セリットーが証拠物件一覧表に目を移してぼそりと言った。「お次はどうする?」

「張り込み、ですか」プラスキーが言う。

「だな」セリットーが答えた。「S&Sに連絡して、チームを編成してもらおう」

ライムは冷ややかな目でセリットーを見やった。「相手は——社員は何人だって? 千人か? 千人規模の会社を監視する?」そう言って首を振ったあと、こう尋ねた。「オッカムの剃刀は知っているか、ロン?」

「オッカムって誰だ? 床屋か?」

「哲学者さ。剃刀はメタファーだ——ある事象についての不必要な説明を切り落としていくということだよ。オッカムは、可能性が複数あるとき、もっとも単純な一つが正解である場合が多いと唱えた」

「あなたが考えるもっとも単純な可能性って何、ライム?」

サービス概要をじっと見つめたまま、ライムはサックスの質問に答えた。「明日の朝、きみとプラスキーが〈SSD〉を表敬訪問することかな」

「行ってどうするの?」

ライムは肩をすくめた。「おたくの社員のなかに犯人はいませんかと尋ねるのさ」

16

ふう、やっと家に帰れた。

ドアを閉める。

そして鍵をかけて、外界を締め出す。

深呼吸をし、バックパックをソファに下ろして、汚れ一つないキッチンに行き、ただの水を飲む。いまは刺激物は受けつけない。

このタウンハウスには満足している。戦前に建てられたもので、とにかく広い（私のような生活をしている場合――すなわち、膨大なコレクションと同居する場合、広さはどうしても必要だ）。申し分のない住居を探すのは、楽なことではない。ここを見つけるまでにも時間がかかった。しかし、こうして無事に見つかって、よけいな関心を引くことなく暮らしている。ニューヨークで背景に溶けこむのは馬鹿馬鹿しいほど簡単だ。なんとすばらしい街だろう！　ここでは、日常生活の初期設定《デフォルト》がすでに〝網の目につかまらない〟だ。自分の存在の痕跡を残したければ、そのための努力が必要になる。むろん、それに躍起《やっき》になるシックスティーンは多い。しかしまあ、いつの世も適正な数以上の愚か者があふれていた。

とはいえ、体面はつくろっておかなくてはいけない。私のタウンハウスの表側の部屋はシンプルだが趣味のよい飾りつけがされている（北欧デザインよ、ありがとう）。客を招くことはめったにないが、それでも、ふつうに見せかけるための仮面は要る。世の中に溶けこまなくてはならない。うまく溶けこまないと、シックスティーンたちに何か裏があるのではないか、見かけどおりの人間ではないのではないかと疑われる。疑われてから、誰かが押しかけてくるまでの距離は、ほんの短い一歩だ。誰かが来て、クローゼットを強引にのぞき、すべてを奪われる。努力の結晶を根こそぎ持っていかれる。

一つ残らず。

それは最悪中の最悪だ。

だから、クローゼットは絶対に秘密にしておく。宝はカーテンや物で目隠しした窓の奥に隠し、もう一つの生活は誰からもよく見える場所、月で言うなら太陽の光の当たるほうの半分に出しておく。網の目につかまらぬようにするには、第二の生活スペースを用意するのが最善の策だ。私の真似をすればいい。デンマーク製のモダンなうわべは清潔に保ち、整理整頓しておく。たとえその空間にいると、黒板を爪で引っかく音を聞かされたみたいに神経が逆立つとしてもだ。

ふつうの住居を持つこと。なぜなら、ほかの誰もがそうしているからだ。そして同僚や友人と良好な関係を維持する。ほかの誰もがそうしているからだ。ときには異性とデートをし、泊まっていかないかと誘い、お決まりの手順を踏んだりもする。

ほかの誰もがそうするからだ。笑みを顔に貼りつけ、僕らはきっとソウルメートだ、こんなに共通点が多いんだからと甘い言葉をささやき、テープレコーダーとナイフをジャケットのポケットに忍ばせて女の寝室に入りこんだときほど燃えられなくても、観念するしかない。

さて、出窓のカーテンを残らず閉めて、リビングルームの奥へ向かう。

――わあ、きれいにしてるのね……外から見たときより広く感じる。

――不思議なものだよね。

――リビングルームにドアがあるわ。あの奥は何？

――ああ、あれか。ただの納戸《なんど》だよ。クローゼットだ。他人様にお見せするようなものじゃない。ところで、ワインは？

リビングルームのドアの奥にあるのは、デビー／サンドラ／スーザン／ブレンダ、いま私が向かっているところだよ。私の真の家。私のクローゼット――私はそう呼んでいる。そこは本丸みたいなものだ。中世の城の、敵をどうにも防ぎきれなくなったときでもそこだけは守り抜く場所。中心に位置する聖域。ほかに手の打ちようがなくなったとき、王と一家はそこに逃げこむ。

私は魔法の入口をくぐり抜けてそこに入る。そこは正真正銘のクローゼットだ。ウォークイン式のクローゼット。服が吊るされ、靴の箱が並んでいる。だがそれを脇に押しのけると、第二のドアがある。開けると、家の残りの部分が現われる。そこは明るい色調の背筋がぞっとするようなスウェーデン風ミニマリズムが貫かれた表側の部屋より、ずっとずっと広い。

私のクローゼット……

第二の入口を抜け、ドアを閉めて鍵をかけ、明かりをつける。

肩の力を抜こうとする。しかし今日の出来事のあとでは、あんな災難のあとでは、いらだちを振り払うのは容易なことではない。

まずい、これはまずいまずいまずいまずい……

デスクの前に腰を下ろし、コンピューターが起動するのを待ちながら、アリス3895のご厚意でいま目の前に置かれているプレスコットの絵画を見つめる。この独特のタッチ！　描かれた家族の目にうっとりと見入ってしまう。プレスコットは、一人ひとりに違った表情の目を与えている。血のつながりは明らかだ。そういう意味では、どの人物の表情も似ている。そして同時に違っている。それぞれが家族としての生活の異なった側面を象徴しているかのように。幸福、悩み、怒り、当惑。支配する立場、支配される立場。

家族とはそういうものだ。

たぶん。

バックパックを開いて、今日手に入れた宝を取り出す。小さな缶、鉛筆セット、古びたチーズ削り。よくもこんな宝を捨てられるものだ。今後数週間のあいだに使う予定の実用的な品物も取り出す。受取人が事前に承認したうえで送られたクレジットカードの勧誘DM数通。不用心にそのまま捨てられていた。クレジットカードの利用明細、電話料金の請求書……愚か者どもめ——見つけたときは思わずそうつぶやいた。

コレクションに加えるものは、もちろん、もう一つある。だが、録音テープに耳を澄ますのは後回しだ。期待していたほどの宝ではなかった。私が爪を切り取ったときのマイラ9834のしゃがれた悲鳴は、口がダクトテープでふさがれていたせいでくぐもっているだろうからだ（通行人に聞かれたらと心配で口をふさいだ）。まあ、コレクションをすべて宝石でそろえてはつまらない。平凡な石に囲まれているからこそ、本当に特別な宝石が輝きを放つのだ。

それから、クローゼットのなかを歩き回りながら、宝を一つずつ、しかるべき場所に置いていく。

外から見たときより広く感じる……

今日の時点で、新聞は七千四百三日分、雑誌は三千二百三十四冊（『ナショナルジオグラフィック』がコレクションの要《かなめ》であることは言うまでもない）、マッチブックは四千二百三十五個ある。個数は省略するとして、ほかには……コートハンガー、台所用品、ランチボックス、サイダーの瓶、空のシリアルの箱、はさみ、髭剃り用品、靴べら、靴の保管用木型、ボタン、カフリンクの箱、櫛、腕時計、衣類、いまでも使い道のある工具、使い道のなくなった工具。色のついたレコード盤、黒いレコード盤。空き瓶、玩具、ジャムの空き瓶、キャンドルとキャンドルホルダー、キャンディ入れ、武器。まだまだある。

私のクローゼットは、ほかでもない、十六の展示エリアに別れている。博物館みたいに。楽しげな玩具（『ハウディ・ドゥーディ』のカウボーイ少年の人形はかなり不気味だが）が並んだ一角から、私は宝と思って大事にしているが、世の多くの人々が眉をひそめそうな品物が並んだ一角まで。切り取られた髪や爪、さまざまなトランザクションで手に入れた干からびた記念品。今日の午後の記念品のお仲間だ。私はマイラ９８３４の爪を一番目立つところに置く。いつもなら喜びが沸き上がってふたたび下腹に興奮を覚えるところだが、今日のこの瞬間は、苦くてまるで楽しくない。

連中が憎くてたまらない……

震える手で葉巻の箱の蓋を閉じる。いまは宝を見ても喜びを感じない。

憎い、憎い憎い憎い……

連中がデリオン６８３２の家にいたのは、奇妙な偶然が重なった結果なのかもしれない。コンピューターの前に戻って考える。**連中**は迫ってきてなどいないのかもしれない。

しかし、リスクを冒すわけにはいかない。

問題――宝を奪われるリスク。その心配が私の心をむしばむ。

解決策――今日、ブルックリンで始めたことを続行する。反撃する。脅威を排除するために。

シックスティーンのほとんど、私を追っているシックスティーンたちを含めた大多数が理解していないこと、連中を哀れみたくなるほど不利な立場に追いやっているものは、以下の事実だ――私は、命を奪うことは道徳的にまったく間違っていないという不変の真実を信じているということ。なぜなら、人間がほんの短いあいだこの世で持ち歩く皮膚と内臓から成る袋からはまったく独立した、永遠の存在というものがあることを知っているからだ。証拠だって示せる。たとえば、きみが生まれた瞬間から蓄積されてきた、きみの人生に関するデータのコレクション。そのどれ一つとして恒久的に消えない。数えきれないほどの場所に格納され、コピーされ、バックアップされていて、目に見えず、破壊することもできない。肉体が滅びても――滅びない肉体はない――データは永遠に生き続ける。

永遠に生き続けるというのが不滅の魂の定義ではないと言うなら、何がそうなのか、私にはわからない。

17

寝室は静かだ。

トムは帰らせた。いまごろは、長年のパートナー、ピーター・ホディンズと日曜の夜をゆっくり過ごしているだろう。ライムはあの青年介護士にさんざん苦労をかけている。それはしかたのないことではあるが、ときどき申し訳ない気持ちになる。だから、機会をとらえて埋め合わせようと心がけ、とくに今夜のようにアメリア・サックスが泊まっていくような晩には、なかば追い払うようにして早めに帰らせる。このタウンハウスにこもって不機嫌な身体障害者の世話を焼くばかりの生活を若者に押しつけたくない。

バスルームからは、軽やかな音が聞こえている。ベッドに入る支度をしている女の立てる音。ガラスが触れ合う音、プラスチックの蓋を閉める音、スプレーの噴射音、水音。湿り気を含んだバスルームの空気に乗って、さまざまな香りが運ばれてきた。

こういうひとときはいい。〝ビフォア〟の生活を思い起こさせる。

そんなことを考えていると、一階のラボに飾られた写真が脳裏に描き出された。トレーニングウェアを着たリンカーン・ライムの写真の一枚の隣に、白黒の写真がある。それには、スーツを着こんだひょろりと背の高い二十代の男が二人並んで写っている。どちらも両腕を不自然なくらいまっすぐに下ろしている。抱擁《ほうよう》すべきか迷っているかのように。

ライムの父と伯父だ。

ヘンリー伯父のことは、折に触れて思い出す。だが、父を思い出すことはほとんどない。昔からそうだった。とはいっても、テディ・ライムが不愉快な人間だったということではない。ライム兄弟の弟テディははにかみ屋で、人怖《ひとお》じするようなところもあった。あちらこちらの研究室で九時から五時まで数字とにらめっこして過ごす仕事を愛していた。読書も好きだった。毎夜の団欒《だんらん》の時間、妻のアンが縫い物をしたりテレビを見ていたりする傍らで、テディはすっかり体になじんだ重厚な肘掛け椅子に腰を下ろし、本を読んだ。とりわけ好んだのは歴史もので、なかでも南北戦争に深い関心を抱いていた。自分がリンカーンと名づけられたのは、それゆえではなかったかとライムは思っている。

息子と父親の仲は悪くなかったが、それでも二人きりになると、ぎこちない沈黙が訪れることも多かった。いさかいは対話を促す。議論は生きているという実感を与える。だが、テディ・ライムはいさかいや議論とは縁の薄い人物だった。

しかし、ヘンリー伯父は議論好きだった。それも大の。

伯父が同じ部屋にいると、長くは無事でいられない。まるでサーチライトにとらえられたみたいに、たちまち伯父の関心が注がれる。そしてジョークやちょっとした雑学や、家族に起きた出来事などを聞かされる。さらに、質問というおまけもれなくついてきた。単なる好奇心からの質問もあった。だが、ほとんどは、議論のきっかけを作るための質問だった。知的バトルこそ、ヘンリー・ライムの最大の好物だった。伯父に挑まれると、すくみあがったり、赤面するしかなかったりすることもあった。だんだん腹が立ってくることもあった。それでも、まれに伯父から褒められると、心の底から誇らしくなった。自分は褒めてもらえるだけのことをしたのだと思えたからだ。ヘンリー伯父がうわべだけの褒め言葉や根拠のない励ましを口にすることは決してなかった。

「あと一息だ。よく考えろ！　答えはもう出たも同然だ。アインシュタインは、いまのおまえとほとんど変わらない年齢ですでに、のちの偉大な理論の基礎を築いていた」

正解すれば、片方の眉を吊り上げて祝福される。それはウェスティングハウス科学研究コンテストで一等賞をもらうに等しい褒美《ほうび》だった。しかしたいがいは、こちらの論理にほころびがあったり、藁《わら》の家でオオカミに対抗するようなものだったり、批判が感情的すぎたり、事実を誤認していたりした。しかし伯父の目的は、相手を言い負かすことではなかった。伯父のたった一つのゴールは、真実にたどりつくこと、その真実までの道順を相手に理解させることだった。誤った論証を粉砕し、粉砕するわけをきちんとわからせれば、一件落着だ。

どこで間違えたか、わかったね？　誤った仮定に基づいて温度を算出したからだ。そう、そういうことだ！　よし、じゃ、電話タイムだ。土曜の〈ホワイトソックス〉の試合にみんなを誘おう。野球場のホットドッグがぜひとも食いたいが、今年の勝ち星を見るかぎり、レギュラーシーズンのうちに食っておかないと食いはぐれる。

リンカーンにとっては伯父との知的スパーリングは楽しみの一つだった。わざわざハイドパークの州立大学まで行って、伯父のゼミを聴講したり、非公式のディスカッショングループに参加したりもした。アーサーよりリンカーンのほうがよほど足しげく通っていたくらいだった。アーサーはだいたいいつもほかの楽しみで忙しくしていた。

伯父がいまも生きていたら、ライムのラボに悠然と入ってきて、甥の動かない体には一瞥《いちべつ》もくれず、まっすぐにガスクロマトグラフの機械を指さして訊くだろう。「こんな時間にまだ分析か？」そして証拠物件一覧表の前に腰を落ち着け、五二二号事件の捜査についてあれこれ質問を始めるだろう。

それはそうかもしれないな。しかし、この人物がそのような行為をしたと考えることに論理的な瑕疵《かし》はないか？　既知の事実をもう一度説明してくれ。

少し前にふと脳裏に蘇った出来事を思い返す。高校を卒業する年のクリスマスイブ、エヴァンストンの伯父の家でのことだった。その晩、伯父の家に集まったのは――伯父のヘンリー、伯母のポーラ、いとこのロバート、アーサー、マリー。父テディ、母アン、リンカーン。ほかのおばやおじやいとこも何人かいた。近所の友人も一人か二人。

リンカーンとアーサーは、ほとんどずっと地下室にこもって、ビリヤードをしながら翌年の秋の進学についてあれこれ話をした。リンカーンはマサチューセッツ工科大学を第一志望に決めていた。アーサーも同じだった。二人とも合格する自信があったから、寮でルームメートになるか、学外のアパートを共同で借りるか（要は男同士の連帯を取るか、女の子を呼び放題の環境を取るかの問題）が議論の中心だった。

その後、一族は伯父の家の巨大なダイニングテーブルを囲んだ。すぐそこのミシガン湖から波音が聞こえ、葉が落ちて灰色になった木々の枝のあいだを風が吹き抜けていた。ヘンリー伯父は、教室を仕切るのと同じように晩餐《ばんさん》を仕切った。かすかな笑みをたたえた目を如才なくテーブルの隅々に配り、そこで交わされているすべての会話のなりゆきを見守っていた。ジョークやおもしろい小話を披露し、客たちの近況を尋ねた。ヘンリーはどんな話にも興味を持って聞きたがった。場合によっては相手を巧みに誘導することもあった。

「マリー、せっかくの機会だ、ジョージタウン大学の特別奨学金の件はどうしたか話してくれないか。ぜひ応募したほうがいいとみんなで勧めたろう。それに、ジェリーも週末にあの豪華な新車で遊びに行ったりできる。ところで、応募の締め切りはいつだって？　私の記憶では、そろそろだったと思うが」

すると腰のない髪をした娘は、父親の視線を避けて、クリスマスと期末試験で忙しくて、書類の準備がまだできていないと答える。でも、かならず応募する――約束する。

ヘンリー伯父の目的は、もちろん、大勢の証人の前で約束させることだ。奨学金を受ければ、フィアンセとまた六か月も引き離されることになろうとも。

ライムはいつも思っていた。法廷弁護士か政治家になっていたら、伯父は相当な手腕を発揮しただろうと。

七面鳥とミンスパイの食べ残しが片づけられ、〈グランマルニエ〉やコーヒーや紅茶が運ばれてくると、伯父は全員をリビングルームに案内した。リビングルームには大きなクリスマスツリーがあり、暖炉では炎が盛んに燃え、リンカーンの祖父──博士号を三つ持ったハーヴァード大の教授だった──のいかめしい肖像がみなを見下ろしていた。

そして、コンテストの始まりだ。

伯父が出す科学のクイズに最初に正解すると、ポイントを獲得できる。三位までに入れば、伯父が選び、伯母が几帳面《きちょうめん》に包装した賞品がもらえる。

空気は目で確認できそうなくらいぴんと張りつめ──ヘンリー伯父が場を仕切っているときはいつもそうだった──誰もが真剣に勝負に取り組んだ。化学にまつわるクイズの大部分は、リンカーンの父がポイントをさらっていった。数字がからむと、数学の非常勤講師をしていた母が、伯父が質問を読み上げ終えるより前に答えを言った。しかし、初めから終わりまで僅差で一位を争っていたのは、子どもたち──ロバート、マリー、リンカーンとアーサー、それにマリーのフィアンセだった。

午後八時前、クイズ大会が終わりに近づいたころ、参加者はみな椅子から身を乗り出してヘンリー伯父の声に全神経を集中させていた。新たなクイズが出されるたびに、順位が入れ替わる。誰もが手に汗を握っていた。タイムキーパーを務めるポーラ伯母の時計で残り時間がわずか数分になったところからリンカーンが三つ続けて正解し、鼻の差で優勝を勝ち取った。二位はマリー、三位はアーサーだった。

拍手のなか、リンカーンは芝居がかったお辞儀をし、伯父の手から一位の賞品を受け取った。深緑色の包装紙を開いたときの驚きは、いまも忘れていない。透明のプラスチックの箱のなかに、一辺三センチほどのコンクリートの立方体が入っていた。だが、それはジョークではなかった。そのときリンカーンが手にしていたのは、シカゴ大学のスタッグ・フィールドのかけら――いとこが名前をもらったアーサー・コンプトンと、もう一人の科学者エンリコ・フェルミの指揮のもと、世界初の原子核分裂連鎖反応が起きた場所の一部だった。一九五〇年代にスタジアムが解体されたとき、ヘンリー伯父はその残骸の一部を手に入れていたらしい。リンカーンは歴史的価値のある賞品に深い感動を覚え、真剣にコンテストに取り組んでよかったと思った。コンクリート片はいまも地下室に積まれた段ボール箱のどれかにしまってある。

しかし、賞品をゆっくりながめている時間はなかった。

そのあとアドリアナとのデートを控えていたからだ。

今日、思いがけずライムの心に押しかけてきた親戚たちと同じく、赤毛の美しい体操選手もまた、記憶のスクリーンに姿を現わしていた。

アドリアナ・ヴァレスカ――姓の綴りはＷａｌｅｓｋａだが、両親がポーランド出身ということもあって、WをVに近い発音で読ませていた――は、リンカーンの高校の進学相談室でカウンセラーをしていた。三年生に進級してすぐ、何かの書類を提出しに相談室に行ったとき、デスクの上にハインラインの『異星の客』があるのに気づいた。何度も読んだのだろう、本はくたびれていた。二人はそれから一時間、『異星の客』を話題におしゃべりをした。意見が一致する点も多かったが、分かれる点もあった。気づいたときには、化学の授業の開始時間をとうに過ぎていた。だが、かまうものかと思った。優先事項を優先すべきだ。

アドリアナは背が高く、ほっそりとして、歯に透明の矯正器具をつけていた。ふわふわしたセーターとベルボトムジーンズに隠された体の線は魅力的だった。そして数えきれない種類の笑顔を持っていた――天真爛漫《てんしんらんまん》な笑みから、どこか誘うような笑みまで。まもなく交際が始まった。どちらにとっても、初めての真剣な恋だった。相手が出場する試合の応援にいったり、シカゴ美術館のドールハウスコレクションを見に出かけたり、オールドタウンのジャズクラブに繰り出したり。ときにはアドリアナの〈シェヴィ・モンツァ〉のバックシートを訪問することもあった。バックシートと呼べるほどの広さはなく、それゆえおあつらえむきだった。アドリアナの家は、長距離選手リンカーンにとってはすぐそこだったが、走っていくのはあまり賢い選択ではなかった――汗みずくで会うわけにはいかない――から、家族の車が空いていれば、それに乗って出かけた。二人は何時間でも話をした。ヘンリー伯父の場合と同じように、アドリアナとは通じ合えた。

もちろん、二人の交際に障害がないわけではなかった。翌年には、リンカーンはボストンの大学に行く。アドリアナは大陸の反対側、サンディエゴで生物学を勉強しながら動物園で働く予定になっていた。しかしそんなことは些細な問題にすぎなかったし、リンカーン・ライムはいまも昔も、些細な問題を言い訳にするような人間ではなかった。

〝アフター〟——事故のあと、そしてブレインと離婚したあと——になって、ときどき思うことがあった。もしあのときアドリアナと別れず、交際を続けていたら、どうなっていただろうかと。あのクリスマスの夜、リンカーンはプロポーズをしようかと考えていた。ダイヤモンドの指輪ではなく、〝違う種類の石〟（科学トリビア・コンテストで伯父からもらった賞品——我ながらうまい台詞《せりふ》を思いついたとほくそ笑んだ）を渡して結婚を申し込もうかと考えていた。

しかし天気が災いして、言いだしそこねた。互いにしがみつくようにしてベンチに座っていると、中西部の静かな空に待機していた雪が全員出動とばかりに降ってきて、アドリアナの髪やコートはあっというまに湿り気を帯びた白い毛布に覆われた。それぞれ自分の家に帰り着くころには、道路は雪で走行不能になる寸前だった。その夜、リンカーンは、コンクリートのかけらを傍らに置いてベッドに横になり、プロポーズの言葉を何度も練習した。

だが、本番の日を迎えることはなかった。いろんな出来事が二人の人生に割りこみ、二人を別々の方角へと押しやった。どれも取るに足らぬ出来事だった。しかし、寒々としたスタジアムで核分裂を起こした目に見えない原子がその後の世界の歴史を変えたように、小さな出来事が二人の人生を変えた。

何もかもが違っていただろう……

サックスが長い赤毛をブラシでといている姿がドアの隙間から見えた。ライムはしばらくその様子を見守った。今夜泊まってくれてよかったと思った。ふだん以上にうれしかった。サックスとは、二人で一人というような関係ではない。どちらもしっかりと自立した人間だった。別々に過ごしたいと思う日も少なくない。しかし今夜は、サックスにそばにいてもらいたかった。ぴたりと寄り添うように横たわるサックスの存在を楽しんでいたかった。感覚が残された部位は、数が少ないだけに、その感度はいっそう研ぎ澄まされている。

サックスへの愛は、エクササイズ——コンピューター制御されたトレッドミルと〈エレクトロロジック〉の自転車——を日課にする動機の一つでもあった。のろのろと歩みを続ける医学がついにゴールラインを越え、ライムの歩く力を蘇らせたとき、ライムの筋肉の準備は万端に整っているはずだ。その日の到来を待つあいだに、状態を改善できるかもしれない新しい治療を受けてみようかとも考えていた。まだ実験段階の、しかも賛否両論ある治療法で、末梢神経移動術と呼ばれている。何年も前から議論されている——何度か試験的な施術もされてきた——テクニックだが、よい結果に結びついた症例は数えるほどしかない。アメリカの医学界は様子見の姿勢を崩していないが、最近になって海外でこの手術が行なわれるようになり、成功例も増えてきた。このテクニックでは、損傷した部位の上下の神経を手術によって結び合わせる。流失した橋を迂回する道路を新しく建設するわけだ。

成功例の大部分は、ライムほど重症ではない患者だが、結果はめざましい。排尿のコントロールを取り戻す、手足が動かせるようになる。歩行が可能になった例もある。ライムの場合は、ふたたび歩くのはさすがに無理だろうが、この治療のパイオニアとして知られるある日本人医師や、米国北東部の有名私立大学の付属病院の医師に相談してみたところ、改善の希望がいくらか見えてきた。両腕、両手、膀胱《ぼうこう》の感覚と動きは取り戻せるかもしれない。

セックスも。

体に麻痺があっても――たとえ四肢麻痺でも――性行為を行なうことに問題はない。刺激が精神的なものに限られるとき――たとえばその人物の目に魅力的と映る女性や男性を見るなど――脳が発したメッセージは、残念ながら、損傷した脊髄《せきずい》で途絶えてしまう。しかし、人の身体はすばらしいメカニズムを備えている。損傷した箇所から下で独立して機能している魔法の神経回路が存在するのだ。このおかげで、局部的な刺激を加えるだけで、最重度の麻痺患者であっても、多くの場合、セックスは可能だ。

かちりと音がしてバスルームの明かりが消えた。サックスのシルエットが近づいてきて、もう何年前になるだろう、サックスがこの世でもっとも快適な寝床と断言したベッドのライムの傍らに滑りこんだ。

「今日——」そう言いかけたとき、サックスの熱のこもったキスに声を呑みこまれた。

「何?」サックスの唇が顎に這い、喉へと下りていく。

忘れてしまった。「何だったかな」

唇でサックスの耳をはさむ。そのときになってようやく、毛布が押し下げられようとしていることに気づいた。毛布をはぐのは一仕事だ。トムが教練指導官のベッドを整える新米兵士みたいにきっちりと毛布をマットレスの下にたくしこんでおくからだ。それでもほどなく毛布は降参し、足のあたりで小山を作った。サックスのTシャツがそのてっぺんに加わる。

サックスがキスをする。ライムも熱を込めて応えた。

そこでサックスの携帯電話が鳴り出した。

「聞こえない」サックスがささやく。「何にも聞こえないんだから」呼び出し音が四度鳴ったあと、ありがたいことに、留守電機能がサックスの代わりに応答した。ところが、電話はすぐにまた鳴りだした。

「お母さんかもしれないぞ」ライムは指摘した。

ローズ・サックスは心臓病の治療を受けている。順調に回復してはいるが、ここ最近、何度か病状が悪化したことがあった。

サックスはうめき声を漏らし、携帯電話を開いた。青い輝きが二人の体をぼんやりと照らし出す。発信者番号を確かめたサックスが言う。「パムだわ。いい？」

「ああ、出てやれ」

「パミー？　どうしたの？」

サックスの受け答えから、何かあったらしいとわかった。

「そう……わかった……でも、いまリンカーンのところにいるの。こっちに来る？」サックスがちらりとライムの表情を確かめる。ライムはかまわないとうなずいた。「来てちょうだい、パミー。いいの、気にしないで、まだ起きてたから」サックスは携帯電話を閉じた。

「どうした？」

「わからない。言おうとしないの。ダンとエニッドが今夜、緊急で二人、子どもを預かってるそうなの。それで年長の子たちが一つの部屋で寝ることになったんですって。パムはそれがいやみたいね。私の部屋に一人で泊まるのもいやだって」

「私はかまわないよ。わかってるだろう」

サックスはライムに寄り添った。唇が熱を帯びた探索を再開する。サックスのささやき声が聞こえた。「足し算をしたわ。荷造りをして、ガレージから車を出して……早くても来るのは四十五分後。私たちにはまだ時間があるってこと」そう言ってかがみこむと、またキスをした。

と同時に、呼び鈴がやかましく鳴り渡り、インターコムから雑音まじりの声が聞こえた。

「ミスター・ライム？　アメリア？　パムだけど。オートロック、開けてもらえる？」

ライムは笑った。「どうやらうちの玄関前から電話していたらしいな」

二人は——パムとサックスは、二階の寝室の一つに座っていた。

そこはパムのための部屋だった。いつでも来て泊まっていいことになっている。棚の上にぬいぐるみが一つ二つあることはあるが（FBIから逃げ回っている人物を母親とその再婚相手に持つと、玩具とはあまり縁のない子ども時代を過ごすことになる）、そこに置かれたきり忘れられたといった風情だ。対照的に、本とCDの数は数百に上った。トムのおかげで、清潔なシーツとTシャツとソックスはいつ来てもたっぷり用意されている。〈シリウス〉の衛星ラジオとCDプレイヤーもあった。ランニングシューズもだ。パムはセントラルパークの貯水池をぐるりと巡る二・五キロほどのジョギングコースを猛烈なスピードで走るのが好きだった。走るのは、走るのが好きだからだ。決して満たされない心の穴を埋めるためだ。

パムはベッドの上に座り、足の指のあいだにコットンボールをはさんで、爪に金色のネイルエナメルを塗っている。母親はネイルエナメルも化粧も禁じていた（「それがキリストに対する敬意よ」いったいどうして理屈でそうなるのかはさっぱりわからないが）。極右地下組織から脱出するや、パムはささやかだが自分に自信を与える〝個性〟をまとうようになった——ネイルエナメルを塗り、髪を赤っぽく染め、ピアスの穴を三組開けて。その程度ですんでいることにサックスは安堵している。過激なファッションに走ってもしかたのない理由を持つティーンエイジャーがいるとすれば、それはパメラ・ウィロビーだからだ。

サックスは椅子に座り、素のままの爪をした足をベッドに投げ出してくつろいでいる。そよ風が吹き、セントラルパークから春の香りが複雑に混じり合った匂いを運んできた。堆肥、土、露に濡れた葉、排気ガス。サックスはココアを一口飲んで言った。「熱い！飲む前にちょっと冷ましたほうがいいわ」

パムは自分のココアに何度か息を吹きかけ、ほんの少しだけ口に含んだ。「おいしい。熱いけど」それからまたネイル塗りに戻った。昼間の明るい顔とは打って変わって、表情にどこか陰がある。

「それ、何て呼ぶか知ってる？」サックスが指さす。

「足？　爪先？」

「違う。裏のこと」

「知ってる。足の裏と爪先の裏」

二人は笑った。

「正式にはね、〝足底《そくてい》〟っていうのよ。足にも指紋みたいな模様があるの。足紋っていうんだけど。リンカーンは足紋を証拠に容疑者を有罪にしたことがある。犯人は気絶した相手を素足で何度も蹴りつけたの。だけど一度だけ的を外して、ドアを蹴っちゃったのね。そこに足紋が残ったわけ」

「すごい。その話、本にすればいいのに」

「私もずっとそう言ってるんだけど」サックスは少し間を置いて訊いた。「で、どうしたの、今夜は」

「スチュアート」

「何かあったの？」

「来るんじゃなかったな。馬鹿みたい」

「はぐらかしても無駄。私は刑事よ、忘れた？　かならず自白させてみせるから」

「エミリーから電話があったの。日曜にかけてくるなんて珍しいから――これまでは一度もかかってきたことないから、あ、何かあったんだなって思って。エミリー、最初は言いにくそうにしてたんだけど。今日、スチュアートがほかの人といるところを見たんだって。同じ学校の女の子。サッカーの試合のあと。あたしには試合が終わったらまっすぐ家に帰るって言ってたのに」

「待って、事実を整理しましょう。二人はただ話してただけ？　だとしたら、気にすることじゃないわ」

「エミリーは確信はないって言ってたけど、スチュアートがその子を抱き締めてるみたいに見えたって。でも、誰かに見られてるって気づいて、あわてて二人でどこかに行ったって。隠れようとしてるみたいに」ネイルエナメル計画は、なかばで中断している。

「あたし、ほんとにほんとにスチュアートが好きなの。もう会ってくれなくなったりしたら、どうしていいかわからない」

サックスとパムは以前、一緒にカウンセリングを受けた。そのあと、パムの了解を得て、サックス一人でカウンセラーから話を聞いた。パムのＰＴＳＤは短期間では回復は見込めない。社会病質人格の母親に長期にわたってとらわれていたからというだけでなく、継父が警察官を殺すためにパムの命を犠牲にしようとした一件が心に深い傷を残したからだ。今回のスチュアート・エヴェレットに関する出来事は、世の中の大部分の人々にとっては小さなことかもしれないが、パムの心のなかでは増幅されてしまう。悪くすれば、そのせいで心そのものが壊れてしまうかもしれない。カウンセラーはサックスに、パムの不安をあおってはいけないのはもちろんだが、軽く受け流すのもいけないと言った。不安の一つひとつを注意深く観察して、分析する必要がある。

「ほかの人と会ったりすることに関して、スチュアートと話したことはある？」

「スチュアートは……一月《ひとつき》前はほかの子とは会ってないって言ってた。あたしもほかの子とは会ってない。そのことは言った」

「ほかにスパイは？」サックスは尋ねた。

「スパイ？」

「そうね、エミリー以外のお友だちから何か聞いたことはない？」

「ない」

「スチュアートのお友だちは誰か知ってる？」

「知ってる、かな。でも、そのことを訊けるほどじゃない。そんなの、恥ずかしすぎる」

サックスは微笑んだ。「とすると、スパイ作戦はだめね。だったら、本人に訊くのが一番よ。突撃あるのみ」

「そうかな」

「そうよ」

「その子とつきあってるって言われたら？」

「そうしたら、正直に話してくれたことを喜ぶの。それはいい兆候だから。で、〝愛人〟とは別れるよう説得する」二人は笑った。「あなたは一人としかデートしたくないって言えばいいの」新米ママ、サックスは急いで付け加えた。「いいこと、結婚するとか、同棲するとか、そういう話じゃないわよ。あくまでもデート」

パムはすぐにうなずいた。「わかってる」

ほっとして、サックスは続けた。「で、その一人は彼だって言うの。だから、彼にも同じようにしてもらいたいって。あなたたちは大事なものを共有してる。価値観が合うし、遠慮なくものを言えるし、理解し合える。そういう相手はめったに見つからないわ」

「アメリアとミスター・ライムみたい」

「そうね、私たちと同じ。でも、もし彼がそういうのはいやだって言ったら、それはそれでしかたがない」

「しかたないなんて思えないよ」パムは眉を寄せた。

「思えなくていいの。いまはこういうふうに話しなさいって教えてるだけ。もしそういうのはいやだって言われたら、だったらあなたもほかの男の子とデートするからって言うの。彼だけ二股かけるなんてずるいでしょ」

「そうだね。でも、ほかの男の子とデートしてもいいって言われちゃったら？」パムは暗い表情で訊き返した。

　サックスは笑って首を振った。「そうね、開き直られたら困るわね。でも、そんなこと言わないと思うわよ」

「わかった。明日、放課後に会って話してみる」

「そのあと電話して。結果を教えてね」サックスは立ち上がり、パムの手からネイルエナメルを取ってキャップを閉めた。「さ、寝なさい。もう遅いわ」

「でも、まだ途中だよ。半分しか塗ってない」

「爪先のあいた靴を履かなければわからないわ」

「アメリア？」

サックスは戸口で振り返った。

「ミスター・ライムと結婚するの？」

サックスは黙って微笑むと、ドアを閉めた。

第三部　予言者

五月二十三日　月曜日

コンピューターは、企業が集めた顧客に関する膨大な量のデータを取捨選択することにより、顧客の未来の消費行動を不気味なほど正確に言い当てる。予測分析と呼ばれるこの〝電気式水晶玉〟の市場規模は、アメリカ国内だけで二十三億ドルとされ、二〇〇八年までに三十億ドルに達すると見られている。

——『シカゴ・トリビューン』

18

すごい大会社じゃないの……

アメリア・サックスは、天井が空まで届きそうに高い〈ストラテジック・システムズ・データコープ〉のロビーに座り、靴メーカーの社長から聞いた〈SSD〉のデータマイニングについての説明はずいぶんと控えめなものだったらしいと考えていた。

ミッドタウンにそびえる本社ビルは、三十階建ての先のとがった灰色のモノリスといった風情で、外壁を覆うなめらかな御影石《みかげいし》に含まれる雲母《うんも》が陽射しを受けてきらめいていた。この場所、この高さからなら、マンハッタンが一望できるだろうに、窓はどれも細長い隙間といった程度の幅しかないのが意外だった。〝グレー・ロック〟とみなが呼んでいるこのビルの存在は見慣れていたが、どこの会社の所有物なのかは今日まで知らなかった。

サックスとロナルド・プラスキー――二人とも昨日とは違って私服ではなく、サックスは紺色のスーツ、プラスキーは紺色の制服姿だ――の目の前の巨大な壁には、〈SS

D〉の海外支社がある地名がずらりと並んでいた。ロンドン、ブエノスアイレス、ムンバイ、シンガポール、北京、ドバイ、シドニー、東京。

大会社だ……

支社のリストの上には会社のロゴが描かれている。てっぺんに窓のある灯台。

ロバート・ジョーゲンセンが滞在していた居住用ホテルの真向かいにあった廃ビルの窓を連想して、胃が締めつけられた。ブルックリンでの麻薬取締局との一件についてリンカーン・ライムが言ったことがふと耳に蘇る。

きみの居場所を正確に知っていた。つまり、どこかから見ていたということだ。いいな、用心しろよ、サックス……

ロビーに視線を巡らせる。ビジネスマンが五、六人、面会の相手を待っている。みなどことなくそわそわしているように見えた。靴メーカーの社長を思い出す。社長は、〈SSD〉のサービスを受けられなくなるのではとひどく不安げにしていた。と、そのとき、ロビーにいた全員がほとんど同時に振り返り、受付の奥に視線を向けた。背の低い若々しい男がロビーに現われ、黒と白の柄入りのラグをいくつも踏み越えて、まっすぐにサックスとプラスキーのほうに歩いてきた。姿勢がよく、歩幅は広い。砂色の髪をしたその男は、ロビーにいるほぼ全員に軽くうなずきながら微笑み、短い挨拶の言葉――それぞれの名前付きで――をかけた。

大統領選の候補者みたい――それがサックスの第一印象だった。

しかし、サックスとプラスキーの前に来るまで、一度も足は止めなかった。「おはようございます。アンドリュー・スターリングです」

「サックス刑事です。こちらはプラスキー巡査」

スターリングは、身長こそサックスよりも十センチ近く低かったが、体つきはたくましく、肩幅も広かった。真っ白なシャツのカラーとカフには糊が利いている。腕にもしっかりと筋肉がついているらしい。ジャケットの袖がいまにもはち切れそうだ。装飾品はなし。柔らかな笑みを浮かべるたびに、緑色の瞳をした目尻から放射状に皺が広がった。

「私のオフィスへご案内します」

こんな大会社の社長なのに……部下を迎えによこすのではなく、自らやってきて王の間に案内するとは。

スターリングは広々とした静かな廊下を悠然と歩いていく。従業員と行き合うごとに挨拶をし、週末はどうだったかと尋ねたりもした。楽しい週末だったという答えが返ってくれば微笑み、親戚が病気だとか試合が中止になったとかという返事には、残念そうに眉間に皺を寄せた。何十人ともすれ違ったが、その全員に何かしらの言葉をかけた。

「やあ、トニー」シュレッダーにかけた書類を大きなビニールのごみ袋に移していた掃除係を見つけて、スターリングは言った。「試合は見たかい?」

「それが、見そこねちまったんですよ、アンドリュー。たまった用事をすませただけで週末が終わっちまいました」

「ふむ。週末の休みは三日に延長すべきかな」スターリングが冗談を言った。

「ぜひお願いしますよ、アンドリュー」

さらに廊下を進む。

サックスは思った──五分歩くあいだにスターリングが声をかけた人数は、自分が知っているニューヨーク市警の同僚の数より多いかもしれない。

社内の装飾はあっさりしていた。趣味のよい小ぶりの写真やスケッチ──カラーのものは一つもない──が、汚れ一つない白い壁に飾られ、スポットライトの光を浴びている。同じく白と黒のシンプルなデザインのもので統一された家具類は、高価な〈イケア〉だ。おそらく何らかの主張が込められた内装なのだろうが、サックスの目には殺風景と映った。

歩きながら、前の晩にパムにお休みを言ったあと調べたことを頭のなかでおさらいした。ネットから拾った断片をせっせとつなぎ合わせてみたものの、スターリングの経歴は空白だらけだ。かなりの秘密主義者らしい。ビル・ゲイツ型ではなく、ハワード・ヒューズ型の企業家だ。幼少期は完全な謎に包まれている。子ども時代に言及した記事や両親について触れた記事は一件もなかった。経歴をかいつまんで紹介している記事をいくつか見つけたが、どれも始まりは十七歳、スターリングが最初の職に就いた年からだった。戸別訪問や電話セールスといった営業職を渡り歩きながら、より大きく、より高価な商品を販売するようになっていき、最後にコンピューターにたどりついた。スターリング自身がマスコミに語ったところによれば、〝夜間大学に通って学士号を八分の七だけ取得した〟若造にしては、優秀なセールスマンだった。のちに大学に戻って残りの八分の一を埋めて卒業したあと、大学院に進み、ほとんど間隔を開けずに情報科学と工学の修士号を取った。どの記事も〝成功の裏に刻苦勉励あり〟式の立身出世物語で、そこに並んでいるのは、企業家としての手腕と地位の向上に結びついた事実のみだった。

二十代で、本人の弁によれば〝偉大なる目覚め〟――中国共産党の独裁者が使いそうな表現だ――が訪れた。スターリングはたくさんのコンピューターを販売したが、自分としては満足のゆく数字ではなかった。なぜもっと売り上げを伸ばせないのか。さぼっているわけではない。頭が悪いわけでもない。

やがて何が問題なのか悟った。効率がよくないのだ。

ほかのセールスマンにも同じことが言えた。

そこでスターリングはコンピューターのプログラミングを学び、暗い部屋に一日十八時間こもってプログラムを書く生活を何週間も続けた。持ち物をすべて質《しち》に入れて資金を作り、馬鹿げているとも天才的とも言えそうな、あるコンセプトに基づいた会社を起《た》ち上げた。もっとも価値ある資産は会社が所有するのではなく、社外の数百万の人々が所有する。その資産とは、当の人々に関する情報だ。そして情報の大半はただ同然で手に入る。スターリングは、多様なサービスや製品市場の潜在顧客や、その潜在顧客の居住地域の人口動態、収入、配偶者の有無、経済的／法的／納税状況の変化を始め、公私両面にわたる情報を、買うなり盗むなり、手段を選ばず集めていった。〝どんな小さな事実でも残らず手に入れたい〟とスターリングは語っている。

スターリングの書いたソフトウェア——〈ウォッチタワー〉データベース・マネージメント・システムの初期バージョン——は、当時としては革新的なものだった。業界標準のＳＱＬ——〝シークエル〟とも読むらしい——の何歩も先を行っていた。ある潜在顧客を訪問する価値があるか否か、あるとすれば、どのようなセールストークが効果的か、〈ウォッチタワー〉はものの数分で判断する（営業をかける意味なしとしてはじかれた顧客の名簿も、他社に売れる場合がある）。

会社は、ＳＦ映画のモンスターのように急激に成長した。スターリングは会社名を〈ストラテジック・システムズ・データコープ〉に変更して本社をマンハッタンに移し、情報だけでなく、情報ビジネス界の小さな会社をも買い集めて帝国の領土を拡げていった。プライバシー権利擁護団体から非難されることはあっても、〈ＳＳＤ〉は、たとえば〈エンロン〉の不正会計疑惑のようなスキャンダルとは無縁だった。社員には働きに応じた給与しか支払われないが——ウォール街では当たり前になった桁違いのボーナスなどはない——会社に利益が出れば、社員もその恩恵にあずかった。学資援助や住宅購入補助金、社員の子を対象としたインターンシップ制度、一年の育児休暇など、福利厚生面も充実している。〈ＳＳＤ〉は社員を家族同然に扱うことで有名で、スターリングは社員の配偶者や両親、子どもたちを積極的に採用し、さらに月に一度、社員の気分転換と連帯意識強化を目的に、日常業務とは関係のないセミナーやレクリエーションを率先して主催している。

スターリングは私生活に関しては秘密主義を貫いていたが、煙草も酒もたしなまないらしい。また、周囲の誰一人、スターリングが汚い言葉を吐くのを耳にしたことがないという。生活は地味で、給与も意外なほど少額しか取っておらず、資産のほとんどを〈SSD〉の株式として保有していた。ニューヨーク社交界には近づこうともしない。高級車も専用機も持っていない。社員を家族ぐるみで大切にする反面、本人は二度の離婚を経験しており、現在は独身だった。若いころに何人か子どもをもうけたという説と、子どもは一人もいないという説とがある。複数の邸宅を所有しているが、そのありかは公の記録を調べても出てこない。データの持つ力を知っているからだろう、アンドリュー・スターリングは、その危険性をも熟知しているのだ。

スターリングとサックスとプラスキーは、長い廊下の突き当たりにある秘書室に入った。二人のアシスタントに専用のデスクが与えられていた。デスクの上は、きちんとそろえられた書類やファイルフォルダー、印刷物で埋め尽くされている。そのとき在室していたのは一人だけ——落ち着いたデザインの黒いスーツ姿の、整った顔立ちをした若い男だった。名札には〝マーティン・コイル〟とある。彼のデスク周辺は、とりわけ整理整頓が行き届いていた。背後の書棚の大量の本までサイズ順に並べられているのを見て、サックスは思わず口もとをゆるめた。

「お帰りなさい、アンドリュー」アシスタントは、上司には客人を自分に紹介する気はないらしいと察するや、二人を完全に無視して上司に軽くうなずいて言った。「いくつか電話がありました。コンピューターのメッセージをごらんください」

「ああ、ありがとう」スターリングはもう一つのデスクにちらりと目をやった。「ジェレミーは例のマスコミ向けパーティのレストランを予約してくれたかな」

「今朝のうちに予約をすませてました。いまは弁護士の先生に書類を届けに行ってます。例のあの件で」

サックスはスターリングにアシスタントが二人ついていることに驚嘆した。どうやら一人は内部的な処理を、もう一人は対外的な処理を受け持っているらしい。ニューヨーク市警では、警部補クラスでも、何人かに一人、アシスタントがついていればいいほうだ。

三人はそのまま秘書室の奥にあるスターリングのオフィスに入った。〈SSD〉のほかのオフィスとさほど変わらない広さの部屋だった。壁にはいっさい装飾がない。〈SSD〉のロゴの灯台の窓はのぞき趣味を思わせるものだったが、アンドリュー・スターリングのオフィスの窓は、その向こうにはきっとすばらしい展望が開けているだろうに、カーテンで覆われていた。サックスの背筋を閉所恐怖の小波《さざなみ》が駆け上がった。

豪華な革張りの回転椅子は見当たらない。スターリングは質素な木の椅子に腰を下ろし、二人にも似たような木の椅子を勧めた。こちらのには座面にクッションが張られていた。スターリングの背後に低い書棚がしつらえられていたが、不思議なことに、本はすべて背表紙を上にして――こちらに向けてではなく――並んでいた。このオフィスを訪れる客は、主《あるじ》の脇をすり抜けて棚の前に立ち、背表紙を見下ろすか、本を抜き取るかしないかぎり、彼がどんな本を読んでいるのか知ることはできない。

スターリングは水差しと六個ほど逆さにして置かれたグラスを顎で指した。「水です。コーヒーか紅茶がよろしければ、取りにいかせ《フェッチ》ますが」

フェッチ？　実際に〝フェッチ〟という言葉を使う人物と会ったのはおそらく初めてだ（〝フェッチ〟は、コンピューターの世界では、〝データを検索して取得する〟〝データを取りにいく〟という意味でごく一般的に使われる）。

「いえ、けっこうです」

プラスキーも首を振って断った。

「失礼、電話を一本かけさせてください」スターリングは受話器を持ち上げた。「アンディ？　電話をくれたって？」

スターリングの言葉遣いから察するに、親しい相手らしいが、話の内容は明らかにビジネス上の相談事だった。「なるほど。だが、そうするしかないと思う。あの数字はぜひとも必要だ。いつまでもいまある場所にじっとしているとは思えない。今日明日にも別のどこかに移動するだろう……頼む」

電話を切ったスターリングは、サックスがじっと観察していることに気づいた。「息子です。ここで働いてるんですよ」そう言ってデスクの上の写真にうなずいてみせた。スターリングと、華奢《きゃしゃ》な体つきと目鼻立ちの整った顔をした青年が写っている。青年はスターリングに似ていた。何らかの社内行事――月に一度のレクリエーションかもしれない――で撮った写真なのか、二人とも〈SSD〉のロゴの入ったTシャツを着ていた。並んではいるが、体のどこも触れ合っていない。どちらの顔にも笑みはなかった。

ともかく、私生活に関する謎の一つはこれで解けたわけだ。

「さて」スターリングは緑色の目をサックスに向けた。「どういったご用件でしょう。何か事件に関することだというお話でしたが」

サックスは説明した。「この二、三か月に、市内で数件の殺人事件が発生しました。市警では、犯人は御社のコンピューターから情報を引き出し、それを利用して被害者に接近し、殺害したあと、さらにほかの情報を使って、無関係の第三者を犯人に仕立て上げたのではないかと考えています」

〝すべてを知る男〟……

「情報？」訊き返した声ににじむ憂慮は本物と聞こえた。だが、当惑もしている様子だった。「そんなことが可能だとはとても思えませんが、もう少し詳しく聞かせていただけますか」

「犯人は、被害者がどのメーカーのどんな製品を使っていたか正確に知っていて、〝無実の容疑者〟の住居に同じ製品をごく少量だけわざと残し、事件に関係しているように見せかけます」

スターリングのエメラルド色の瞳の上の眉がときおりひそめられる。絵画とコインの強盗事件、強姦事件二件の詳細に聴き入る困ったような顔は、芝居ではなさそうだった。

「ひどいな……」狼狽したようにサックスから目をそらす。「レイプ？」

サックスは重々しくうなずいたあと、殺人犯が利用した情報をすべて持っている企業は、ニューヨーク周辺では〈ＳＳＤ〉一社と思われることを説明した。

スターリングは掌で顔をなで、ゆっくりとうなずいた。「お話はよくわかりました……しかし、濡れ衣を着せる相手を尾行して、何を購入したか突き止めるほうが簡単ではありませんか。または、相手のコンピューターに侵入したり、郵便物を盗み取ったり、家に侵入したり、通りから自動車のナンバーを書き取ったりするほうが簡単なのでは？」

「まさにそこが問題なんです。たしかに、そういうやりかたもあるでしょう。でも、必要な情報を集めるには、いまあなたがおっしゃったことを全部実行しなくてはなりません。犯人はこれまでにわかっているだけで少なくとも四件――おそらくまだほかにもあると思われますが――同様の事件を起こしています。つまり、四人の被害者と四人の〝無実の容疑者〟の最新情報を手に入れていたことになります。最新情報を入手するもっとも効率的な方法は、データマイナーにアクセスすることです」

スターリングは笑みを――微妙に引きつった笑みを浮かべた。

サックスは眉をひそめて首をかしげた。

スターリングが言った。「その呼び名――〝データマイナー〟が気に入らないわけではありません。マスコミがしきりに使うものだから、すっかり浸透してしまいましたしね」

検索したら二千万件ヒットした……

「しかし、私としては〈SSD〉をナレッジ・サービス・プロバイダーと呼ぶほうが好きです。インターネット・サービス・プロバイダーのように」

サックスは奇妙な感覚を抱いた。スターリングはまるで、サックスの言葉の選択に傷ついたような顔をしている。もう二度とそんな言葉は使いませんと誓いたくなった。

スターリングはよく整理されたデスクの上の書類の山をきれいにそろえ直した。ずっと白紙なのだと思っていたが、このとき初めて気づいた。書類はみな裏返しに置かれているのだ。「どうかご理解ください。〈SSD〉の人間が関わっているのなら、私としてもぜひともその人間を探し出したい。私たちにとっては大打撃です。ナレッジ・サービス・プロバイダーは、このところマスコミにも議会にも目の敵《かたき》にされていますから」

「まず第一に」サックスは言った。「犯人はほとんどの品物を現金で買っています。これはまず間違いないでしょう」

スターリングはうなずいた。「自分の痕跡を残したくはないでしょうからね」

「そうです。でも、靴だけは通信販売かネットショップで購入しています。ここに挙げたメーカー、サイズの靴を購入したニューヨーク周辺在住の人物の名簿を作っていただけないでしょうか」サックスは〈オールトン〉〈バス〉〈シュアートラック〉のリストを差し出した。「三足とも、同一人物が購入しています」

「期間は？」

「この三か月」

スターリングはどこかへ電話をかけた。簡単なやりとりのあと、一分後には自分のコンピューターの画面を見つめていた。サックスにも見えるよう、モニターの向きを変える。サックスものぞきこんだが、どこを見れば何がわかるのか、さっぱり理解できなかった。商品情報とコード番号が並んでいるだけだ。

スターリングは首を振った。「〈オールトン〉はざっと八百足売れていますね。〈バス〉は千二百、〈シュアートラック〉は二百。しかし、三つ全部を購入した人物は一人もいません。二つ購入した人物も」

クライムは、犯人が実際に〈ＳＳＤ〉の情報を利用しているとすれば、いっさいの痕跡を残さないように細工をしたに違いないと考えていたが、捜査チームはこの手がかりに一縷《いちる》の望みをかけていた。サックスは数字を見つめながら考えた。犯人は、ロバート・ジョーゲンセンを練習台にして磨きをかけた身元詐称テクニックを使ったのだろうか。

「お役に立てなくて申し訳ない」

サックスはうなずいた。

スターリングは使いこまれた銀のペンのキャップを外し、メモパッドを引き寄せた。几帳面な文字で何か書きつけて——サックスの位置からは読み取れなかった——じっと見つめたあと、一人納得したようにうなずいた。「思うに、あなたがたは、怪しいのは弊社に侵入した何者かか、社員か、うちのクライアントの誰かか、あるいはハッカーのどれかだと考えていらっしゃる。そうですね？」

ロナルド・プラスキーがサックスをちらりと見やって言った。「そのとおりです」

「わかりました。問題を一気に解決してしまいましょう」スターリングは〈セイコー〉の腕時計を確かめた。「うちの者を何人かここに呼びたいと思います。少し時間がかかるかもしれません。毎週月曜のこの時間は、〝スピリット・サークル〟を開いているので」

「スピリット・サークル？」プラスキーが訊き返す。

「グループリーダーによる士気を高めるためのミーティングです。いつも八時ちょうどから始めるんですが、リーダーによってはたまに長引くことがあります。コマンド、インターコム、マーティン」

サックスはひそかに苦笑した。スターリングは、リンカーン・ライムが使っているのとそっくりな音声認識システムを使っている。

「ご用でしょうか、アンドリュー？」デスクの上の小さな箱から声が聞こえた。

「トムと——セキュリティのほうのトムと、サムを呼んでもらえないか。二人ともスピリット・サークルに出席してるのかな」

「いいえ、アンドリュー。ただ、サムはたぶん、今週いっぱいワシントンだと思います。帰ってくるのは金曜です。次長のマークは出社してます」

「では、マークを呼んでくれ」

「わかりました」

「コマンド、インターコム、通話を終える」それからサックスに向き直ると、スターリングは言った。「すぐに来ます」

　アンドリュー・スターリングに呼ばれたら、誰もが一目散に駆けつけるのだろう。スターリングはまたメモパッドに何か書きつけた。サックスは壁の会社のロゴを見やった。スターリングのペンが止まると、サックスは言った。「あのロゴのことですが。灯台と窓。どんな意味が込められているんでしょう？」

「表向きの意味は単純ですよ。データを観測する、それだけです。ただ、もう一つ意味があります」スターリングは微笑んだ。説明する機会を与えられたことを喜んでいる。

「社会哲学に割れ窓《ブロークン・ウインドウ》という概念があるのをご存じですか」

「いいえ」

「私は何年も前に知りましてね、以来、ずっと頭に残っているんです。簡単に言ってしまえば、社会をよくしていきたいなら、小さな問題に集中すべきだということです。小さな問題をコントロールすれば——あるいは、解決すれば——より大きな変化が自然とついてくる。たとえば、公営団地では犯罪発生率が高いとされていますね。しかし、警察のパトロール回数を増やしたり、防犯カメラを設置したりすることに数百万ドル費やしたとしても、団地はやはり荒廃した危険な場所に見えることには変わりないでしょう。そこで、数百万ドルを無駄にする代わりに、数千ドルを支出して割れた窓を直し、外壁のペンキを塗り替え、廊下を掃除するわけです。表面的な変化にすぎないかもしれませんが、住人は気づきます。自分が住んでいる場所に誇りを持つようになります。そして、要注意人物や、団地の資産価値を落とすような人物を見つけて通報するようになります。ご存じかとは思いますが、ニューヨーク市が九〇年代に取った犯罪撲滅対策の骨子がこれでした。結果もみごとについてきました」

「アンドリュー？」インターコムからマイケルの声が聞こえた。「トムとマークがいらっしゃいました」

スターリングは応じた。「入ってもらってくれ」何か書きつけていたメモパッドをすぐ目の前に置く。それからサックスに微笑んだが、目は笑っていなかった。「私たちの窓をのぞいていた人物が本当にいるのか、確かめるとしましょう」

19

呼び鈴が鳴って、トムが客を案内してきた。三十代初め、ぼさぼさに乱れた髪、ジーンズ、アル・ヤンコビックの顔写真入りTシャツ、その上に着古した茶色のスポーツコート。

今日の科学捜査においては、コンピューターを使いこなせなければお話にならないが、ライムにしてもクーパーにしても、自分の限界はわきまえている。五二二号事件がデジタルの世界に関わりがあるらしいことがはっきりした時点で、セリットーがニューヨーク市警のコンピューター犯罪課に協力を要請した。コンピューター犯罪課は三十二名のえり抜きの刑事とアシスタントから構成されている。

ロドニー・サーネックは遠慮のかけらも見せずにラボにずかずかと入ってくると、手近なモニターにちらりと視線を向けたまま言った。「どうも」まるで機械に話しかけているかのようだった。同じように、初めてライムに目を向けたときも、ライムの麻痺した体にはこれっぽっちも関心を示さず、代わりに車椅子の肘掛けに取り付けられたワイヤレスの環境コントロール装置をしげしげと見た。驚嘆しているらしい。

「今日は非番か」セリットーが痩せた男の服装を一瞥して言った。感心していないのは、声の調子から明らかだった。セリットーは昔気質《かたぎ》の刑事だ。警察官はきちんとした服装を心がけるべきだと考えている。

「非番？」サーネックは皮肉には気づかないまま答えた。「まさか。非番ならそもそも来てませんよ」

「いや、ちょっと疑問に思っただけさ」

「ひぃ。で、ご用は？」

「罠を仕掛けたい」

〈SSD〉を訪ね、こちらに殺人犯はいませんかと単刀直入に訊くというリンカーン・ライムの作戦は、見ためほど無邪気なものではなかった。公式ウェブサイトで〈パブリックシュア〉部門が法執行機関を支援しているという記述を見つけたとき、ニューヨーク市警もクライアントに違いないと直感した。もしその直感が当たっていれば、犯人は市警のファイルにもアクセスできるかもしれない。電話で問い合わせたところ、市警はやはり〈SSD〉のクライアントだった。捜査情報や報告書、捜査記録の統合整理を含めたデータ管理を〈パブリックシュア〉のソフトと〈SSD〉のコンサルタントにゆだねている。パトロール中の警察官が逮捕令状の有無を確認する必要に迫られたり、殺人課に配属されたばかりの刑事が担当事件の経過を頭に入れておきたいと考えたりしたようなとき、〈パブリックシュア〉はたちまち情報を集めて刑事のデスクに、パトロールカー搭載のコンピューターに、あるいはパトロール警官のＰＤＡや携帯電話に送り届ける。

サックスとプラスキーが〈ＳＳＤ〉に出向き、被害者と無実の容疑者のデータファイルにアクセスできる可能性のあるのは誰かと尋ねれば、五二二号は警察がすぐそこまで迫っていることを知ることになる。そして〈パブリックシュア〉を経由して市警のシステムに入り、捜査資料をのぞいてみようとするだろう。うまくいけば、誰が捜査資料にアクセスしたか、突き止められる。

ライムはサーネックに状況を話した。サーネックは心得顔でうなずいていた——この程度の罠なら毎日のように仕掛けているとでもいうように。だが、犯人が関係していると思われる会社の名を耳にしたとたん、あんぐりと口を開けた。「〈ＳＳＤ〉？　世界最大のデータマイナーでしょ。我ら神の子みんなの最新情報を握ってる会社だ」

「何か問題があるか」

能天気なオタクといったイメージはしゅんとしぼみ、サーネックは弱々しく答えた。

「ないといいっすね」

そしてすぐさま罠の仕掛けに取りかかった。何をしているか、逐一説明しながら進めていく。まず、五二二号に知られたくない情報を取り出し、その機密データをインターネットに接続されていないコンピューターに手動で移動した。次に、ニューヨーク市警のサーバー上の〝マイラ・ワインバーグ婦女暴行／殺人事件〟ファイルの前にアラーム機能付きのトレースルートプログラムを置いた。さらに、犯人をおびき寄せる罠として、〝容疑者地取《じど》り〟〝証拠物件分析〟〝目撃証言〟といった名称の下位ファイルを新たに作成して、上位ファイル〝マイラ・ワインバーグ〟に収めた。どれも中身は鑑識の検証項目それぞれに漠然とした情報が書きこまれただけのものだ。ハッキングによってであれ、正規のログインを経由してであれ、上位ファイルにアクセスがあれば、アクセスした人物のISPアドレスと地理的な位置が含まれたアラームがサーネックに送られる。この情報を見れば、アクセスしたのが閲覧《えつらん》の権限を与えられている警察官なのか、外部の人間なのか、たちどころにわかる。外部の人間と判明したら、サーネックからライムかセリットーに連絡が入り、ライムまたはセリットーはESUをアクセス元の住所に急行させる。サーネックはほかにも、〈SSD〉によって公表されている情報など、膨大な量の無害な参考資料を暗号化してファイルに入れた。犯人にデータの複合化を試みさせ、システム内にできるだけ長時間とどまってもらえば、〝逆探知〟はより正確になる。

「あとどのくらいでできる？」

「十五分か二十分かな」

「よし。それが終わったら、すでに外部から侵入された形跡がないか、調べてもらいたい」

「〈SSD〉がクラックされてないかってことですか」

「そうだ」

「ひぃ。ファイアウォールが何重にも張り巡らされてると思いますけど」

「それでも、念のため調べたい」

「けど、社内に犯人がいるかもしれないわけでしょ。となると、〈ＳＳＤ〉に連絡して協力を要請しちゃあまずいわけだ」

「そのとおり」

サーネックの表情が曇る。「とりあえず、やってはみます」

「合法にやれるか」

「イエスでもあり、ノーでもあり。ファイアウォールをちょいと叩いて調べてみるだけにしますよ。システムに侵入しないかぎり、犯罪にはなりませんから。実際に侵入して、システムをクラッシュさせたりすれば、マスコミはやいやい騒ぐわ、僕らはみんな監獄送りになるわって事態になりますけど」それから、不吉な予言でもするように付け加えた。「監獄送りくらいですめば万々歳ですよ」

「ともかく、罠を先に頼む。大至急だ」ライムは時計を見上げた。サックスとプラスキーはもう〝グレー・ロック〟にいて、事件の噂を広めているはずだ。

サーネックは学生が使うような布製の鞄から重たげなノート型パソコンを取り出すと、手近な作業台に置いた。「あの、できたら……あ、すいません」

トムがコーヒーポットとカップを載せたトレーを持って入ってきた。

「ちょうどお願いしようと思ってたとこでした。砂糖たっぷり、ミルクはなしで。警官だろうが何だろうが、オタクはどこまでもオタクですからね。世間で〝睡眠〟って呼ばれてる習慣にはとんと縁がなくて」サーネックは砂糖をどっさり入れ、スプーンでかき混ぜると、トムがその場にいるうちに半分飲み干した。介護士がさっそくコーヒーを注ぎ足す。「どうも。さて、ここの環境は、と」サーネックはクーパーの前のワークステーションをしげしげとながめた。「痛た」

「何が〝痛た〟だ？」

「いまどき一・五Mbpsのケーブルモデム？　コンピューターのモニターっていまじゃみんなカラーになってるって知ってます？　インターネットっていう便利なものもできてるんですよ」

「おもしろい冗談だ」ライムはぼそりと言った。

「この事件が解決したら、連絡してくださいよ。ネット環境とLAN環境を一から再構築してあげますから。あ、ついでにFEも設置しますか」

アル・ヤンコビック、FE、LAN……

サーネックはレンズに色の入った眼鏡をかけ、ライムのコンピューターのポートに自分のコンピューターをつなぐと、キーを叩き始めた。見ると、一部のキーのトップが摩耗し、タッチパッドはよくもそこまでというほど汗の染みで汚れている。キーボード全体が食べ物のかすで覆われているように見えた。

セリットーがライムに向けた視線は、こう言っていた――〝いやはや、世の中いろんな人間がいるものだ〟。

アンドリュー・スターリングのオフィスに先に入ってきたのは、痩せ形の無表情な中年の男だった。どことなく、元は警察官だろうかと思わせるような雰囲気がある。もう一人は――最初の一人より年が若く、神経質そうな風貌だ――〝若くして役員に抜擢《ばってき》されたやり手ビジネスマン〟を絵に描いたようだった。TVドラマ『フレイジャー』の主人公の弟、ブロンドの精神科医にも似ている。

一人めについては、サックスの読みはほぼ的中していた。古巣は市警ではなく、FBIだった。現在は〈SSD〉のセキュリティ部の部長で、名前はトム・オデイ。もう一人はコンプライアンス部の次長、マーク・ウィットコムと紹介された。

スターリングが説明を加えた。「セキュリティ部は、外部の人々から私たちのシステムを守っています。マークの部署は、反対に、私たちが外部の人々に害を及ぼさないよう目を光らせています。私たちは地雷原をおずおず歩いているようなものです。事前のリサーチからすでにご存じでしょうが、〈SSD〉の業務は数百に上る州法と連邦法の適用対象です。よく知られたところでは、すべての金融機関は消費者に対して個人情報の利用方針や慣例を伝えなければならないと定めたグラハム＝リーチ・ブリレイ法、公正信用報告法、医療保険の相互運用性と説明責任に関する法律、運転者プライバシー保護法などですね。ほかにもたくさんの州法があります。コンプライアンス部の役割は、そういったルールを理解し、合法と違法の境界線を踏み越えないようにすることです」

ちょうどいい——サックスは考えた。この二人は五二二号事件の噂を社内に広める役割にぴったりだ。噂を耳にした犯人は、ニューヨーク市警のサーバーに仕掛けられた罠の匂いをちょっと嗅いでみようと考えるだろう。

黄色の罫線入りメモパッドに落書きをしながら、マーク・ウィットコムが言った。「要するに、マイケル・ムーア監督が顧客情報管理会社をテーマに映画を作ろうと思いついたとき、うちが主役に指名されたりしないようにしておこうというわけです」

「おいおい、冗談でもそんな恐ろしいことは言わないでくれよ」スターリングは笑っていたが、顔にはまぎれもない懸念が表われていた。それからサックスに尋ねた。「さっきうかがったお話をこの二人にも聞かせてよろしいですか」

「ええ、どうぞ」

スターリングの説明は簡潔かつ明快だった。サックスが伝えた事項はすべて——靴のメーカーまで——正確に盛りこまれていた。

ウィットコムは眉間に皺を寄せている。オデイは表情を変えることなく無言で聞いていた。その様子を見ていて、サックスは確信した。ＦＢＩの捜査官が他人と打ち解けないのは、ＦＢＩに入局したあとに身についた習慣ではなく、胎児だったころからの性向なのだ。

スターリングが堅い声で言った。「というのが、いま私たちが直面している問題だ。〈ＳＳＤ〉が何らかの形で関与しているなら、どういう形で関与しているのかを知りたいし、何らかの対処をしたい。疑うべき対象は四つ挙がっている。ハッカー、侵入者、社員、クライアント。きみたちの考えは？」

元ＦＢＩ捜査官のオデイがサックスに顔を向けた。「まずはハッカーから。うちのファイアウォールは業界最強です。〈マイクロソフト〉や〈サン・マイクロシステムズ〉にも負けない。インターネットのセキュリティには、ボストンに本社のある〈ＩＣＳ〉を使ってます。しかし、何にせよ、うちは射的の的みたいなものです。世界中のハッカーがクラックしてやろうと狙ってる。ただ、五年前にニューヨークに本社を移して以来、一度もクラックされてません。管理サーバーに、そう、十分とか十五分とか入られたことは何度かありましたが、〈インナーサークル〉には一度も侵入されてない。あなたの〝未詳〟がいまお話のあった事件を起こすのに必要な情報を入手するには、〈インナーサークル〉にアクセスするしかありません。しかも、一度のハッキングではすべての情報は手に入らない。少なくとも三つから四つの別々のサーバーのセキュリティを突破しなくてはならないんですよ」

スターリングが補足する。「外部からの物理的な侵入者についてですが、これも不可能でしょう。私たちは国家安全保障局が採用しているのと同じ敷地外周セキュリティシステムを導入していますし、フルタイムの警備員が十五名、パートタイムが二十名います。それに、ビジターは〈インナーサークル〉のサーバーに近づけないようになっている。全ビジターの出入りを記録していますし、社内を自由に歩き回らせることもありません。たとえクライアントであってもです」

たしかに、サックスとプラスキーも警備員の一人に〝スカイ・ロビー〟まで案内された。警備員は愛想のかけらもない若い男で、二人が警察官だと聞いていても、一瞬たりとも警戒をゆるめなかった。

オデイが続けた。「じつは侵入事件は一度だけありました。三年くらい前だったかな。しかし、それが最後です」スターリングをちらりと見る。「例のジャーナリストですよ」

スターリングがうなずく。「ニューヨーク市内のある新聞社の敏腕記者でした。個人情報漏洩に関する記事の取材中だとかで、悪魔の化身として私たちに白羽の矢を立てた。〈アクシオム〉や〈チョイスポイント〉は賢明にも、本社にはその記者を入らせなかった。しかし私は出版報道の自由を支持していますから、インタビューを受けてしまった……記者は、トイレを探していて迷ってしまったと言い訳しました。ようやく帰ってきたときもあっけらかんとしていましたが、何か様子が変でした。警備員がブリーフケースを調べると、カメラが出てきました。なかには、守秘義務契約に守られた事業計画やパスワード一覧を撮影した写真が入っていました」

オデイがあとを引き継いだ。「記者は解雇されただけじゃなく、不法侵入罪で起訴されましてね。州刑務所で六か月服役した。それ以降、記者としてどこかの社に採用されたって話は聞きません」

スターリングはいくらか上目遣いになってサックスを見つめた。「私たちはセキュリティに関してはきわめて真剣に取り組んでいます」

そのとき、戸口に若い男が現われた。サックスはとっさにアシスタントのマーティンだと思ったが、似たような体つきに同じ黒のスーツを着ているだけの別人だった。「アンドリュー、お邪魔してすみません」

「ああ、戻ったか、ジェレミー」

これがもう一人のアシスタントらしい。アシスタントはプラスキーの制服を見やったあと、サックスに目を移した。それからマーティンと同じく、この二人には紹介されないらしいと察すると、自分のボス以外はそこにいないかのように振る舞った。

「カーペンターに連絡を取ってくれないか」スターリングが言った。「今日のうちに会っておきたい」

「わかりました」

アシスタントが行ってしまうと、サックスは訊いた。「社員はどうでしょう。倫理上の問題を起こしたような社員はこれまでにいましたか」

スターリングが答える。「採用時に徹底した身元調査を行なっています。交通違反程度は別として、何らかの容疑で過去に有罪判決を受けた人物はいっさい採用しません。身元調査は私たちの得意分野の一つでもありますしね。いずれにせよ、社員が〈インナーサークル〉に入りこんだとしても、データを持ち出すのは不可能です。マーク、〝ペン〟について説明してさしあげてくれないか」

「わかりました、アンドリュー」マーク・ウィットコムはサックスに向き直った。「データが格納されている〝ペン〟には、コンクリートの侵入防止壁を設置しています」

「すみません、コンピューターのことはよくわからなくて」サックスは言った。

ウィットコムは笑った。「いやいや、ものすごくローテクな話ですよ。文字どおりのコンクリートです。壁や床を作る材料のコンクリート。届いたデータは分類されて、物理的に仕切られた場所に格納されます。〈ＳＳＤ〉の業務の流れを理解していただくほうが早いかな。当社は、データこそ主たる資産であるという大前提の上に成り立っています。もし他社が〈インナーサークル〉を複製したら、一週間もしないうちに当社は廃業に追いこまれるでしょう。ですから、当社の第一のモットーは、〝財産を守れ〟です。さて、その財産たるデータはどこから来るか。提供元は数千に上ります。クレジットカード会社、銀行、役所の記録課、小売店、オンラインショップ、裁判所の書記官、陸運局、病院、保険会社。当社では、データを生み出す出来事のすべてを〝トランザクション〟と見なします。フリーダイヤルへの通話、自動車の登録、健康保険金の請求、提訴、出生、婚姻、購買、返品、苦情……警察の世界で言えば、レイプや住居侵入、殺人――あらゆる犯罪がこれに当てはまります。捜査の開始、陪審の選任、公判、判決もそうです。

あるトランザクションに関するデータが〈SSD〉に届くと、まずはデータを評価するインテーク・センターに送られます。このとき、セキュリティを考慮して、規定のデータマスキングを行ないます。氏名を取り出して、コード番号に置き換えるんです」

「社会保障番号に？」

スターリングの顔を何かの感情が横切った。「いやいや、違います。社会保障番号は、もともと公的年金口座管理のために作られたものです。何十年も前にね。個人を識別する番号も兼ねる結果になったのは、幸運な偶然にすぎません。ただ、番号の振りかたはいい加減だし、盗むのも売りさばくのも簡単です。危険きわまりない――弾を込めた銃を鍵のかかっていない戸棚にしまっておくようなものですよ。私たちは十六桁のコード番号を使っています。アメリカ国内の成人の九十八パーセントは〈SSD〉のコードを持っています。現在では、北米で出生届の出された子どもの全員が自動的にコード番号を振られます」

「なぜ十六桁なんでしょう？」プラスキーが訊く。

「増加を見越してのことですよ」スターリングが答えた。「十六桁あれば、将来、番号不足に悩まされることはない。一京個近い番号を使えるからです。〈SSD〉が番号不足に陥ったとしたら、そのころには地球は混み合いすぎて、住むことさえできなくなっているでしょう。このコード番号のおかげで、私たちはシステムをより安全に運用できますし、氏名や社会保障番号を使うより、データ処理も短時間ですみます。それに、コード番号を使うことで、人的要素が消されますから、偏見の入りこむ余地が消えます。たとえば、アドルフとかブリトニー、シャキーラ、ディエゴといった名前を持つ人物には、会う前から無意識のうちに先入観を抱きがちでしょう。単にそういう名前だというだけで。数字はそういった偏見を排除する。しかも、処理効率の向上まで望めるわけです。おっと失礼、先を続けてくれないか、マーク」

「はい、アンドリュー。氏名をコード番号に変換したあと、インテーク・センターはトランザクションを評価し、どこに格納すべきかを判断して、三つに分かれたエリアの一つまたは複数に送ります。この三つのエリアを〝データ・ペン〟と呼んでいます。ペンAには、個人のライフスタイルに関連するデータが格納されています。ペンBには金融データ。これには給与履歴、銀行取引履歴、信用情報、保険情報などが含まれます。ペンCには公的記録と政府のファイルや記録が保管されています」

「ここでデータはクリーニングにかけられます」スターリングがふたたび説明役を引き継いだ。「不純物を取り除き、データの形式を統一します。たとえば、あるトランザクションではあなたの性別は〝女〟となっているのに、別のトランザクションでは〝女性〟と表記されていたりします。ときには、0と1で性別を区別しているトランザクションもある。こういった不整合を解消する必要があるわけです。

ノイズも除去します。この世界で言う〝ノイズ〟とは、不純なデータのことです。誤り、よけいな項目。反対に、項目が足りないこともあります。ノイズは汚染物質で、汚染物質は除去されなければなりません」スターリングは力を込めて言った。またしても何かの感情がその顔を横切った。「クリーニング済みのデータは、私たちのペンで待機します――クライアントが予言者を必要とするときまで」

「予言者？　それはどういう意味ですか」プラスキーが尋ねた。

スターリングが答える。「一九七〇年代、データベースソフトは、企業の過去のパフォーマンスを分析評価するツールとして登場しました。九〇年代には進化を遂げて、その瞬間、瞬間のパフォーマンスを知る道具になりました。現在では、消費者がこれからどのような行動を取るかを予言できるまでになっています。私たちのクライアントはそれを利用して、いわば先回りをするわけです」

サックスは言った。「とすると、御社は未来を予言するだけとは言えないのでは？　未来を変えようとしているのではありませんか」

「そのとおり。しかし考えてみてください。占い師に見てもらう理由がそれ以外にありますか？」

スターリングの目は穏やかな色をたたえていた。楽しげにさえ見えた。しかしサックスは、前日のブルックリンでのＦＢＩとの一件を思い出して、どうにも落ち着かない気分になった。五二二号は、スターリングがたったいま話したとおりのことを実行したようなものではないか。五二二号は、ＦＢＩとサックスとのあいだで銃撃戦が起きると予言したのだ。

スターリングは身振りでウィットコムを促した。ウィットコムが話を続ける。「話を戻しましょう。氏名の含まれていない、数字だけが並んだデータは、別々の階の別々のセキュリティゾーンに設置された三つのペンに格納されます。公的記録のペンを担当する社員は、ライフスタイルや金融のペンにあるデータにはアクセスできません。さらに、どのデータ・ペンの担当者も、インテーク・センターにある情報にはアクセスできない。つまり、氏名や住所と十六桁のコード番号とを結びつけることはできません」

スターリングが補う。「さっきトムがお話ししたのはこのことです。ハッカーは、全部のデータ・ペンに別々に侵入しなくてはならない」

オデイがさらに付け加えた。「しかも、一日二十四時間、一年三百六十五日、データ・ペンは監視されてる。権限を持たない人物が物理的にペンに侵入しようとすれば、即座に見つかりますよ。その場で解雇だ。しかも、おそらく警察に引き渡されることになるでしょうな。それに、ペンにあるコンピューターからデータをダウンロードするのは不可能です。ポートが一つもついてないですからね。それに、たとえサーバーに侵入して外付け装置にデータを落とすのに成功したとしても、社外には持ち出せない。出入りする全員が身体検査を受けるからです。社員、役員、警備員、このビルの防火監督官、清掃員。アンドリューでさえ、身体検査を受ける。ビルとデータ・ペン、インテーク・センターのすべての出入口に、金属探知機と稠密《ちゆうみつ》物質探知機が設置されてます——非常口にも」

ウィットコムがあとを引き取った。「電磁界発生器もあって、そこを通らなければ出入りできません。そして電磁界を通れば、持っている装置のデジタルデータはすべて消去されます。iPod、携帯電話、ハードディスク、どんな装置でもです。データ・ペンからは一バイトたりとも情報を持ち出せません」

サックスは言った。「すると、三つあるデータ・ペンからデータを盗み出すのはまず不可能だと考えていいわけですね。社外のハッカーであれ、ビルへの不法侵入者であれ、社員であれ」

スターリングはしきりにうなずいていた。「データは私たちの唯一の財産です。だから、厳格に監視しているのです」

「もう一つのシナリオ——クライアント企業の社員という可能性は?」

「トムが先ほどお話ししたように、手口から考えると、犯人は〈インナーサークル〉に格納されている、被害者と、容疑者として逮捕された無実の人たち全員のファイルにアクセスしたはずですね」

「はい」

スターリングは大学教授のような身振りで両手を挙げた。「しかし、クライアントにはファイルにアクセスする権限がありません。そんな権限は欲しがらないでしょうし。〈インナーサークル〉にあるのは生データだけですから、それを手に入れても何の役にも立たないんですよ。クライアントが求めているのは、生データではなく、データの分析結果です。クライアントは〈ウォッチタワー〉や──ああ、〈ウォッチタワー〉というのは、私たちが特許を取得しているデータベース管理システムです──〈エクスペクテーション〉や〈フォート〉といったほかのプログラムにログインします。それぞれのプログラムは〈インナーサークル〉を検索して関連するデータを抽出し、利用できる形に加工します。採掘《マイン》という比喩になぞらえるなら、〈ウォッチタワー〉は何トンもの土や岩を掘り起こして、金のかけらを探し出すわけです」

サックスはこう切り返した。「でも、あるクライアントがダイレクトメール用の名簿を大量に買ったとしたら、被害者の一人について、今回のような犯罪に必要なデータを集めることも可能ではありませんか」そう言って、さっきスターリングに見せた証拠物件のリストにうなずいてみせる。「たとえば、犯人がそこに挙げたブランドのシェービングクリームとダクトテープとランニングシューズを購入した顧客の名簿を手に入れたとしたら?」

スターリングは驚いたように片方の眉を吊り上げた。「ふむ。膨大な手間はかかりますが、理屈としては可能ですね……わかりました。こうしましょう。被害者の名前が含まれたデータを一つでも購入したクライアントの名簿を作ってお渡しします。過去三か月にさかのぼって、ではいかがです? いや、六か月かな」

「助かります」サックスはブリーフケース──スターリングの机の上と比べると、お世辞にも整頓されているとは言えない──をかき回して、被害者と無実の容疑者の名前が書かれたリストを手渡した。

「クライアントとの契約では、私たちにはクライアントの情報を利用する権利が与えられています。ですから、法的には問題ありませんが、リストの作成には二時間ほどかかりますよ」

「けっこうです。お願いします。あと一つだけ、社員についてうかがってもいいでしょうか……データ・ペンに物理的に入ることはできないとしても、自分のオフィスで特定の人物のファイルをダウンロードすることは可能でしょうか」

スターリングは、サックスの質問は〈ＳＳＤ〉の社員のなかに殺人犯がいる可能性をほのめかしているにもかかわらず、感心したようにうなずいている。「ほとんどの社員には無理です。データは守られなければならないからです。しかし、何人かは〝オールアクセス権限〟を持っています」

ウィットコムが微笑んだ。「でも、アンドリュー、誰が持っているかを考えたら――」

「目の前に問題があったら、思いつくかぎりの解決策を探るべきだよ」

ウィットコムはサックスとプラスキーに向き直って言った。「オールアクセス権限を持ってるのは、上層部だけです。この会社の古株ばかりですよ。うちの会社は一つの家族みたいなもので。パーティを開いたり、レクリエーションを――」

スターリングは片手を挙げてウィットコムをさえぎった。「調べてみるべきだよ、マーク。私は何としても解決したい。答えを知りたい」

「オールアクセス権限を持つのはどなたとどなたですか」サックスは尋ねた。

スターリングは肩をすくめた。「まずは私ですね。ほかにはセールス部長、技術運用部長。人事部長も特定の人物のファイルを作成できたと思いますが、一度も作ったことはないと思いますよ。あとはマークの上司のコンプライアンス部長です」スターリングは全員の名前をサックスに伝えた。

サックスはウィットコムに視線を投げた。ウィットコムは首を振った。「僕にはその権限はありません」

オデイも与えられていない。

「あなたのアシスタントは？」サックスはジェレミーとマーティンのことを尋ねた。

「持っていません……ああ、そうか、保守の人たちも持ってるか——専門技術者です。実作業をする技術者には個人情報を集めたファイルは作成できないはずですが、サービスマネージャー二人に限っては可能だと思います。一人は昼勤、一人は夜勤です」その二人の名前もサックスに伝える。

サックスはリストをながめながら言った。「ここに挙がった人たちが無実かどうか、簡単に確かめられる方法が一つあります」

「どんな？」

「犯人が日曜の午後にどこにいたかはわかっています。ですから、この人たちにアリバイがあれば、即座に容疑者から外せます。全員に事情聴取させていただけませんか。できればこのあとすぐ」

「なるほど」スターリングはその提案――目下の〝問題〟に対する簡単な〝解決策〟――に満足したような目をサックスに向けた。そのとき、サックスはあることに思い当たった。今朝初めて会った瞬間から、スターリングがサックスのほうを見るたび、かならずサックスと目が合った。つまり、サックスが会う男たちの大部分――全員とまではいわない――とは違って、スターリングはただの一度もサックスの体に視線をやっていないということだ。それに、浮《うわ》ついた台詞も一つも口にしていない。スターリングの性的嗜好《しこう》が理由だろうか。

「データ・ペンのセキュリティを実際に見学させていただけないでしょうか」サックスは尋ねた。

「どうぞどうぞ。ただ、ポケベルや携帯電話、PDAは持ちこまないでください。フラッシュメモリーの類も。持ちこむと、入っているデータがきれいに消去されてしまいますから。ああ、それから、出るときに身体検査をさせていただきます」

「わかりました」

スターリングがオデイにうなずく。オデイはいったんオフィスから出ていき、いかめしい顔つきをした警備員を連れて戻ってきた。一階の大きなロビーからサックスとプラスキーをこの階へ案内した警備員だった。

スターリングが入室パスを印刷し、サインをして警備員に渡した。警備員に付き添われて、サックスは廊下に出た。

スターリングに断られずにすんだことにほっとしていた。データ・ペンの見学許可を求めた裏には、ある目的があった。捜査が行なわれていることをできるだけ多くの社員に知らせることももちろんだが――それで犯人が餌に食いついてくれればありがたい――オデイ、スターリング、ウィットコムの話の裏づけをとるために、警備員にもセキュリティ対策について尋ねておきたい。

しかし警備員はほとんど口をきかなかった。知らない大人とお話ししてはいけませんよと言い含められている子どものようだった。

いくつもの出入口を抜け、廊下を歩き、一つ階段を上ったと思ったら、また別の階段を上った。自分がいまどこにいるのか、たちまちわからなくなった。全身の筋肉が震えている。奥へ進むにつれ、空間はせまく、細く、薄暗くなった。閉所恐怖症が頭をもたげ始めた。〝グレー・ロック〟の窓はどれもひどく小さかったが、この一角――データ・ペンの近く――に至っては、そもそも窓が一つもない。深呼吸をしてみた。恐怖は消えてくれない。

警備員の名札を確かめる。「ジョン？」

「何でしょう」

「ここの窓は変わってますね。やけに小さいか――まったくないか」

「アンドリューは、情報を外から写真に撮ろうとする輩《やから》がいるんじゃないかと心配してるんですよ。パスワードとか。事業計画とか」

「そうなの？　そんなことできるのかしら」

「さあ、どうでしょうね。ともかく、ときどき確かめるように言われてます。近くの展望台とか、向かい合ってるビルの窓とか、そんなとこをね。疑わしいものが見つかったことは一度もありませんよ。それでもアンドリューは、確認を怠るなと言います」

データ・ペンは不気味な場所だった。それぞれ色が統一されている。ライフスタイルのペンは青、金融は赤、公的記録は緑。広大なスペースだったが、サックスの恐怖感は少しも和らがなかった。天井は頭がつかえそうに低く、どの空間も薄暗いうえに、ずらりと並んだコンピューターのあいだの通路はせまかった。動物の唸《うな》り声のような低い回転音が絶えず聞こえている。エアコンはいまにも壊れそうな勢いでせっせと換気している。コンピューターの台数や消費電力を考えれば当然だろう。しかし、それでもなお、空気はのしかかってくるようで、息苦しささえ感じた。

そしてコンピューターの数ときたら――こんなにたくさんのコンピューターは生まれて初めてみた。大きな白い箱のような外観で、数字や文字が振られているのではなく、スパイダーマンやバットマン、バーニー、ロードランナー、ミッキーマウスといったアニメのキャラクターの絵で区別されている。

「スポンジ・ボブ？」サックスは一台に顎をしゃくった。

ジョンが初めて微笑んだ。「アンドリューが考えたセキュリティ対策の一つです。セキュリティ部はインターネットを監視して、〈SSD〉や〈インナーサークル〉の話をしてる人物をつねに探しています。〈SSD〉と、ワイリー・コヨーテとかスーパーマンなんかのアニメのキャラクターの名前が同じページに出現したら、その人物がうちのコンピューターそのものに少しばかり関心を持ちすぎているのかもしれないとわかります。ただの数字より探しやすいですし」

「なるほどね」スターリングは人間には番号を振り、自分の会社のコンピューターには名前をつける。じつに皮肉な話ではないか。

インテーク・センターに入った。味気ない灰色に塗られている。データ・ペンよりもいっそうせまく、サックスの閉所恐怖症はいよいよ加速した。ペンもそうだったが、装飾らしきものは、灯台と明かりの灯った窓のロゴと、作り笑いを顔に貼りつけたアンドリュー・スターリングの大きな写真だけだった。写真の下には、〝ユー・アー・ナンバーワン!〟という文字が並んでいる。

マーケットシェアのことを指しているのかもしれない。あるいは、会社が受けた賞か何かのことかもしれない。社員を大切にする姿勢の表われなのかもしれない。いずれにせよ、サックスの目には不吉に映った。できれば載りたくない名簿の、よりによって一番上に、自分の名前を見つけてしまったみたいに。

閉塞感がつのり、サックスの呼吸が速くなる。

「ここは来ますよね」警備員が訊く。

サックスは微笑んだ。「ええ、ちょっとだけ」

「見回りのときも、みんなペンにはできるだけ長居せずにすませてますよ」

よそよそしい雰囲気がほぐれ、ジョンの舌がいくぶんなめらかになったところで、サックスはスターリングとほかの二人の話が本当かどうか確かめようと、ジョンにセキュリティ対策について質問した。

どうやらスターリングらの話に嘘はないらしい。ジョンの答えはスターリングが言っていたことと一致していた。データ・ペンのコンピューターやワークステーションにはキーボードとモニターがついているだけで、カードスロットやポート類はいっさいなく、データをダウンロードすることはできない。各部屋は遮蔽《シールド》されていて、無線電波などが外に漏れることはない。さらに、スターリングとウィットコムが話していたとおり、それぞれのデータ・ペンに格納されているデータは、ほかのペンやインテーク・センターにあるデータと合体させないかぎり、無意味な数字の羅列にすぎない。コンピューターのモニターにはとくにセキュリティ対策は施されていないが、ペンに入るには身分証明書とパスワードと生体認証が必要だし、なかに入ったあとも、巨漢の警備員に一挙手一投足をつねに監視されている（事実、ジョンもずっとサックスを監視していた――それもかなりあからさまに）。

ペンの外のセキュリティも厳重だという点もスターリングたちの話と一致していた。サックスも警備員も、出口を一つ通過するたびに徹底した身体検査を受け、金属探知機と〈データ・クリア〉という頑丈なゲートのような装置をくぐらなくてはならなかった。ゲートには警告があった——〝この装置を通過すると、コンピューター、記憶装置、携帯電話などのデジタル機器のデータはすべて完全に消去されます〟。

スターリングのオフィスに戻る道々、ジョンは、自分の知るかぎり〈SSD〉ビルが不法侵入されたことは一度もないと言った。それでもオディは、万が一に備えて、定期的な訓練を欠かさない。ほかの大部分の警備員と同じく、ジョンは銃を携帯していないが、スターリングは、銃を持った警備員を少なくとも二名、一日二十四時間、社内に待機させている。

スターリングのオフィスに帰りつくと、プラスキーがマーティンのデスクのそばの革張りの巨大なソファに座っていた。プラスキーは決して小柄ではないのに、縮んでしまったかのように見えた。まるで校長室に呼ばれた生徒だ。サックスがペンを見にいっているあいだに、プラスキーは自発的にコンプライアンス部の部長サミュエル・ブロックトン——ウィットコムの上司で、オールアクセス権限を持つ人物の一人——のアリバイを調べていた。ブロックトンはワシントンDCに滞在中だった。ホテルの会計記録から、前日の事件発生時、ホテルのダイニングルームで遅めの朝食をとっていたことが確認できた。サックスはこの情報を書きとめ、オールアクセス権限を持つ社員のリストをながめた。

アンドリュー・スターリング（社長兼CEO）
ショーン・キャッセル（セールス&マーケティング部長）
ウェイン・ギレスピー（技術運用部長）
サミュエル・ブロックトン（コンプライアンス部長）
アリバイ——ワシントンDC。ホテルの会計記録にて確認済み。
ピーター・アーロンゾ-ケンパー（人事部長）
スティーヴン・シュレーダー（技術サービス&サポートマネージャー、昼勤）
ファルーク・マミーダ（技術サービス&サポートマネージャー、夜勤）

サックスはスターリングに言った。「この全員にすぐにでも事情聴取したいのですが」

スターリングはアシスタントに電話をかけた。ブロックトンをのぞく全員がニューヨーク市内にいるが、シュレーダーはインテーク・センターのハードウェアの不調に対応中でオフィスに不在、マミーダの出勤は午後三時の予定だとわかった。スターリングはほかの全員をこの階に呼ぶよう指示した。空いている会議室を探して、そこで事情聴取を行なう。

音声認識システムを使ってインターコムを切ったあと、スターリングはサックスに向き直った。「サックス刑事。あとはお任せします。私たちの潔白を証明してください……あるいは、殺人犯を見つけてください」

20

　ぼさぼさ髪のロドニー・サーネックは市警のサーバーに罠を仕掛け終え、いまはご機嫌な様子で〈SSD〉のメインサーバーにハッキングを試みている。絶え間なく膝を揺らし、ときおり口笛を吹いたりもする。それがライムの癇《かん》に障ったが、何も言わずにおいた。ライム自身、現場検証や捜査方針の検討に熱が入ると、つい独り言が出る。世の中いろんな人間がいる……

　呼び鈴が聞こえた。やってきたのは、クイーンズの鑑識ラボからの贈り物だった。過去の事件の証拠物件の一部――コイン窃盗殺人事件で使われた凶器、ナイフだ。それ以外の証拠物件は〝どこかに保管されている〟。それらの〝捜索願〟は出してあるが、保管場所がいつ判明するか――いや、そもそも突き止められるかどうかさえ、誰にもわからない。

　ライムはクーパーにCOCカードにサインさせた。公判が終わったあとでも、規則には従わなくてはならない。

「妙な話だ。ほかの物証の大部分が行方不明とは」そうは言ったものの、理由はわかっていた。武器であるナイフは、人を傷つけるおそれのないほかの証拠とまとめて保管倉庫には送られず、ラボの倉庫の鍵のかかる場所に厳重に保管されていたのだ。

ライムはコイン窃盗殺人事件のホワイトボードを見やった。「ナイフの柄から塵が検出されているな。そいつの正体を突き止めてやろう。しかし、その前に、ナイフそのものについて調べてくれないか」

クーパーがメーカーの情報を市警のデータベースに照会した。「中国製、数千の小売店に卸されてる。高価な品物じゃないから、現金で買ったと考えて間違いないだろう」

「ま、どのみち大して期待はしていなかった。塵にいこうか」

クーパーは手袋をはめて証拠袋を開けた。ナイフの柄をブラシでそっとなでる。刃は被害者の血で褐色に変色していた。柄からごく少量の白い塵が検査紙に落ちた。

粉末はいつもライムの興味を誘った。科学捜査の世界では、大きさが五百ミクロン以下で、衣類や室内装飾品の繊維、人間や動物の皮膚の鱗屑《りんせつ》、植物や昆虫の断片、乾燥した糞便の細片、土、複数の化学物質から成るものを粉塵と総称している。煙霧質のものもあれば、平面にすぐに定着するものもある。粉塵は健康上の問題（たとえば黒肺塵症）を引き起こしたり、容易に爆発したり（穀物倉庫の穀物粉塵）、場合によっては気候に影響を与えたりもする。

静電気や物体の粘着性が働いて、粉塵はしばしば犯人の体から犯行現場へ、あるいは犯行現場から犯人の体へと移動する。警察捜査にとってはきわめて有用な現象だ。ニューヨーク市警の中央科学捜査部の指揮を執っていた当時、ライムはニューヨーク市の五区すべてとニュージャージー州とコネティカット州の一部地域から集めた塵を登録して、粉塵の一大データベースを構築した。

ナイフの柄に付着していた塵は微量だったが、それでもガスクロマトグラフ／質量分析計（GC／MS）にかけられる程度の量は集まった。GC／MSは微細証拠物件を各成分に分画し、同定する装置だ。結果が出るまでに少々時間がかかった。といっても、クーパーのせいではない。華奢な体格に似合わない大きくてたくましい手の動きは敏捷《びんしょう》で無駄がない。のろいのは、決まりきった手順を一つ残らず踏まなくては魔法を起こせない機械のほうだ。分析を待つ間、クーパーは別に取り分けておいたサンプルを使ってさまざまな化学検査を行なった。GC／MSには同定できない物質が含まれているかもしれないからだ。

ようやく結果が出ると、メル・クーパーは、自分の検査の結果と合わせてホワイトボードに詳細を書きこみながら説明した。「用意はいいか、リンカーン。行くぞ、含まれてたのは――バーミキュライト、漆喰《しっくい》、合成発泡体、ガラスの粉、塗料の細片、ミネラルウールの繊維、グラスファイバー、方解石《ほうかいせき》の粉、紙の繊維、水晶の粉、低温発火性物質、金属の破片、クリソタイルアスベスト。ほかにもいくつか化学物質がある。どうやら多環式芳香族炭化水素にパラフィン、オレフィン、シクロパラフィン、オクタン、塩化ビフェニール、ジベンゾジオキシン——こいつは珍しいな——それにジベンゾフラン。おっと、多臭化ビフェニールエーテルもあった」

「貿易センターだ」ライムは言った。

「たしかか？」

「ああ」

二〇〇一年に崩壊した世界貿易センターの粉塵は、グラウンド・ゼロ周辺の労働者に健康被害をもたらした。また最近になって、さまざまなバリエーションが見つかったという報道もされている。ライムはこの粉塵の組成についてよく知っていた。

「とすると、奴はダウンタウンにいるってことか」

「たぶんな」ライムは言った。「しかし、この塵は五区のどこでも見つかる。とりあえずはクエスチョンマークをつけておくとしよう……」ここで苦虫を嚙みつぶしたような顔をして続けた。「現時点での五二二号のプロファイルは、と。白人または肌の色が薄いかもしれない男。コインを収集しているかもしれない。美術を愛好しているかもしれない。住居か職場がダウンタウンにあるかもしれない。子どもがいるかもしれない。煙草を吸うかもしれない」ナイフに目を凝らす。「よく見せてくれないか」クーパーがナイフを目の前に持ってくる。ライムは柄をつぶさに観察した。体は動かなくても、視力は十代の少年並みにいい。「それ。そいつは何だ？」

「どこのどれだ？」

「留め金と柄の隙間だ」

白っぽい色をした小さな破片だった。「これが見えたのか？」クーパーが驚いたようにささやく。「俺はまったく気づかなかったよ」針状プローブを使ってそっとかき出し、スライドに移して顕微鏡でのぞく。四倍から二十四倍の低倍率で観察を始めた。ほとんどはその程度の倍率で足りる。それで足りなければ、走査型電子顕微鏡の魔法が必要だ。

「食い物のかけらみたいだな。オーブンで焼いたもの。色はオレンジ。光りかたからすると、油分が含まれてる。スナック菓子かな。〈ドリトス〉とか。ポテトチップスとか」

「GC／MSにかけるだけの量はないか」

「無理だ」クーパーは断言した。

「こんな小さな物体を無実の容疑者の家にわざと残すとは考えにくい。これも五二二号につながる本物の情報の一つだろう」

しかし、これはいったい何だ？　事件当日の昼にでも食べたものか？

「なめさせてくれ」

「え？　血がついてるんだぞ」

「柄だ。刃ではない。そのかけらが付着していたところだけだよ。そいつが何なのか突き止めたい」

「味がわかるほど量がないぞ。こんなに小さいんだ。見えるかどうかって大きさだ。俺には見えなかった」

「ナイフそのものをなめる。調味料とかスパイスとか、何らかの手がかりが得られるかもしれない」

「凶器をなめるなんて、そりゃまずいだろう、リンカーン」

「そんな規則、どこに書いてある？　私には読んだ記憶がないね。犯人に結びつく情報がどうしても必要だ」

「うーん……そこまで言われちゃな」

クーパーがナイフをライムの顔に近づける。ライムは首を突き出し、白っぽいかけらが付着していた箇所に舌の先を触れた。「うわあ」思わず頭をのけぞらせた。

「どうした？」クーパーがあわてた様子で訊く。

「水を頼む！」

クーパーはナイフを検査台に放り出すと、トムを呼びに走った。ライムは床につばを吐いた。口のなかが燃えるようだ。

トムが駆けつけてきた。「何がどうしたんです？」

「ああ……口のなかが痛い。水を頼んだんだぞ！　何か辛いソースをなめた」

「辛いソース？　〈タバスコ〉みたいな？」

「種類などわからん！」

「水じゃおさまりませんよ。ミルクかヨーグルトですね」

「何でもいいから早く！」

トムはヨーグルトのカートンを手に戻ってくると、何度かスプーンですくってライムの口に運んだ。驚いたことに、痛みはたちまち消えた。「ふう。痛くてどうなるかと思ったよ……よし、メル、また一つ手がかりが見つかったぞ――おそらくな。五二二号はポテトチップスにサルサソースをつけて食べるのがお好きらしい。いや、スナック菓子と辛いソース、としておくか。一覧表に書いてくれ」

クーパーが書いているあいだに、ライムは時計を確かめて険しい声で言った。「サックスはどこで何をしている？」

「〈SSD〉に行っただろう」クーパーは困惑したように答えた。

「それは知っている。どうしてまだ帰ってこないのかと訊いているんだよ……それから、トム、ヨーグルトをもう少し頼む！」

未詳522号のプロファイル

- 男性。
- 喫煙者。または同居者／同僚に喫煙者がいるか、煙草のある場所の近くにいる。
- 子どもがいるか、子どものいる場所または玩具のある場所の近くで暮らしている／働いている。

・美術品やコインに関心?
・おそらく白人、または肌の色の薄い人種。
・中肉中背。
・筋力あり——被害者を扼殺できる。
・音声加工装置を所持。
・コンピューターに明るい。〈Our World〉を知っている。ほかのソーシャルネットワーキング・サービスも?
・被害者から記念品を取る。サディスト?
・住居/職場に暗くて湿度の高い場所がある。
・マンハッタンのダウンタウン、またはダウンタウン周辺に住居?
・スナック菓子/辛いソースを食べる。

偽装ではない証拠物件

・古いボール紙。
・人形の毛髪（〈BASF〉の〈B35ナイロン6〉）。
・〈タレイトン〉の煙草の葉。
・年代の古い煙草の葉。〈タレイトン〉ではないが、銘柄は不明。
・スタキボトリス・チャルトラムの痕跡。

・塵。世界貿易センターの粉塵。住居／職場がマンハッタンのダウンタウンにある？
・辛いソースのついたスナック菓子。

21

サックスとプラスキーが案内された会議室には、スターリングのオフィスと同様、装飾らしい装飾はいっさいなかった。サックスは、このビル全体をもっとも的確に表現する言葉は、アールデコならぬ〝禁欲《オステイア》デコ〟だと思った。

スターリングは自ら一緒に会議室に来ると、窓のある灯台のロゴの真下の椅子を勧めた。「私だけ例外扱いしてもらえるとは思っていません。私もオールアクセス権限を持っている。すなわち容疑者の一人です。ただ、アリバイがあります。昨日はずっとロングアイランドにいました。習慣なんですよ。大手ディスカウントストアや会員制ショッピングクラブに出かけて、世間の人々が何を何時ごろ、どういうふうに買っているか観察するんです。私はビジネスの効率をいっそう向上させる手段をつねに探しています。そのためには、クライアントのニーズを知っておく必要がある」

「どなたとお会いになったんでしょうか」

「誰とも。自分がどこの何者か、明かしたことはありません。小売業の現場をありのままに見たいからです。欠点も含めて。ただ、〈ＥＺパス〉には、私が午前九時ごろ、ミッドタウン・トンネルの東行きの料金所を通過し、午後五時半ごろ戻ってきたことが記録されているはずです。陸運局にも問い合わせてくださってかまいません」スターリングは自分の車のナンバーを告げた。「ああ、そうか、昨日なら——息子と電話で話しました。息子は電車でウェストチェスターの保安林にハイキングに出かけました。一人で行ったので、念のため無事を確認したんです。午後二時ごろだったかな。調べていただければ、私がハンプトンの別荘から電話をかけた記録が残っているはずです。または息子の携帯電話の着信履歴を確認していただいてもいい。日付と時刻もわかるでしょうし。息子の内線番号は七一八七です」

　サックスはその番号をメモし、ついでにスターリングの別荘の番号も尋ね、礼を言った。ちょうどそのとき、ジェレミー——〝対外処理担当〟のアシスタント——が会議室にやってきて、ボスの耳もとで何事かささやいた。

「すみません、もう行きませんと。また何かありましたら、遠慮なくおっしゃってください」

　数分後、容疑者の最初の一人がやってきた。セールス＆マーケティング部長、ショーン・キャッセル。サックスはキャッセルの若さに驚いた。おそらく三十代半ばだろう。と言っても、〈ＳＳＤ〉に来てから、四十歳を超えていそうな社員はほとんど見かけていない。データ産業はきっと新たなシリコンヴァレー、若き起業家たちの集まりなのだろう。

面長《おもなが》の古典的美男子といった風貌のキャッセルは、運動選手のような体格をしていた。筋肉の盛り上がった腕に、がっしりとたくましい肩。〈ＳＳＤ〉の〝ユニフォーム〟──色は紺だったが──を着ている。白いシャツは下ろし立てのようにぱりっとしていて、袖口に大きな金のカフリンクがきらめいていた。黄色のネクタイは厚手のシルクだ。巻き毛と薔薇色《ばらいろ》の肌をしたキャッセルは、眼鏡のレンズ越しにサックスをまっすぐ見つめた。サックスはこのとき初めて、〈ドルチェ＆ガッバーナ〉が眼鏡のフレームを製造していることを知った。

「どうも」

「初めまして。私はサックス刑事、こちらはプラスキー巡査です。どうぞおかけください」キャッセルの手は、プラスキーと握手を交わしたときよりもほんの少しだけ長く、サックスの手を握っていた。

「へえ、あなたが刑事さん？」キャッセルはプラスキーにはこれっぽっちも関心を向けずに言った。

「ええ。身分証明書をお見せしましょうか」

「いやいや、疑ってるわけじゃありませんよ」

「それではさっそく本題に。社員の方何名かからお話をうかがっているところです。マイラ・ワインバーグという女性をご存じですか」

「知らないなあ。僕、その人を知ってるはずなんですか？」

「殺人事件の被害者です」

「ああ」それまでの乗りのよさがほんの一瞬影をひそめ、代わって罪悪感が顔をのぞかせた。「何か事件の話らしいとは聞いてましたけど。殺人とは思いませんでした。お気の毒に。うちの社員だったんですか」

「いいえ。ただ、犯人が御社のコンピューターの情報にアクセスする権限を持っていた可能性が浮上しているんです。あなたは〈インナーサークル〉にフルにアクセスする権限をお持ちですね。特定の個人の情報を集めたレポートを作成できる社員は部内にいらっしゃいますか」

キャッセルは首を振った。「クローゼットを作るには、パスワードが三つ必要です。または生体認証とパスワード一つ」

「クローゼット？」

短い間があって、キャッセルは答えた。「その、特定の個人に関するレポートのことを社内ではそう呼んでるんです。ナレッジ・サービス業界は、略語の多い世界でしてね」

他人には知られたくない秘密《シークレット・イン・ザ・クローゼット》の略というわけか。

「でも、僕のパスワードは誰にも盗めませんよ。社員はみんな、自分のパスワードを厳重に管理してます。アンドリューはそれに関してはものすごくうるさいもので」キャッセルは眼鏡を外し、どこからか魔法のように現われた黒い布でレンズを磨き始めた。「許可なく他人のパスワードを使った社員がこれまで何人も解雇されてます。ばれたその場でクビですよ」それきり、しばしレンズ磨きに没頭した。やがて顔を上げて続けた。「回りくどい話はやめましょう。あなたが本当に訊きたいのはパスワードのことじゃなく、アリバイだ。違いますか？」

「ええ、それもお尋ねしたいことの一つです。昨日の正午から午後四時のあいだ、どちらにいらっしゃいましたか」

「走ってました。ミニ・トライアスロン大会に出る予定があって、トレーニング中なんです……あなたも走ってらっしゃるんじゃないですか。スポーツ、得意そうですよね」

じっと立ったまま、八メートルとか十五メートル先の的に穴をあけるのもスポーツのうちなら、答えはイエスだ。「そのことを証言できる方はいらっしゃいますか」

「あなたがスポーツで鍛えられた体をしてるってことをですか？　僕には一目瞭然に思えますが」

笑み。調子を合わせておくのが何より無難という場面もある。プラスキーは隣でもぞもぞしていた——キャッセルはそれに気づいておかしそうにしている——が、サックスは何も言わずにいた。自分の名誉くらい、自分一人で守れる。

キャッセルはプラスキーのほうをちらりと見やってから続けた。「いや、誰もいません。友人が泊まっていましたが、朝の九時半ごろには帰りましたから。僕は容疑者か何かなんですか」

「まだ情報を集めている段階です」プラスキーが答えた。

「へえ、なるほどね」まるで子どもを相手にするような、わざとらしい口調だった。

「〝事実のみを話してください、奥さん。事実のみをね〟」

昔の刑事ドラマの有名な台詞だということはわかったが、どのドラマだったかは思い出せなかった。

サックスはほかの事件——コイン強盗殺人事件、前の強姦殺人事件、プレスコットの絵を持っていた女性の事件——のアリバイも尋ねた。キャッセルは眼鏡をかけ直してから、覚えていないと答えた。緊張している気配はみじんもない。

「データ・ペンにはどのくらいの頻度でいらっしゃいますか」

「そうだな、週に一度くらいかな」

「情報を持ち出すことはありますか」

キャッセルの眉間にかすかに皺が寄った。「それは……できません。セキュリティに引っかかる」

「では、〝クローゼット〟をダウンロードする頻度は？」

「ダウンロードしたことは一度もないと思いますね。ただの生データですから。ノイズが多くて、僕の仕事には役に立ちません」

「わかりました。お時間を割いていただいてありがとうございました。今日のところはこれで」

キャッセルの顔から笑みと浮ついた表情が消えた。「で、これって問題なわけですか。僕は何か心配すべきなんですか」

「まだ捜査の初期段階ですから」

「ははあ、そうやってはぐらかすわけだ」プラスキーを一瞥する。「手の内は明かせないってとこかな、フライデー巡査？」

ああ、それ、それだ。『ドラグネット』。何年も前、父と一緒に再放送で見た刑事ドラマ。

キャッセルと入れ違いに、次の社員がやってきた。ウェイン・ギレスピー。〈ＳＳＤ〉のソフトウェアとハードウェアの技術面を担当する責任者。ギレスピーは、サックスの抱いていた〝コンピューターオタク〟のイメージとはいくぶん違った——少なくとも見た目は。よく陽に焼けた健康的な男で、いかにも高価そうな銀の——またはプラチナの——ブレスレットをしている。力強い握手。しかし、よくよく観察してみると、やはり典型的なオタクらしいことがわかった。クラス写真の撮影に備えて母親に正装させられた子どもみたいだ。背が低く痩せたギレスピーが着ているスーツは皺くちゃだし、ネクタイの結びかたもやりつけない印象だった。靴は傷だらけ、爪は噛みちぎられていて、きちんとした手入れもされていない。髪は床屋に行く時期をとうに過ぎている。大企業の幹部という役割を演じてはいるが、本当は薄暗い部屋にこもってコンピューターの前に座っていたいのだといった感じだった。

キャッセルとは対照的に、ギレスピーは緊張しているらしい。手は一瞬たりともじっとしていられず、ベルトの三つの電子機器――〈ブラックベリー〉、ＰＤＡ、やたらにボタンがたくさん並んだ携帯電話――のどれかをいつもいじっている。サックスとは目を合わせようとしない。浮ついた台詞など頭のどこを探しても一つも見つからなそうだが、キャッセルと同じく、薬指に指輪はなかった。もしかしたらスターリングは、自分の会社の重要なポジションには独身の男を置くのがいいという考えを持っているのかもしれない。野心に燃える王より忠実な王子のほうが安心といったところか。

キャッセルは刑事が来ている理由を詳しくは知らないようだったが、サックスの見たところ、ギレスピーはまったく知らなかったらしく、サックスが事件の話を始めると、食い入るように聴き入った。「それは興味深いな。じつに興味深い。利口だな。犯罪をやらかすのにデータをピアノってるなんて」

「データを――何ておっしゃいました？」

ギレスピーはどぎまぎした様子で親指でほかの指の爪を順番にはじいた。「えっと、データを探すってことです。データを集めるとか」

人が殺されたことについてはコメントなし。これは芝居なのだろうか。犯人なら、驚いたふりなり、同情するふりなりくらいはしそうなものだ。

サックスは日曜はどこにいたかと尋ねた。ギレスピーにもアリバイはなかったが、家でデバッグ中のプログラムのことや、オンラインのロールプレイングゲームの話をまくしたてた。

「では、何時から何時までネットに接続していたか、記録があるわけですね」

今度は口ごもる。「いや、ただ練習してただけだから。ネットにはつないでない。気づいたらもう夜になってて。ちょっとノッドになると、ほかのことはみんな消えちまうんです」

「ノッド？」

自分は外国語をしゃべっているようなものだということにようやく気づいたらしい。

「ああ、えっと、朦朧《もうろう》とするとか、そんな意味です。ゲームに没頭すると、それ以外のことはみんな居眠りを始める」

ギレスピーもやはりマイラ・ワインバーグを知らないと言った。そして、パスワードを他人に知られるなどありえないと断言した。「パスワードを盗みたいなら、まあせいぜいがんばってみてくれとしか言えないな。僕のはどれも十六桁のランダムな文字列だから。どこかにメモしたことだって一度もない。記憶力に恵まれて幸運ですよ」

会社ではずっと〝システム内の〟コンピューターの前にいる。そう言ってから、ギレスピーは弁解するように付け加えた。「それが仕事だから」特定の個人のデータをダウンロードしたことがあるかという質問には、困惑したように眉を寄せた。「そんなの、無意味だろう。名無しの誰かさんがこの一週間に近所の食料品店で何を買ったか調べる？　勘弁してくれ……そんなくだらないことしてる暇があったら、もっとましなことをしますよ」

データ・ペンで〝ボックスをチューニングして〟過ごす時間はかなり長いことも認めた。やれやれ、この男はあの場所が好きらしい。あそこにいると心が安らぐらしい。サックスが一秒でも早く出たいと思ったあの場所に。

ギレスピーも、ほかの三つの事件が起きた日にどこにいたか思い出せなかった。サックスは礼を言い、ギレスピーは出口に歩いていく途中でもうベルトからPDAをむしり取り、親指だけを使って猛烈な勢いでメッセージをタイプし始めていた。サックスが十本の指を使うよりよほど速そうだ。

次の容疑者の到着を待つあいだに、サックスはプラスキーに尋ねた。「印象はどう？」

「まず、キャッセルは好きになれません」

「同感」

「ただ、あんなに不愉快な男が五二二号だとは思えませんね。ヤッピーすぎるっていうか。エゴを凶器に人を殺せるっていうなら別ですけど。そしたら瞬殺だろうな。ギレスピーは……よくわかりません。マイラが殺されたと聞いて驚いたふりをしようとしてましたけど、ほんとに驚いてたのかどうか。それにあの言葉遣い――〝ピアノってる〟とか〝ノッド〟とか。ストリートの言葉ですよ。〝ピアノ〟はクラックを探すって意味です。こう、指をあちこちに這わせる感じ。必死になって探してるイメージですね。〝ノッド〟はヘロインとか鎮静剤でラリった状態のことです。どっちも都会慣れしてない子どもがハーレムやブロンクスあたりの密売人からドラッグを買うとき、粋《いき》がって使うような言葉ですよ」

「じゃ、ギレスピーはドラッグをやってるってこと？」

「まあ、ずいぶんと落ち着きがないようには見えましたね。でも、僕の印象を言ってもいいですか」

「印象はどうだったかって訊いたでしょ？」

「ギレスピーがはまってるのは、ドラッグじゃなくて――」プラスキーは周囲を漠然と手で指し示した。「データですよ」

サックスは少し考えて、そのとおりだと思った。〈ＳＳＤ〉の雰囲気には、どこか人を酔わせるようなところがある。ただしそれは気持ちのいい酔いではない。得体の知れない、現実感を失わせるような種類のものだ。まさに鎮静剤で朦朧としているみたいに。

会議室の入口に、また一人、男が現われた。若く、こざっぱりとした服装をした、肌の色が明るめのアフリカ系アメリカ人だ。人事部長アーロンゾ・ケンパーは、データ・ペンに行くことはめったにないが、社員と各自の持ち場で会うことができるよう、データ・ペンに入る権限は持っていると言った。人事に関連する事案が発生したとき、コンピューターから〈インナーサークル〉にアクセスすることはたまにあるものの、閲覧するデータは〈ＳＳＤ〉の社員のものに限られ、一般の人々のデータを目にすることはない。

つまり、スターリングの話とは相違して、アーロンゾ＝ケンパーは過去に〝クローゼット〟にアクセスしたことがあるわけだ。

仕事熱心らしい人事部長は、顔に笑みを貼りつけ、一本調子な声で質問に答えながら、くるくると話題を変えたが、発言を要約すれば、スターリング――かならず〝アンドリュー〟と呼んだ――ほど〝思いやりがあって、社員のことを親身になって考えてくれる〟ボスはいないということだった。スターリングや〈ＳＳＤ〉の〝高邁《こうまい》な精神〟とやらを裏切ろうなどと考える社員は一人としていないはずだ。この〈ＳＳＤ〉という名の神聖な殿堂に犯罪者がいるとは想像すらできない。

人事部長の〈ＳＳＤ〉讃歌は延々と続いた。

サックスの誘導でようやく崇拝の世界から現実に帰ってくると、アーロンゾ＝ケンパーは、日曜は一日中妻といた（これまでに事情を聴いたなかで初の妻帯者だ）と言った。アリス・サンダーソンが殺害された日は、ブロンクスにある、少し前に亡くなった母親の家の片づけをしていた。一人きりだったが、おそらく近所の住人の誰かが自分の姿を見ているだろう。残る二つの殺人事件の発生当時、どこで何をしていたかは覚えていない。

事情聴取がすむと、サックスとプラスキーは、同じ警備員に付き添われて、スターリングのアシスタントの控え室に戻った。スターリングは、同年代とおぼしき男との面会の最中だった。体つきのがっしりした、茶色みを帯びた金髪の男だ。固い木の椅子に前かがみになって座っている。ポロシャツとスポーツジャケットという服装から察するに、〈SSD〉の社員ではなさそうだ。スターリングはサックスが戻ったことに気づくと、面会を切り上げて立ち上がり、来客を伴って控え室に出た。

来客が持っていた書類の束がちらりと見えた。一番上に〈アソシエーテッド・ウェアハウジング〉という社名がある。いまの男はその会社の経営者なのだろう。

「マーティン。ミスター・カーペンターに車を呼んでさしあげてくれ」

「はい」

「わかってもらえただろうね、ボブ」

「ええ、アンドリュー」スターリングよりずっと背の高いカーペンターは、陰鬱な面持ちでスターリングと握手を交わすと、向きを変えて出ていった。警備員が先に立って廊下を歩いていく。

サックスとプラスキーは、スターリングとともにオフィスに戻った。

「何かわかりましたか」スターリングが訊く。

「決定的なことは何も。アリバイがある方も、ない方もいらっしゃいました。このまま捜査を続けて、物証や目撃証言から突破口が開けるのを待ちます。ただ、一つお願いしたいことが。ある人物のファイルのコピーをいただけないでしょうか。アーサー・ライムのものです」

「それはどなたです？」

「先ほどお渡ししたリストのなかの一人——誤認逮捕されたと思われるなかの一人です」

「ああ、そうだった」スターリングはデスクの前に腰を下ろし、キーボードの脇に置かれた生体認証装置に親指を当てたあと、素早くキーを叩いた。画面を見つめて待つ。またキーを叩くと、プリンターが紙を吐き出し始めた。印刷が終わると、スターリングは三十枚ほどのプリントアウトをサックスに差し出した。アーサー・ライムの〝クローゼット〟だ。

簡単なのね——サックスは思った。コンピューターのほうを顎で示して訊く。「あなたがいまの処理を行なったという記録は残るんでしょうか」

「記録——？　ああ、ログのことですね。いいえ、社内でダウンロードした記録は残りません」また手もとのメモをざっと確かめる。「マーティンに言って、クライアントのリストを作らせましょう。二、三時間かかるかもしれませんが」

三人が控え室に出たところで、ショーン・キャッセルがちょうど入ってきた。さっきとは違い、その顔に笑みはない。「クライアントのリストを作るって、どういうことです、アンドリュー？　まさか渡すつもりですか」

「そうだよ、ショーン」

「どうしてクライアントのリストを？」

　プラスキーが代わって答えた。「〈ＳＳＤ〉のクライアントの従業員が情報を入手して、犯罪に利用した可能性を考慮しているからです」

　キャッセルは鼻で笑った。「ははあ、いかにもきみたちの考えそうなことだ……でも、ナンセンスだな。クライアントは〈インナーサークル〉に直接にはアクセスできない。クローゼットをダウンロードするのは不可能だ」

　プラスキーが説明する。「利用したい情報が含まれているダイレクトメール用の名簿をリクエストして購入したのかもしれません」

「ダイレクトメール用の名簿？　きみたちが言ってるような情報を全部集めるのに、いったい何度システムに入らなきゃならないかわかるか？　朝から晩までそれだけにかかりきりになる。ありえないね」

　プラスキーは頬を赤らめ、床に目を落とした。「でも、その……」

　コンプライアンス部のマーク・ウィットコムがマーティンのデスクのそばに来ていた。

「ショーン、この人たちは仕組みを知らないんだからしかたないだろう」

「いや、マーク、仕組みなんか知らなくたって理解できる話だよ。そう思わないか？　だって、クライアント一社につき数百からの名簿を買ってるはずだ。この人たちが関心を寄せてるシックスティーンのクローゼットを手に入れたクライアントの数だって、きっと三百とか四百とかだろう」

「シックスティーン？」サックスは訊いた。

「〝人〟って意味ですよ」キャッセルは壁に並んだ細長い窓のほうに手をやった。おそらく、この〝グレー・ロック〟の外に存在する無数の人々を指したつもりなのだろう。「うちで使ってるコード番号が十六桁だから」

またしても隠語か。クローゼットにシックスティーン、ピアノ……それらの表現には、侮蔑が込められているとまでは言わなくとも、自分たちが上の立場にあると考えているような気配が感じとれた。

スターリングが穏やかな声で言った。「真実を探り当てるためなら、あらゆる手を尽くす必要がある」

キャッセルが首を振る。「でも、クライアントじゃありませんよ、アンドリュー。うちのデータを犯罪に利用するなんて大それたことをするクライアントはいません。それは自殺行為です」

「ショーン。何らかの形で〈SSD〉が関わっているなら、真実を突き止めなくてはならない」

「わかりました、アンドリュー。あなたがそうおっしゃるなら」ショーン・キャッセルはプラスキーを完全に無視し、サックスだけに冷ややかな、媚《こ》びの消えた笑みを向けて出ていった。

サックスはスターリングに言った。「お願いしたリストは、あとで技術のマネージャー二名の事情聴取に来たときにいただきます」

スターリングがアシスタントのマーティンに指示を与えているあいだに、マーク・ウィットコムがプラスキーにこうささやいた。「キャッセルは放っておけばいいんですよ。あいつとギレスピーは――この業界の金の卵だ。ま、若き革新者たちってところか。向こうにしてみれば、私やきみは目の上のたんこぶなんだ」

「あ、いや、気にしてませんから」プラスキーは何気ない口調でそう答えたが、サックスにはプラスキーが内心ではほっとしているとわかった。この青年に足りないものは、自信だ。

ウィットコムが出ていき、サックスとプラスキーもスターリングに礼を言って帰ろうとした。

するとスターリングがサックスの腕にそっと触れて引き止めた。「ぜひお話ししておきたいことがあります、刑事さん」

サックスは振り返った。スターリングは両腕をまっすぐ下ろし、足を開いて立って、濃い緑色の目でサックスを見つめていた。その迷いのない、相手を魔法でからめとるような瞳に射すくめられると、目をそらせなくなる。

「ナレッジ・サービス業界にいるのは、金を儲けるためではないと言えば嘘になります。しかし、この社会をよりよいものに変えていこうという気持ちに嘘はありません。私たちがどう社会の役に立っているか、考えてみていただきたい。たとえば、〈ＳＳＤ〉のおかげで安く買い物ができるようになる。そしてそのおかげで、初めて新しいふだん着とクリスマスプレゼントの両方を買ってもらえる子どもだっているかもしれない。あるいは、若い夫婦がいたとしましょう。〈SSD〉がこの二人なら融資してもリスクは少ないと予言したおかげで、住宅ローンを組んで、初めての持ち家を手に入れることができるかもしれない。〈SSD〉のアルゴリズムがあなたのクレジットカードの利用パターンに異変を見つけたおかげで、個人情報が盗まれていたことが判明し、犯人の逮捕に結びつくかもしれない。子どものブレスレットや腕時計にRFIDタグが組みこまれているおかげで、両親は我が子がどこにいるか、いつでも確かめることができる。あなたに自覚がなくても、AIトイレが糖尿病の兆候をいち早く知らせてくれたりもする。

あなたのお仕事の役にも立ちますよ。殺人事件の捜査をしているとしましょうか。凶器に使われたナイフに微量のコカインが付着していた。私たちの〈パブリックシュア〉プログラムを使えば、コカインに関連する前科のある人物のなかから、過去二十年間にナイフを使って重罪を犯した人物を絞りこむことができます。地域を限定して検索することもできます。その人物が右利きか左利きかもわかりますし、靴のサイズもわかります。あなたからの問い合わせを待つことなく、容疑者候補の指紋が自動的に画面に表示されます。顔写真も、過去の手口の詳細も、外見の特徴も、過去に使った変装も、声紋など十数項目に上る情報も。

凶器と同じメーカーのナイフを購入した人々のリストもすぐに作れます。運がよければ、凶器に使われたナイフを買った一人を突き止めることもできるかもしれない。さらに、その一人が事件発生時刻にどこにいたか、いまどこにいるか、私たちなら知っているかもしれません。そこまではわからない場合でも、その人物が過去の共犯者の住居にひそんでいる確率を計算し、その共犯者の指紋や人相を画面に表示することはできるでしょう。しかも、これだけのデータがたった二十秒で手もとに届くのです。

現代社会には支援者が必要なんです、刑事さん。割れ窓理論を覚えていらっしゃるでしょう？　〈ＳＳＤ〉こそその支援者というわけです……」スターリングは微笑んだ。

「さて、ここまではワインドアップです。いざ球を投げるとしましょう。捜査を内密に進めてくださるようお願いしたい。私もできるかぎりの協力はします――とくに、犯人が〈ＳＳＤ〉内部の者だった場合には。しかし、プライバシーの侵害があったとか、セキュリティが甘いなどといった噂が広まれば、ライバル会社や批評家はここぞとばかり〈ＳＳＤ〉を攻撃するでしょう。それも容赦なく。そうなれば、一枚でも多くの割れ窓を補修し、よりよい社会を作るという〈ＳＳＤ〉の使命に大きな支障が出ます。おわかりいただけましたか」

22

「割れ窓？」

ライムはサックスから〈ＳＳＤ〉のロゴの説明を聞くと言った。

「なるほど、気に入ったよ」

「ほんと？」

「ああ。考えてもごらん。私たちがしていることのメタファーでもあるじゃないか。私たちは小さな小さな証拠を見つける。その証拠は大きな答えへと私たちを導く」

セリットーがラボの隅っこに座っているロドニー・サーネックのほうにうなずいた。サーネックは自分とコンピューターの世界に没頭していて、こちらの話は何一つ聞いていない。相変わらず口笛を吹いていた。「あのＴシャツ小僧は無事に罠を仕掛けた。いまはハッキングにいそしんでる」それから大きな声で訊いた。「おい、調子はどうだ、巡査？」

「ひぃ――敵もなかなかやりますよ。でもこっちにだって、奥の手の十や二十はありますから」

サックスは、〈SSD〉のセキュリティ部長が〈インナーサークル〉に侵入するのは絶対に無理だと言っていたと話した。

「そんなこと言われると、ますます燃えちゃいますねえ」サーネックはまた一杯コーヒーを飲み干した。小さな口笛がふたたび聞こえだす。

次にサックスはスターリングから聞いたこと、〈SSD〉のビジネス、集められたデータの処理の流れなどを説明した。前日にトムの話を聞き、事前のリサーチもしていたが、ライムはデータマイニング業界がそこまでの規模になっているとは想像もしていなかった。

「怪しいそぶりはなかったか？」セリットーが訊く。「そのスターリングって男に」

ライムはその無意味な――と彼には思えた――質問に思わずうめき声を漏らした。

「ない。すごく協力的だった。それに、好都合なことに、筋金入りの信奉者なの。スターリングが信奉する神はデータ。自分の会社の邪魔をする悪の芽は徹底的に刈り取るつもりでいる」

続けてサックスは〈SSD〉のセキュリティがいかに厳重かを説明した。三つあるデータ・ペンに入る権限を持つ社員は一握りに限られるうえ、なかに入ったとしてもデータを持ち出すのは不可能だ。「侵入者は過去に一人だけですって。新聞記者。取材に行っただけで、企業秘密を盗もうとしたわけじゃない。それでも逮捕されて、ジャーナリスト生命を完全に絶たれた」

「執念深いな」

サックスは少し考えてから答えた。「ちょっと違うわ。自衛心が強いと言うほうが当たってるかしら……それから、社員の話だわね。個人データにアクセスする権限を持ってる全員に事情聴取した。昨日の午後のアリバイがはっきりしてたのはほんの何人かだけ。ああ、そうだ、ダウンロードのログを取ってるか訊いたら、取ってないって。あと、被害者と無実の容疑者の情報が入ったデータを購入したクライアントのリストをもらえることになってる」

「しかし何よりの収穫は、捜査が開始されたという事実を社内に広めて、マイラ・ワインバーグという名前を全員の耳に入れたことだな」

「そうね」

サックスはブリーフケースから書類を取り出した。アーサーのファイルだと説明する。

「何か役に立つかと思って。少なくとも、あなたは見たいだろうと思った。いとこの近況を知るのに」サックスはホチキスの針を外し、ライムのそばの自動ページめくり機にセットした。

ライムは書類を一瞥しただけで、証拠物件一覧表に視線を戻した。

「見ないの？」

「あとにしよう」

サックスがブリーフケースから次の書類を取り出す。「個人情報にアクセスする権限を与えられてる〈SSD〉の社員のリスト。ちなみに、個人情報を集めたレポートを〝クローゼット〟て呼ぶらしいわ」

「ふむ。〝秘密〟の略か」

「そう。プラスキーがいま、アリバイの裏を取ってる。技術サービスの二人に会いにまた〈SSD〉に行かなくちゃならないけど、とりあえずわかったところまで」ホワイトボードの一つに名前と補足情報を書いていく。

アンドリュー・スターリング（社長兼CEO）
　アリバイ――ロングアイランドにいた。確認中。
ショーン・キャッセル（セールス&マーケティング部長）
　アリバイ――なし。
ウェイン・ギレスピー（技術運用部長）
　アリバイ――なし。
サミュエル・ブロックトン（コンプライアンス部長）
　アリバイ――ワシントンDC。ホテルの会計記録にて確認済み。
ピーター・アーロンゾ゠ケンパー（人事部長）

アリバイ──妻といた。確認中。
スティーヴン・シュレーダー（技術サービス&サポートマネージャー、昼勤）
要事情聴取。
ファルーク・マミーダ（技術サービス&サポートマネージャー、夜勤）
要事情聴取。
〈SSD〉のクライアント
リスト待ち。

「メル？」ライムは声を張り上げた。「NCICに当たってくれ。市警のも頼む」

クーパーはリストの名前を全米犯罪情報センター（NCIC）に照会した。次に市警の同様のデータベースと、司法省の凶悪犯逮捕プログラム（VICAP）も検索する。

「うん？……ヒットしたかもしれない」

「誰？」サックスがクーパーのコンピューターに近づく。

「アーロンゾ・ケンパー。ペンシルヴェニア州で補導されてる。二十五年前の傷害事件だ。記録はまだ開示されてない」

「年齢的にも付合するわね。三十五歳くらいに見えたから。それに肌の色も明るいし」

サックスは五二二号のプロファイル表に目をやった。

「開示請求を出せ。最低でも、同一人物かどうか確認しろ」

「ま、やってみる」クーパーはキーボードを叩き始めた。

「ほかは登録なしか」ライムは容疑者リストに顎をしゃくった。

「ない。一人だけだ」

クーパーは州や連邦のさまざまなデータベースを検索し、専門家組織などにも当たった。やがて肩をすくめた。「カリフォルニア大学ヘイスティングス校卒。ペンシルヴェニア州とのつながりは見つからないな。一匹狼らしいね。卒業大学以外に出てきたのは、全米人材専門家協会の会員だってことくらいだ。二年前にテクノロジー対策委員会の委員をやってるが、それ以来、目立った活動はしてない。

お、補導記録が出てきた。少年拘置所で別の少年に暴行……おっと」

「おっと、何だ？」

「人違いだ。ハイフンがない。名前が違ってた。補導記録では、ファーストネームがアーロンゾ、ラストネームがケンパー」ホワイトボードを見る。「こっちはファーストネームがピーターで、ラストネームはアーロンゾ－ケンパーだ。俺のタイプミスだ。ちゃんとハイフンを入れてたら、この記録はそもそもヒットしなかった。悪い悪い」

「その程度の罪なら軽いものだ」ライムは肩をすくめた。データというものの本質を考えさせるいい教訓でもある。有力な容疑者を発見したかに思えた。クーパーの特徴づけ――〝一匹狼らしいね〟――も、当たりを引いたという印象を強めた。しかし、その手がかりは初めから間違っていた。原因は、たった一文字、打ちこむのを忘れたという些細なミスだ。しかし、クーパーが自分のミスに気づかなかったら、この人物は――そして市警の人的、金銭的資源も――甚大な損害をこうむることになっていただろう。

そのとき、サックスがライムの隣に腰を下ろした。ライムはサックスの目の表情に気づいて尋ねた。「どうかしたか」

「じつは、変な話だけど、こうして帰ってきてようやく呪縛《じゅばく》が解けたみたいな気がして。ほかの人の意見を聞いてみたいわ。〈SSD〉について。あそこにいるあいだ、視野がせまくなってたっていうのか……そう、現実と切り離されたみたいな感覚になった」

「どういうことだ？」セリットーが訊く。「ラスベガス、行ったことある？」

セリットーは前妻と行ったと答えた。ライムは短い笑いを漏らした。「ラスベガスか。自分がいかに弱い立場にあるかを痛感しにいくところだ。それに、ただで金をくれてやるなんて、私はごめんだね」

サックスが先を続けた。「〈SSD〉って、カジノに似てるかも。外の世界の存在が消えちゃうのよ。窓はあっても小さいか、まったくないの。廊下で立ち話してる社員もいないし、笑い声も聞こえない。全員がみごとに自分の仕事のことだけ考えてる。異次元に放りこまれたみたいだった」

「だから、ほかに〈SSD〉に行ったことのある人間はどんな印象を持ったか聞いてみたいってわけだな」セリットーが言った。

「そう」

ライムは提案した。「ジャーナリストではどうだ？」トムのパートナー、ピーター・ホディンズは、『ニューヨーク・タイムズ』の元記者で、いまは政治や社会をテーマにノンフィクションを書いている。ピーターなら、おそらくデータマイニング業界を取材した経験のある経済部の記者を知っているだろう。

しかし、サックスは首を振った。「じかに〈SSD〉を体験したことがある人がいいわ。元社員とか」

「ふむ。ロン、失業保険課に問い合わせてみてもらえないか」

「わかった」セリットーはニューヨーク州労働局に電話をかけた。十分ほどたらい回しにされたのち、〈SSD〉の技術運用部の次長をしていた人物の名前がわかった。〈SSD〉で長年働いていたが、一年半ほど前に解雇されている。カルヴァン・ゲディスという名で、住所はマンハッタン。セリットーが連絡先を調べ、サックスにメモを渡した。サックスはさっそく電話をかけて、一時間後に会う約束を取りつけた。

サックスがゲディスと会うことに、ライムは賛否いずれの意見も持たなかった。どのような事件の捜査であれ、あらゆる可能性を検討するのは当然のことだ。しかしゲディスから話を聞いたり、プラスキーにアリバイの裏を取らせたりといったことは、ライムにとっては曇りガラスに反射した映像のようなものだ。真実に似てはいても、真実そのものではない。犯人は誰かという疑問に対する本物の答えを握っているのは、数はどれほど乏しかろうと、やはり物証だ。そこでライムは、彼にとっての真実にふたたび向き直った。

どきな……

アーサー・ライムは、ラテン系の収監者たちを警戒するのをすでにやめていた。どのみち向こうは彼を完全に無視している。口の悪い大柄な黒人の男も、危険な存在ではない。

怖いのは、あのタトゥだらけの白人だ。〝トゥイーカー〟――メタンフェタミン《メス》常用者をそう呼ぶらしい――は、アーサーを心底怯えさせた。名前はミック。手はひくつき、掻いた痕がみみず腫れになって残っている皮膚をしきりに引っ掻き、不気味な白い目は沸騰した湯のなかで暴れる泡のように落ち着きがない。しじゅうひとりごとをつぶやいている。

昨日はミックを避けることばかり考えて過ごした。夜は眠れないまま寝台に横たわり、ときおり襲ってくる憂鬱と戦いながら、ミックよ消えろと祈り続けた。今日にでもミックの公判が始まってくれ、自分の人生から永遠に消えてくれと祈った。

ラテン系の連中でさえ、ミックとは関わらないようにしているようだった。監獄には監獄なりの規則というものがあるらしい。何は許され、何は許されないか、暗黙のルールが存在するのだ。あの瘦せたタトゥだらけの麻薬常用者は、そのルールをまったく意に介していないのかもしれない。そしてここにいる全員がそのことを知っているようだ。ここじゃな、全員が知らないことなんか一つもねえんだ。あんたはその〝全員〟に入っちゃいねえがな。あんたは何にもわかっちゃいねえ……

一度、ミックがふいに笑い、知り合いでも見るような目でアーサーを凝視し、立ち上がりかけたことがあった。しかし、何をしようとしていたのか忘れたらしく、親指を引っ搔きながらまた腰を下ろした。

「よう、ジャージー・マン」耳もとで声がした。アーサーは飛び上がった。

あの大柄な黒人だった。いつのまにか後ろから近づいてきていたらしい。黒人はアーサーの隣に座った。ベンチが悲鳴をあげた。

「アントワンだ。アントワン・ジョンソン」

拳同士を打ち合わせる挨拶をすべきなのか？　いやいや、へたなことはしないほうがいい。そう自分に言い聞かせ、うなずくだけにした。「私はアーサー――」

「知ってるって」ジョンソンはミックに視線をやってアーサーに言った。「あのトゥイーカーは完全にいかれてる。メスには手出さねえほうがいいぜ。永遠にこっちの世界にゃ戻れねえ」短い間があって、ジョンソンは続けた。「で、あんた、頭いいんだってな」

「え、ああ、まあ」

「〝まあ〟って何だよ、〝まあ〟って」

曖昧な態度は取らないことだ。「物理学の学位を持ってる。化学の学位も。ＭＩＴを出た」

「ミット？」

「大学の名前だ」

「頭のいい大学か」

「かなり」

「じゃ、理系は得意ってことか。化学だの物理だの」

今回の話のなりゆきは、彼を強請《ゆす》ろうとしたラテン系の二人組のときとはまるで違っている。ジョンソンは本当に興味があって訊いているらしい。「ある程度は」

すると大柄な男は訊いた。「だったら、爆弾の作りかたも知ってるだろ。あの糞ったれな壁を吹き飛ばせるくらいのやつ」

「それは……」心臓が猛烈な勢いで鼓動し始めた。昨日よりひどく。「その――」

アントワン・ジョンソンは笑った。「冗談だって」

「いや――」

「だから、からかっただけだって」

「あ、そうか」アーサーも笑った。心臓はいますぐ破裂するだろうか、それともまだもう少し先だろうか。父親の遺伝子をすべて受け継いだわけではないだろうが、受け継いだなかに、死ぬときは心臓発作という項目は含まれているのだろうか。

ミックがまた独り言をつぶやき、自分の右肘に急に深い関心を持ったらしく、真っ赤になるほど掻きむしっている。

ジョンソンとアーサーはその様子を黙ってながめた。

トゥイーカー……

しばらくすると、ジョンソンが口を開いた。「よう、よう、ジャージー・マン。一つ訊いていいか」

「どうぞ」

「うちのおふくろはよ、信心深いんだ。な、わかるだろ？　いつだったか、聖書は絶対だって言った。この世のものはみんな、あの糞ったれな本に書いてあるとおりなんだとよ。で、訊きたいことってのはさ、俺、ずっと不思議に思ってんだよ、恐竜は聖書のどこに出てくるんだ？　神は男や女や大地や川やロバやヘビや、とにかくあらゆるもんを作ったってんだろ？　だったらどうして、神は恐竜をお作りになりましたって話はどこにも書いてねえんだよ？　恐竜の骨だって見たぜ、俺は。ってことは、恐竜ってのはほんとにいたってことだよな。じゃ、どっちが正しいんだよ？」

アーサー・ライムはミックに視線をやった。次に、壁に打たれた釘を見た。掌が汗ばみ始めた。監獄では、ありとあらゆることが起きうるのに、自分はよりによって、万物は神の手で創造されたという説に科学者の立場から異を唱えたがために死ぬことになるのだ。

えい、どうとでもなれだ。

「聖書の言うように地球の年齢が六千歳であると考えるのは、人類が知る科学の法則のすべて――地球上のあらゆる文明が正しいと認めた法則のすべてに反している。きみに翼が生えて、あそこの窓から飛んでいくくらい、自然の法則に逆らっている」

ジョンソンの眉間に皺が寄った。

ああ、私は死ぬんだ――

鋭いまなざしがアーサーに向けられた。それから、ジョンソンはうなずいた。「やっぱな。おかしいと思ってたんだ、たった六千年だなんてよ。糞ったれめ」

「参考になる本が何冊かある。リチャード・ドーキンスという作家の本には――」

「いや、本なんか読まなくていいよ。あんたを信じるって、ミスター・ジャージー・マン」

今度こそ本当に拳を打ち合わせたくなった。しかし、じっとこらえた。「いまの話をしたら、きみのお母さんは何て言うだろう」

黒く丸い顔が驚いたような表情を作る。「いや、おふくろには黙っとくよ。それこそ一巻の終わりってやつだ。母親にゃ楯突《たてつ》くもんじゃねえよ」

父親にもだ――アーサーは心のなかでつぶやいた。

ジョンソンはまじめな顔に戻って言った。「よう。噂じゃ、あんた、やってもねえことでぶちこまれたんだって？」

「ああ」

「やってもねえのにサツに挙げられたってことか？」

「そうだ」

「なんで」

「私も知りたいよ。逮捕されてからずっと考えてた。そればかり考えてる。そいつがどうやってやったのか」

「そいつって？」

「真犯人」

「ようよう、『逃亡者』みてえじゃんか。O・J・シンプソンとかさ」

「警察は事件と私を結びつける証拠を山ほど発見してるんだ。どういうわけか、真犯人は私のことを何から何まで知ってたらしい。乗っている車、住所、スケジュール。私が買ったものまで知っていた。それを証拠として私の家に置いたんだよ。間違いないと思う」

　アントワン・ジョンソンはしばらく考えていたが、やがて笑った。「わかった。それだ、それがいけなかったんだな」

「え、何が？」

「あんた、ものを買ったんだろ。万引きすりゃよかったんだよ。そしたら、何買ったか、ばれようがねえじゃん」

23

またしてもロビーにいる。

とはいえ、ここは〈ＳＳＤ〉のものとはだいぶ違う。

これほど散らかった場所をアメリア・サックスは初めて見た。いや、パトロール警官だったころ、ともにドラッグ常用者の夫婦の家庭内暴力の通報を受けてヘルズ・キッチンに駆けつけたとき以来か。だが、そういった人々でさえ、それなりの自尊心は持ち合わせていた。片づける努力の痕跡は見られた。しかしここでは、その辺のものに触ってしまわないように身を縮こまらせたくなる。チェルシー地区の元ピアノ工場に本部を置く非営利団体〈プライバシー・ナウ〉には、自堕落大賞を贈呈しよう。

コンピューターのプリントアウト、書籍（ほとんどが法律の解説書や政府発行の黄ばんだ法令集だ）、新聞、雑誌の山、山、山。無数の段ボール箱にも似たような顔ぶれがぎっしりと詰めこまれている。大量の電話帳。連邦官報。

それに埃。大量の埃。

ジーンズにくたびれたセーターを着た受付係は、旧型のコンピューターのキーボードを、何を怒っているのかと訊きたくなるような勢いで叩きながら、ハンズフリーの電話を使って小声で話している。ジーンズにTシャツとか、コーデュロイのパンツに皺だらけのワークシャツとかの困り顔をした人々が廊下からやってきては、持っていたファイルを戻して新しいファイルを取ったり、伝言の書かれたメモを受付から拾ったりしては、またどこかへ消えていく。

安っぽい印刷の標語やポスターが壁を埋めていた。

書店に告ぐ
顧客のレシートを焼却処分せよ！
政府が顧客の本を焼却する前に！

皺の寄った長方形のキャンバスの一つには、監視社会を描いたジョージ・オーウェルの小説『一九八四年』の有名な一節が書かれている。

ビッグ・ブラザーが見ている。

サックスと向かい合った汚れた壁には、でかでかとこう書かれたポスターが貼られている。

プライバシー戦争を生き抜くゲリラ生活の手引き

・社会保障番号を他人に教えない。

・電話番号を他人に教えない。

・買い物に出かける前に、顧客割引カードの交換パーティーを開く。

・アンケートには答えない。

・できるかぎり〝欠席〟の返事をする。

・製品登録葉書を返送しない。

・〝保証書〟に個人情報を書きこまない。保証を受けるのに個人情報は不要。保証書は情報収集マシンだ!

・歴史から学ぶ——ナチスのもっとも強力な武器は情報だった。

・〝オフ・ザ・グリッド〟を徹底する。個人的・電子的な痕跡をいっさい残さないよう心がけよう。たとえば、支払いはつねに現金ですませるなど。

そこに書かれたことを頭のなかで咀嚼《そしやく》していると、傷だらけのドアが開いて、青白い肌と真剣な表情をした背の低い男が現われ、サックスと握手を交わしたあと、自分のオフィスに案内した。ロビーよりなおも散らかっていた。

〈ＳＳＤ〉の元社員カルヴァン・ゲディスは、いまはこのプライバシー権利擁護団体に勤務している。「ダークサイドに堕ちてしまいましてね」ゲディスはそう言って微笑んだ。〈ＳＳＤ〉の保守的なドレスコードを脱ぎ捨て、この日は黄色のボタンダウンシャツ（ネクタイなし）にジーンズにスニーカーという服装だった。

サックスが殺人事件の話を聞かせると、感じのよい笑みはたちまち消えた。「やっぱり」ささやくようにそう言う。目に鋭さが宿り、表情も真剣なものに戻っていた。「いつかそういうことが起きるんじゃないかと思ってましたよ。ええ、かならず起きると思ってました」

ゲディスは技術畑出身で、スターリングがシリコンヴァレーに最初に興した、〈ＳＳＤ〉の前身に当たる会社にプログラマーとして勤務していたという。その後、ニューヨークに移り、〈ＳＳＤ〉が急成長するとともに、ゲディスの生活も豊かになっていった。

しかし、やがて幻滅を感じた。

「会社は問題を抱えていました。そのころはデータを暗号化していなかったので、深刻な個人情報漏洩事件がたびたび起きていたんです。なかには自殺してしまった人もいました。クライアント登録した個人がストーカーだったというケースも何度かありました――〈インナーサークル〉から情報を引き出すためだけに登録したわけです。ストーカーに狙われた女性たちのうち二人が襲われて、一人は瀕死の重傷を負いました。離婚して養育権争いをしていた親が〈ＳＳＤ〉の情報を利用して相手の現住所を探し出し、子どもを誘拐するといった事件も複数回起きました。かなりこたえましたよ。原子爆弾を発明した科学者の手伝いをしたことを悔やんでる助手みたいな気分でした。私は情報管理を徹底しようとしました。といっても、ボスの言う〝〈ＳＳＤ〉のビジョン〟を疑っていたわけではありません」

「ボスとは、スターリングのことですね」

「そう、最終的にはスターリングということになりますね。しかし、私にクビを言い渡したのはスターリングではありません。アンドリューは絶対に自分の手を汚そうとしませんから。不愉快な仕事は他人にやらせるんですよ。そうすれば、自分は最高に物わかりがよくて思いやりに満ちた社長のイメージを保てる……実際、汚い仕事を他人に押しつけているという具体的な証拠は一つも出てこないでしょうね……ともかく、〈ＳＳＤ〉を辞めてすぐ、〈プライバシー・ナウ〉に来ました」

〈プライバシー・ナウ〉はＥＰＩＣ――電子プライバシー情報センター――のような組織だとゲディスは説明した。政府、企業、金融機関、コンピューター関係のプロバイダー、電話会社、商用データブローカーやデータマイナーによる個人のプライバシーの侵害と闘うため、議会でロビー活動をしたり、情報公開法を根拠に各種監視プログラムの詳細の公開を求める裁判を起こしたり、個人情報保護法に違反している民間企業を訴えたりしている。

サックスは、ロドニー・サーネックが仕掛けた罠のことには触れないまま、個人のレポートを作成できる〈SSD〉のクライアントや社員を捜していることだけを簡単に話した。「〈SSD〉のセキュリティは桁外れに厳重なようです。でも、それはスターリングや現社員の言い分にすぎません。それで、第三者の意見をうかがえたらと思いまして」

「喜んで協力しますよ」

「マーク・ウィットコムから、コンクリートの侵入防止壁のことや、データを分割して保管しているといった話は聞きました」

「ウィットコムというのは？」

「〈SSD〉のコンプライアンス部長です」

「初耳だな。新しく設置されたんですね」

「〈SSD〉を監視する消費者代表といった存在だそうです。〈SSD〉が法律や条例に違反することがないよう」

ゲディスは満足げな表情を浮かべたが、それでもこう付け加えた。「アンドリュー・スターリングの善良な心から生まれたものではないでしょうね。しじゅう訴えられてばかりいるのにうんざりして、世間や議会向けに体裁を整えたってところでしょう。スターリングは絶対の必要に駆られなければ、決して自分の立場を譲りませんから……ただ、データ・ペンの件は、いまおっしゃったとおりですよ。スターリングはデータを聖杯か何かみたいに扱います。ハッキングは——まず無理でしょうね。物理的に侵入してデータを盗むのも無理です」

「スターリングの話では、〈インナーサークル〉にログインして特定の個人に関するレポートを作成できる社員はごく少数だということでした。どうでしょう、それは事実ですか」

「ええ、事実です。何人かはアクセス権を持ってるはずですが、その何人かだけのはずですよ。私はアクセス権を持っていませんでした。会社設立当初からの古株の一人でしたが」

「何か思い当たることはありませんか。経歴に問題のある社員や、暴力的な社員がいたとか」

「辞めたのはだいぶ前ですからね。それに、要注意人物だと思うような社員は一人もいませんでしたよ。といっても、スターリングは幸せ大家族ってイメージにこだわってますが、あの会社にいるあいだ、個人的に親しくなった社員も一人もいませんでした」

「この方たちはいかがです？」サックスは容疑者のリストを見せた。

ゲディスはリストをながめた。「ギレスピーとは一緒に仕事をしたことがあります。キャッセルは顔見知り程度ですか。どっちもあまり好きになれませんでした。データマイニングって名のまやかしに傾倒して舞い上がってるんですよ。九〇年代のシリコンヴァレーと同じです。自分ばかり偉くなった気でいる。知ってるのはこの二人だけですね。お役に立てなくて申し訳ない」それから、サックスをじっと観察した。「じゃ、あそこに行かれたわけだ」冷ややかな笑みを浮かべて言う。「アンドリューにどんな印象を持たれました？」

抱いた印象を簡潔にまとめようとしてみたが、思考が渋滞を起こしたみたいに動かない。しばらく格闘したあと、ようやくこう答えた。「使命感に燃えていて、礼儀正しくて、好奇心が強くて、頭が切れる。でも……」

「本質はとらえきれない」

「ええ」

「感情をほとんど表に出さないからですよ。私は何年も一緒に仕事をしましたが、どういう人物なのか、最後までわからないままでした。誰も彼を本当には知らないんですよ。底の知れない男なんです。その表現がぴったりだ。アンドリューそのものですよ。私はいつも手がかりを探していた……あのおかしな本棚を見ましたか」

「ええ。背表紙が見えないようになってました」

「そうそう。でも、一度だけちらっと見たことがあるんですよ。どんな本があったと思います？　コンピューターやプライバシーやデータやビジネスの本じゃないんです。ほとんどが歴史や哲学や政治の本でした。ローマ帝国、中国の歴代皇帝、フランクリン・ルーズヴェルト、ジョン・ケネディ、スターリン、イディ・アミン、フルシチョフ。ナチス関連の本もたくさん読んでいます。ナチスほど情報をうまく利用した人間や組織はない。アンドリューも迷いなくそう断言するはずです。史上初めてコンピューターを大々的に活用して、人種ごとの動向を把握した。ナチスはそれを通じて強大な力を手に入れた。スターリングはビジネス界で同じことをやろうとしています。たとえば、〈SSD〉という社名。略称がそうなるように故意に選んだ名前だって言われてます。〝SS〟――ナチスの親衛隊ですね。〝SD〟――SSの情報・防諜組織はそう呼ばれてました。ライバル会社が〈SSD〉は何の略だと言ってるかご存じですか。〝金と引き換えに魂を売る（Selling Souls for Dollars.）〟」ゲディスは声を立てずに笑った。

「いや、誤解しないでください。アンドリューはユダヤ人を嫌ってるわけじゃない。特定の集団を差別する意識はないでしょう。政治思想、国籍、宗教、人種――アンドリューにとってはどれも無意味なことなんです。いつだったか、こんなことを言ってましたよ。〝データに国境はない〟。二十一世紀に君臨する力は、情報です。石油でも領土でもありません。そしてアンドリュー・スターリングは、地球上でもっとも強大な力を持った人物になろうとしている……あなたも〝データマイニングは神だ〟演説を聞かされたんじゃありませんか」

「糖尿病を予防し、クリスマスプレゼントや家を買うためのお金が節約できて、警察に代わって事件を解決する？」

「それです。言っていることは全部本当ですよ。しかし、そういった利益は、自分の人生のすべてを誰かに知られてまで手に入れる価値のあるものですか？　ちょっとでも金の節約になるなら気にしないという人もいるかもしれません。でも、たとえば映画の本編の前に見せられるCMのあいだ、〈コンシューマーチョイス〉があなたの瞳をスキャンして、どのCMにどんな反応を示したか記録してるとしたら、いかがです？　車のキーにRFIDタグが仕込まれているがために、先週、最高時速八十キロの道路を百六十キロで走ったことを警察に知られるとしたら。娘がどんな下着を穿いているか、縁もゆかりもない人間が知っているとしたら。あなたがいつセックスをしたかまで知られてもかまいませんか？」

「え？」

「〈インナーサークル〉は、たとえばあなたが今日の午後、コンドームと潤滑剤を買い、ご主人が午後六時十五分の地下鉄で帰ってきたことを知っています。息子さんは〈メッツ〉の試合を見に出かけていて、お嬢さんはグリニッチヴィレッジの〈ギャップ〉で衣類を買っているから、あなたとご主人は自宅に二人きりでいたことも知っています。七時十八分にテレビをつけて、ポルノ専門チャンネルに合わせたことも、セックスのあと、十時十五分前に、美味しい中華料理の出前を頼んだことも知っている。そういった情報がすべて〈インナーサークル〉に収められているんです。

〈SSD〉はあなたの子どもたちが学校適応障害だということもちゃんと知っていて、家庭教師や小児カウンセリングサービスのダイレクトメールをどのタイミングで送れば効果的かも知っています。ご主人が寝室で悩みをお持ちなら、勃起障害治療薬の控えめなダイレクトメールをいつ送ったらいいかも知っている。家族の医療履歴や購買履歴、欠勤の記録から、あなたが自殺するおそれがあると判断すれば――」

「それはいいことでしょう。カウンセラーに相談するきっかけになるわけだから」

ゲディスは冷ややかに笑った。「それは間違いです。希死念慮にとらわれたクライアントにカウンセリングをしても、大した金を生まないからです。〈SSD〉はあなたの名前を近所の葬儀会社や遺族専門カウンセラーに送ります。遺族専門カウンセラーなら、家族全員をクライアントとして取りこめるからです。もう自殺してしまった一名の鬱病患者を顧客にするより利益は大きい。ちなみに、その手法は実際にかなりうまみのあるビジネスでしたよ」

サックスは驚いて言葉を失った。

「〝紐《ひも》づけ〟の話は聞きました？」

「いいえ」

「〈SSD〉はあなたを中心にしたネットワークを定義しています。仮に〝サックス刑事の世界〟と呼びましょうか。あなたはネットワークのハブ――車輪の中心だと思ってください。ハブから伸びるスポークは、あなたのパートナーや配偶者、両親、近所の住人、同僚など、〈SSD〉が知っておきたい情報やその情報から得られる利益を手に入れるのに役立つすべての人々に伸びています。あなたと少しでもつながりのある人は、あなたに〝紐づけ〟されているんです。さらに、その人たちもまたそれぞれのネットワークのハブで、何十人もの人たちが紐づけされています」

また何か思い出したか、ゲディスの瞳がきらめいた。「メタデータをご存じですか」

「いえ。何ですか」

「データについてのデータです。コンピューターで作成された、あるいはコンピューターに保存されたすべてのドキュメント――手紙、ファイル、報告書、訴訟摘要書、スプレッドシート、ウェブサイト、Eメール、買い物リスト――ありとあらゆるドキュメントには、大量の隠しデータがくっついています。作成者、送信先、修正履歴、修正者と修正日時。それこそ一秒ごとにあらゆる情報が記録されるんです。たとえば、上司に宛てて報告書を作成するとき、冗談で〝親愛なる愚かなゲス野郎〟と書き出し、すぐにデリートして正しい宛名を書いたとしましょうか。でも、デリートしたはずの〝親愛なる愚かなゲス野郎〟は、メタデータにはしっかり残ります」

「ほんとに？」

「ええ。ワープロソフトを使って作成したごく一般的な報告書のファイルサイズは、本文のバイト数を考えると、不釣り合いに大きいんです。では、本文以外の部分はいったい何なのか。メタデータです。〈ウォッチタワー〉データベース・マネージメント・プログラムには、特別の〝ボット〟――ソフトウェアのロボットですね――が含まれています。このプログラムの役割はたった一つ、データベースが集めた全ドキュメントからメタデータを探し出して保存することです。私たちはふざけて〝シャドウ〟と呼んでました。メタデータは、メインのデータの影みたいなものですし――それに、たいがいの場合、はるかにたくさんの秘密が含まれています」

シャドウ、シックスティーン、ペン、クローゼット……アメリア・サックスにとっては異次元の世界だった。

ゲディスは気長に耳を傾ける聞き手を得て、調子が出てきたようだ。身を乗り出して、今度はこう聞いた。「〈SSD〉に教育部門があることはご存じでした？」

メル・クーパーがダウンロードしたサービス概要を思い浮かべる。「ええ。〈エデュサーヴ〉ですね」

「でもスターリングはその話はしなかった。そうでしょう？」

「ええ」

「その話をしないのは、〈エデュサーヴ〉の目玉は、学校の児童について集められるかぎりの情報を集める機能だということを知られたくないからですよ。情報収集は幼稚園から始まってます。何を買ったか、どんなテレビ番組を見たか、どのウェブサイトを閲覧したか。成績、健康診断の記録……こういった情報は、小売り業者にとってはひじょうに価値の高いものです。しかしですね、〈エデュサーヴ〉の何が怖いって、学校関係者が〈SSD〉に来れば、予測ソフトウェアを使えるということです。生徒児童の未来を予測して、カリキュラムを調整できるんですよ。地域社会に——あるいは、オーウェル的な視点から言えば、社会に最大の利益をもたらせるように。たとえばこうです。ビリーの家庭環境や成績その他を考えると、何かの職人にするのが一番いいだろうとか、スージーは医師、それも公衆衛生の医師にするべきだとか。子どもをコントロールするのは、未来をコントロールすることです。ちなみに、これもアドルフ・ヒトラーの哲学に含まれていた要素の一つですよ」ゲディスは笑った。「おっと、つまらない講釈を長々と聞かせてしまいましたね……でも、私が耐えられなくなった理由がおわかりになったでしょう？」

そう言ったあと、ゲディスはふいに額に皺を寄せた。「あなたのお話を聞いて思い出したことが――〈ＳＳＤ〉であった出来事です。ニューヨークに移転する前でした。ある人が亡くなった。きっとただの偶然でしょう。でも……」

「詳しく聞かせてください」

「スターリングは、会社設立当初、データ収集の実作業は外部のスクラウンジャーに依頼してました」

「スクラウンジャー？」

「データをかき集める《スクラウンジ》会社や個人のことです。独特な人種ですよ。ほら、昔、石油なんかを探してあちこち掘り返してた人たちがいたでしょう――一攫千金《いっかくせんきん》を狙って。データというものは、そういう奇妙な魔力を持ってるんです。狩りの中毒になる。いくら集めても決して満足できない。もっと欲しくなるんです。だから、新しい収集法をつねに探してる。みな競争心が強くて非情です。ショーン・キャッセルがこの業界に入ったきっかけもそれでした。データスクラウンジャーだったんです。

それはともかく、一人、とても有能なスクラウンジャーがいました。小さな会社に勤めてた。たしかコロラド州の会社で、社名は〈ロッキー・マウンテン・データ〉だったかな……スクラウンジャーの名前は何だっけ?」ゲディスは目を細めた。「ゴードン・なんとか。いや、ゴードンはラストネームだったかもしれません。そのスクラウンジャーは〈SSD〉に自分の会社が乗っ取られそうになっていることにひどく腹を立てているらしいと聞きました。噂では、〈SSD〉とスターリング個人に関する情報を集められるだけ集めたって話です。つまり、形勢を逆転したってことですね。何かスキャンダルを掘り当てて、それをネタにスターリングを脅し、買収を思いとどまらせようとしているのかもしれないと私は思いました。アンディ・スターリング——スターリングの息子が〈SSD〉で働いてることはご存じですか」

サックスはうなずいた。

「何年も前に、スターリングに捨てられたアンディが父親を捜し出したって噂です。ほかにも、もう一人、同じように捨てられた息子がいるらしいって話もあったな。最初の奥さんだったか恋人だったかとのあいだにできた子どもだとか。ともかく、スターリングとしては秘密にしておきたい事実です。ゴードンはそういったスキャンダルを探してるんじゃないかってみんな言ってました。

ところが、スターリングほか社員が〈ロッキー・マウンテン〉の買収交渉を進めているあいだに、ゴードンという男は亡くなりました。何かの事故だとか。それ以上のことは知りません。私はコロラドにはいませんでしたから。シリコンヴァレーでプログラミングをしてました」

「そして買収は成立した？」

「ええ。アンドリューは、欲しいものはかならず手に入れる人間ですから。そうか、あなたがいま探してる殺人犯。もしかしたら、アンドリュー・スターリングかもしれませんよ」

「アリバイがあります」

「アリバイ、ね。スターリングは情報の王だってことを忘れないでください。データを支配する者は、データを変えることもできる。そのアリバイとやらを徹底的に確認しましたか」

「いま裏を取っているところです」

「たとえ確認できたとしても、スターリングの下には、スターリングのためならどんなことも辞さない部下がいることをお忘れなく。ええ、どんなことでもするでしょう。いいですか、汚れ仕事はすべて本人以外がやるんです」

「でも、スターリングは億万長者でしょう。コインや絵を盗んだうえに被害者を殺して、何の利益があるのかしら」

「何の利益があるか？」ゲディスの声が高くなった。何度教えても理解しない学生を相手にしている大学教授のようだった。「スターリングの望みは、世界でもっとも大きな力を持つ人間になることです。自分のささやかなコレクションに、地球上の全員を加えたいんですよ。そのために、法執行機関や政府をできるだけ数多く取りこみたがっている。〈インナーサークル〉を利用して事件を解決すればするほど、いろんな地域の——外国も含めて——警察がクライアントに名を連ねるようになるでしょう。ヒトラーが総統として初めてした仕事は、ドイツ全土の地方警察を一つにまとめることでした。アメリカがイラクで犯した最大の過ちは何でした？ 軍と警察を解体したことです。解体などせず、利用すべきだった。アンドリューはそういった間違いはしません」

ゲディスは笑った。「私をひねくれ者と思ってらっしゃるでしょう。でも、私は朝から晩までこんなことを考えて暮らしてるんです。いいですか、誰かが本当にあなたの行動を逐一監視していると覚悟していたほうがいい。それは妄想じゃありません。〈SSD〉とは何かと言えば、その〝誰か〟なんです」

24

　サックスの帰りを待ちながら、リンカーン・ライムは、ほかの事件——レイプとコイン強盗——の残りの証拠物件は完全に行方不明だそうだと報告するロン・セリットーの声にぼんやりと耳を傾けていた。「何か匂わないか」

　たしかに。内心では同意したものの、ライムの意識はセリットーの苦々しげな説明から離れ、すぐ傍らに置かれた自動ページめくり機にセットされた、いとこのアーサーに関する〈ＳＳＤ〉のレポートにまたしても引き寄せられようとしていた。ライムはその存在を無視しようと意地を張り続けている。

　だが、書類の引力は強かった。針を吸い寄せる磁石のようだった。白い紙に黒い文字が並んだだけの飾り気のない紙面を見やり、サックスが指摘したように、このなかに何か手がかりがあるかもしれないからだと自分に言い聞かせてみた。だが、すぐに降参して、これは単なる好奇心だと認めた。

ストラテジック・システムズ・データコープ
〈インナーサークル〉レポート
アーサー・ロバート・ライム
〈SSD〉管理番号　3480－9021－4966－2083

ライフスタイル
レポート1A　消費者製品購買傾向
レポート1B　消費者サービス購買傾向
レポート1C　旅行
レポート1D　医療
レポート1E　余暇

金融／教育／職業
レポート2A　学歴
レポート2B　職歴（収入履歴含む）
レポート2C　クレジットカード利用履歴／現在の利用状況／信用評価
レポート2D　ビジネス商品購買傾向

政府／法律

レポート3A　基本情報
レポート3B　有権者登録
レポート3C　法律関連履歴
レポート3D　犯罪履歴
レポート3E　コンプライアンス
レポート3F　出入国履歴と帰化記録

本レポートに含まれる情報の所有権はストラテジック・システムズ・データコープ〈SSD〉に属します。情報の利用については顧客契約に定めのあるとおり〈SSD〉と顧客のあいだで結ばれた許諾契約の制限を受けます。

自動ページめくり機を操りながら、細かな文字が並んだ三十ページ分のレポートにひととおり目を通す。ページいっぱいに情報が詰めこまれているカテゴリーもあれば、ほとんど空白のカテゴリーもあった。有権者登録のページには編集の痕跡が見られ、コンプライアンスのページとクレジットカード利用履歴の一部には、別ファイルを参照せよと書かれている。おそらく、そのような情報へのアクセスは法で制限されているからだろう。

ライムは、アーサーと家族（〝紐づけされた個人〟というなんとも不快な表現がされていた）が購入した消費者製品が果てしなく連ねられたページをしばし見つめた。そして、このレポートを読んだ人物なら、誰であれ、アーサーの購買傾向や行きつけの店を把握し、アリス・サンダーソン殺害の容疑者に仕立て上げることが可能だという確信を抱いた。

アーサーが会員登録しているカントリークラブも書かれていた。ただし、数年前に退会している。失業したせいだろう。アーサーが参加したパック旅行の一覧を見て、ライムは小さな驚きを覚えた。スキーをするようになったとは意外だ。また、アーサーか子どもたちの誰かが体重の増加に悩んでいるらしく、ダイエット・プログラムに加入していた。家族全員でスポーツクラブの会員にもなっている。クリスマスごろには、ニュージャージー州のショッピングモールにある宝石のチェーン店で、アクセサリーを商品予約購入プランを利用して購入していた。大きな枠に小さな宝石を留めたようなものだろうと想像した――家計が上向くまでの、間に合わせの贈り物。

ある情報に目が留まって、ライムは笑い声を漏らした。ライムと同じく、アーサーもシングルモルト・ウィスキーに目がないようだ。しかもライムの目下のごひいきブランド、〈グレンモーレンジィ〉を愛飲しているらしい。
所有自動車は〈プリウス〉と〈チェロキー〉。

その記述が目に入った瞬間、別の車がふと記憶のスクリーンに蘇り、ライムの顔から笑みがかき消えた。アーサーの真っ赤な〈コルヴェット〉。十七歳の誕生日に両親から贈られた車。アーサーがマサチューセッツ工科大学（ＭＩＴ）に合格し、ボストンに越したときに乗っていった車。

それぞれ大学に行くために家を出たときのことを思い出す。それはアーサーにとっては、そしてアーサーの父親にとっても、輝かしい瞬間だった。ヘンリー・ライムは、息子が超一流大学に合格したことに有頂天になっていた。しかし、アーサーとリンカーンのプラン——一緒の部屋を借り、女の子を奪い合い、ほかのガリ勉たちを成績でぎゃふんと言わせてやる——は実現しなかった。リンカーンはＭＩＴには合格できず、代わりに授業料全額免除の奨学生としてイリノイ大学シャンペーン－アーバナ校に入学した（当時としてはなかなか誇らしいことだった。スタンリー・キューブリックの『２００１年宇宙の旅』に登場するナルシストのコンピューター、ＨＡＬ９０００が誕生した町にある大学だからだ）。

リンカーンの両親、テディとアンは、息子が地元の大学に進んだことを歓迎した。伯父も同じだった。ヘンリーは甥っ子に、できるだけ頻繁にシカゴに戻ってきて、これまでどおりリサーチの手伝いを続けてくれないかと言った。ときどきは講義の補助もしてもらいたい。

「アーサーと一緒に住むんだって楽しみにしてたのに、残念だったな」ヘンリーは言った。「しかし、夏休みや祝日の休暇には会えるさ。それに、テディと私でボストン行きの旅行を計画してやるよ」

「ああ、それは楽しそうだ」リンカーンはそう答えた。

誰にも打ち明けなかったことがある。ＭＩＴに入れなかったことにショックを受けたのは事実だが、それはうれしいなりゆきでもあった。いとことは二度と顔を合わせたくなかったからだ。

あの真っ赤な〈コルヴェット〉のせいで。

それはリンカーンがコンクリート製の歴史のひとかけらを勝ち取った例のクリスマスイブのパーティからまもない、息もまともにできないほど寒い二月（シカゴでは、晴れようが曇ろうが、ともかく毎日が過酷な月だ）の出来事だった。リンカーンはその日、エヴァンストンのノースウェスタン大学で開催された科学研究コンテストに参加することになっていた。コンテストが終わったあと、勇気が出たらプロポーズしようと心に決めて、アドリアナを誘った。

ところがアドリアナは、行かれないと言った。シカゴの商業地域〝ループ〟にある〈マーシャル・フィールズ百貨店〉に母親と買い物に行く約束をしているからというのがその理由だった。大きなセールがあるらしい。リンカーンは落胆したが、そのことはそれ以上考えず、コンテストに集中することにした。その結果、高校三年生の部で一等賞をもらった。友人たちと発表の後片づけをし、荷物を台車にのせて外に運び出した。指先が一瞬にして青ざめ、吐いた息が顔の周りでたちまち雲になるような寒さのなか、荷物をバスの脇腹に押しこみ、乗降口へと走った。

そのとき、誰かが大きな声で言った。「おい、あれ見ろよ。すげえ車だぜ」

真っ赤な〈コルヴェット〉が稲妻のようにキャンパスを駆け抜けていく。

運転席にいるのは、アーサーだった。それ自体は奇妙でも何でもなかった。いとこ一家の住まいは大学のすぐ近くだったからだ。リンカーンを驚かせたのは、アーサーの隣の女の子が、アドリアナに見えたことだった。

アドリアナ本人なのか、それともただの見間違いか。

確信はなかった。

服は似ていた。茶色の革ジャケットと毛皮の帽子。リンカーンがクリスマスにプレゼントしたものと瓜二つだ。

「リンカーン、早く乗れよ。ドアを閉めるぞ」

そう友人たちにせかされてもなお、リンカーンはその場に突っ立ったまま、灰色がかった白に染まった通りの角を尻を振りながら曲がっていく車を呆然と見送るばかりだった。

アドリアナが自分に嘘をついたということか。結婚まで考えている相手だというのに？　いや、そんなはずはない。嘘をついたうえに、よりによってアーサーとつきあっているなどということはありえない。

それでも、科学的思考を叩きこまれていたリンカーンは、事実の客観的検討を開始した

事実その1。アーサーとアドリアナは互いを知っている。アーサーは、何か月か前、アドリアナが放課後にアルバイトをしているリンカーンの高校の相談室で彼女と顔を合わせている。電話番号を交換しようと思えば簡単にできたはずだ。

事実その2。このときになって初めて思い当たったことだが、アーサーはその少し前からアドリアナのことをいっさい尋ねなくなっていた。いつも女の子の話で盛り上がっていたのに、このところアーサーは一度もアドリアナの話題を持ち出さずにいる。

ふむ、怪しいぞ。

事実その3。考えてみれば、コンテストに誘ったとき、アドリアナは曖昧な口ぶりで断った（それにリンカーンは、会場がエヴァンストンだということは言わなかった。つまりアドリアナには、エヴァンストンの几帳面《きちょうめん》なまでに碁盤目に整えられた道路をアーサーの車でドライブするのをためらう理由はないということだ）。リンカーンは嫉妬に打ちのめされた。スタッグ・フィールドのかけらを渡そうと思っていたのに！　現代科学の聖十字架のかけらを！　そういえば、それ以前にも、どうして断るのか不思議な状況で誘いを断られたことがあった。三度、いや四度かもしれない。

それでもまだ信じたくなかった。そのまま雪をざくざくと踏んで公衆電話まで歩き、アドリアナの家に電話をかけた。

「あら、ごめんなさいね、リンカーン。アドリアナはお友だちと遊びにいってるわ」アドリアナの母親はそう言った。

お友だち……

「そうですか。じゃ、またあとでかけます……あの、ミセス・ヴァレスカ、今日、アドリアナと一緒に〈マーシャル・フィールズ〉のセールに行きましたか」

「いいえ、セールは来週だもの……ああ、晩ご飯の支度をしなくちゃ、リンカーン。暖かくしてなさいよ。外は凍っちゃいそうに寒いわ」

「ええ、ほんとに」リンカーンは身をもって知っていた。公衆電話の前で歯をがちがち言わせていたからだ。電話をかけるのに硬貨を入れようとしたとき、手が震えて六十セント分を雪のなかに落としていたが、それを拾う気力さえなくしていた。

「おい、リンカーン！　早くバスに乗れって！」

その夜、アドリアナに電話をかけ、どうにかこうにかふだんどおりの会話をしばらくしたあと、今日はどうだったかと尋ねた。するとアドリアナは、ママと行った買い物は楽しかったが、ものすごい混雑だったと答えた。やけに言葉数多く。尋ねてもいないことまでぺらぺらと。必要のない枝葉をやたらにくっつけて。まさしく〝有罪〟としか思えない話しぶりだった。

それでもやはり、信じられなかった。

だから、知らぬ顔を通した。そして次にアーサーが家に遊びにきたとき、地下のレクリエーションルームにアーサーを一人で残し、自分はペットの毛を掃除する粘着ローラー——鑑識チームが現在使用しているのとまったく同じもの——を手に外に出て、〈コルヴェット〉の助手席から証拠を集めた。

切り取ったテープをファスナー付きのポリ袋に収め、次にアドリアナに会ったとき、今度は帽子とコートから毛のサンプルを採取した。自分こそ裏切り者のような気がしたし、後ろめたさとやましさで全身が燃えつくようだったが、高校の複合顕微鏡を使ってその二つを比較するのをやめようとは思わなかった。証拠とサンプルは一致した。帽子の毛も、コートの化繊の毛も。

結婚まで考えていた恋人は、彼を裏切っていた。

アーサーの車から採取された繊維の量から考えて、アドリアナが助手席に座った回数は一度だけではないだろうというのがリンカーンの結論だった。

とどめを刺すように、それから一週間後、二人があの〈コルヴェット〉に乗っているところをふたたび見かけた。もう疑いの余地はなかった。

リンカーンは優雅に退場することも、憤然と退場することもしなかった。ただ身を引いた。真《ま》っ向《こう》から対峙《たいじ》する勇気はなく、アドリアナとの関係が自然消滅するにまかせた。そのあとも何度かデートはしたが、雰囲気はぎこちなく、気まずい沈黙が幾度となく訪れた。不思議なことに、アドリアナはリンカーンが距離を置き始めたことに腹を立てているように見え、リンカーンの困惑はいっそう深まった。おいおい、勘弁してくれ。二股かけて許されるとでも思っているのか。彼女が彼に腹を立てるとは……浮気しているのは彼女なのに。

リンカーンはいとこととも距離を置いた。言い訳は、期末試験だったり、陸上競技会だったりした。そして最後に、不運の仮面をかぶった幸運が訪れた。リンカーンのもとに、MITから不合格の通知が届いた。

アーサーとはそれからもときおりは顔を合わせた。家族の行事で、卒業式で。しかし二人のあいだのすべてが以前とは違ってしまっていた。根本的に変わってしまっていた。どちらもアドリアナの話は一言たりとも持ち出さなかった。少なくとも、その後何年にもわたって。

私の人生は狂ってしまった。おまえさえいなければ、私の人生はまるで違っていただろうに……

思い出すだけで、いまでもこめかみのあたりが脈打つように痛んだ。冷たさは感じないが、それでも掌は汗ばんでいるに違いない。しかしその胸の苦しくなるような記憶の旅は、アメリア・サックスの帰還によって唐突に中断した。

「あれから何かわかった？」サックスが訊いた。

よくない兆候だ。カルヴァン・ゲディスから有力な情報を得られたのなら、開口一番、そう言うはずだろう。

「いや、何も」ライムは答えた。「相変わらずロナルドのアリバイ確認の報告待ちだ。ロドニーが仕掛けた罠にも獲物はかかっていない」

サックスはトムが運んできたコーヒーを受け取ると、トレーから七面鳥のサンドイッチを半切れつまんだ。

「ツナのほうがうまいぞ」ロン・セリットーが言った。「自家製だとさ」

「ん、これでいい」サックスはライムの隣に腰を下ろし、ライムにサンドイッチを差し出した。食欲はまったくなかった。ライムは首を振って断った。「いとこの様子はどう?」サックスは自動ページめくり機の上の開いたままのレポートにちらりと目をやった。

「いとこ?」

「拘置所でどうしてるかなと思って。きっとつらいでしょう」

「まだ話をする機会がない」

「きっと気まずくて向こうからは電話できないのよ。こっちからかけてあげたら」

「あとにしよう。で、ゲディスからは何か聞き出せたか」

とりたてて有益な話は聞けなかったとサックスは答えた。「人々のプライバシーが侵食されつつあるって演説を拝聴させられただけ」それから、いくらか警戒心を抱かずにはいられない論点をいくつか挙げた。個人情報は日々刻々と収集され続けていること、個人の生活ののぞき見、〈エデュサーヴ〉の危険性、データは不死であること、コンピューターで作成したファイルに隠されているメタデータ。

「捜査に役に立つ情報はまったくなかったのか」ライムは辛辣《しんらつ》な口調で訊いた。

「二つあった。一つ、ゲディスはスターリングが怪しいと思ってる」

「アリバイがあるんだろう？」セリットーがまた一つサンドイッチを取って言う。

「自分でやったんじゃないのかもしれないってこと。誰かに代わりにやらせてるとか」

「動機は？　大会社のＣＥＯだぞ。何の利益がある？」

「犯罪が増えれば増えるほど、社会は身を守るために〈ＳＳＤ〉を必要とするようになる。ゲディスによれば、スターリングは世界に君臨したがってるそうよ。データ界のナポレオンだって」

「つまり、殺し屋を雇って窓を割って歩いてるということか。〈ＳＳＤ〉がしゃしゃり出ていって直せるように」ライムはその理屈にいくらか感心しながらうなずいた。「仮にそうだとすると、結果的には裏目に出たということだな。私たちが犯罪の裏に〈ＳＳＤ〉のデータベースが存在することに気づくとは予想していなかったわけだ。ふむ、なるほど。よし、容疑者リストに書き加えてくれ。スターリングに雇われた身元未詳の殺し屋」

「もう一つは、何年か前に〈ＳＳＤ〉がコロラドのデータ収集会社を買収したって話。その会社の辣腕スクラウンジャーが亡くなったそうよ。あ、スクラウンジャーっていうのは、データを集める人のこと」

「スターリングとその何とかが死んだ件を結びつける事実はあるのか」

「わからない。でも、調べてみる価値はありそうよね。ちょっと問い合わせてみるわ」

呼び鈴が鳴って、トムが玄関を開けにいった。ロナルド・プラスキーが現われた。思いつめたような面持ちで、汗をびっしょりかいている。もう少し気楽にかまえろと声をかけたい衝動に駆られたものの、ライム自身も肩に力が入っていた。それなのに他人には気楽に行けなどと言うのは、まさに言行不一致だと気づいて思いとどまった。

ルーキーは、容疑者たちの日曜のアリバイのほとんどは確認できたと報告した。「〈EZパス〉に問い合わせたら、スターリングはたしかに申告どおりの時刻にミッドタウン・トンネルを通過してました。念のため、ロングアイランドから電話があったかと息子さんに訊こうと思ったんですが、留守でした。

それから――えっと、人事部長ですね。ずっと奥さんといたって話でした。奥さんに確認が取れました。でも、なんかこう、異様に怯えた感じで。それに、旦那とまったく同じことを言うんです。〝〈SSD〉は世界一すばらしい会社だ〟とか何とか……」

人間の証言をはなから信頼していないライムは、その報告をとくに重視しなかった。カリフォルニア州捜査局所属のボディランゲージとキネシクスの専門家キャサリン・ダンスから教えられたことが一つある。たとえ正真正銘の真実を証言している場合でも、警察官の前ではうさんくさい態度を取る例も珍しくないということだ。

サックスが容疑者リストに最新情報を書き加えた。

アンドリュー・スターリング（社長兼CEO）
アリバイ――ロングアイランドにいた。確認済み。息子の証言待ち。
ショーン・キャッセル（セールス&マーケティング部長）
アリバイ――なし。
ウェイン・ギレスピー（技術運用部長）
アリバイ――なし。
サミュエル・ブロックトン（コンプライアンス部長）
アリバイ――ワシントンDC。ホテルの会計記録にて確認済み。
ピーター・アーロンゾ−ケンパー（人事部長）
アリバイ――妻といた。確認済み（先入観にとらわれている？）。
スティーヴン・シュレーダー（技術サービス&サポートマネージャー、昼勤）
要事情聴取。
ファルーク・マミーダ（技術サービス&サポートマネージャー、夜勤）
要事情聴取。
〈SSD〉のクライアント

アンドリュー・スターリングに雇われた身元不詳の殺し屋（？）

リスト待ち。

サックスは腕時計に目を落とした。「ロナルド、マミーダがそろそろ出勤するころだわ。また行って、マミーダとシュレーダーに事情聴取してもらえない？　昨日のマイラ・ワインバーグ事件発生時刻前後にどこにいたか訊いて。それから、スターリングがアシスタントに頼んだクライアント名簿もそろそろできてるはず。まだできてなかったら、できるまで控え室に居座ってて。偉そうな態度でね。ついでにいらいらしてみせると効果的」

「あの、〈ＳＳＤ〉に行くってことですか？」

「そうよ」

どういうわけか、気が進まないらしい。

「わかりました。その前にジェニーに電話させてください。うちの様子を確かめておきたいので」携帯電話を取り出して短縮ボタンを押す。

プラスキーの言葉遣いから察するに、どうやら幼い息子と話しているらしい。やがて、さらに幼児語の割合が増えた。今度はおしゃべりを覚えたての娘と話しているようだ。

ライムは興味を失った。

そのとき、電話が鳴った。ナンバーディスプレイに表示された番号は四四から始まっている。

いいぞ。

「コマンド、電話に出る」

「もしもし、ライム警部？」

「ロングハースト警部補」

「もう一件の捜査でお忙しいとは存じますけど、こちらの状況をご報告しておこうと思いまして」

「それはありがたい。ぜひ聞かせてください。グッドライト師はお元気ですか」

「ええ、元気ですよ。ちょっと怯《おび》えてはいるようですが。新参の警備員や警察官は隠れ家に入れてくれるなと言い張っていましてね。この何週間かずっと付き添ってきた顔ぶれしか信用できないそうです」

「まあ、無理もないでしょう」

「隠れ家の前に見張りを立たせて、近づいてくる全員の身分証を確認しています。元SASの隊員を集めました。SASは世界最高の特殊部隊ですから……ああ、ところで本題ですけれど、オールダムのアジトを徹底的に捜索しました。その結果をお知らせしておきたくて。まず、微量の銅と鉛が見つかりました。弾丸に条を切ったか、表面を磨いたかしたときに落ちたものだろうということです。黒色火薬も数グレイン発見されました。それに、ごく微量の水銀。こちらの弾丸の専門家の話では、ダムダム弾を作っていたのではないかと」

「ああ、それはおそらく当たっていますね。芯の部分に水銀を注ぎこむんですよ。人体にぞっとするような損傷を与えます」

「ライフルの尾筒の潤滑剤に使われるグリスも見つかっています。洗面台からは毛髪の脱色剤が検出されました。それから、濃い灰色の繊維が何本か――綿だそうです。洗濯用糊がべったりついていました。こちらのデータベースで調べましたところ、制服の繊維と一致しました」

「証拠は偽装されたものだと思われますか」

「こちらの鑑識は偽装ではないと判断しています。どれもきわめて微量でしたので」

脱色した髪、スナイパー、制服……

「ところで、また一つ、私たちの警戒警報を鳴らすような出来事が発生しました。あるNGO――ピカデリーにある非政府団体の事務所に何者かが侵入を試みたんです。このNGOは東アフリカを救う会事務局と言いまして、グッドライト師が主宰する団体です。警備員が駆けつけまして、犯人は逃走しましたが、途中でピッキングツールを下水に投げこんでいきました。運よく、たまたま通りかかった人物がその現場を目撃していましてね。えー、結果だけ申し上げますと、無事に回収しました。ツールから少量の土が見つかっています。ウォリックシャー州でしか栽培されていない種類のホップが含まれていました。ビター製造用の処理がされたものです」

「ビター？　ビールのことでしょうか」

「そうです。正確にはエールですが。スコットランドヤードには、幸い、酒類のデータベースがございまして。すべての銘柄と含有物が登録されています」

ほう、私が作ったものとそっくりじゃないか――ライムは思った。「データベースですか」

「ええ、私が自分で作りました」

「それはすばらしい。で？」

「同一のホップを使っている醸造所は、バーミンガム郊外の一軒だけです。街頭監視カメラが撮影したNGOの侵入者の画像がありますし、ホップという手がかりもありますから、バーミンガムの監視カメラの録画テープを点検してみるつもりです。じつは、同じ人物が侵入未遂事件から数時間後にニューストリート駅で電車を降りたことがわかっています。大きなリュックサックを背負っていました。残念ながら人込みで見失ってしまいましたが」

ライムはしばし考えを巡らせた。最大の疑問は――ホップは、警察をバーミンガムに誘導するために故意にピッキングツールに付着させたものなのかどうか、だ。現場を自分で検証するか、証拠を自分で調べられれば、判断もできただろう。しかしいまは、サックス呼ぶところの〝第六感〟に頼るしかない。

偽装か、本物か。

ライムは決断を下した。「ロングハースト警部補。その証拠は疑わしい。ローガンは捜査の攪乱《かくらん》を狙っているんだと思います。前にも似たような手を使っています。私たちの目がバーミンガムに向いているあいだに、ロンドンで襲撃するつもりではないでしょうか」

「そううかがって安心しました、ライム警部。じつを言えば、私もその見解に傾き始めていたところでしたので」

「ここはまんまとだまされたふりをするのが得策でしょうね。チームの面々はいまどこに？」

「ダニー・クルーガー一行はロンドン。ＦＢＩの方々もです。フランスの捜査官とインターポールの紳士は、オクスフォードとサリーの手がかりを追っていましたが、どうやら無駄足に終わったようです」

「私なら、全員をバーミンガムに移します。大急ぎで。こそこそしながらも、わかりやすく」

ロンドンの警部補は笑った。「私たちが餌に食いついたとローガンに思わせるためですね」

「そうです。バーミンガムで捕らえるチャンスがあると信じているように思わせたい。機動部隊も向こうに行かせてください。これはできるだけ露骨にしたほうがいい。ロンドンの狩猟場からは引き揚げたと見せかけるんです」

「見せかけておいて、実際には狩猟場の監視を強化する」

「そのとおりです。そして、ローガンは距離をおいた場所から狙うだろうと伝えてください。髪はブロンド。灰色の制服を着ている」

「すばらしい作戦です、ライム警部。すぐに手配しましょう」

「進展があったら、また連絡を」

「ええ、では」

　ライムが音声認識ソフトを使って電話を切ると同時に、部屋の向こうの隅からふいに声が聞こえた。「ひぃ。いや、結論だけ言っちゃうと、おたくらの〈ＳＳＤ〉のお友だちはものすごく優秀ですよ。まるで歯が立たない」ロドニー・サーネックだった。ライムはサーネックの存在すら忘れていた。

　サーネックは立ち上がると、刑事たちの輪に加わった。「〈インナーサークル〉の守りはフォートノックス（連邦金塊貯蔵所のこと）以上ですよ。データベース管理システムの〈ウォッチタワー〉も。スーパーコンピューターを何台も並べなくちゃ、侵入は無理なんじゃないかなあ。ちなみに、スパコンは〈ベスト・バイ〉や〈ラジオ・シャック〉でほいほい買えるような代物じゃありません」

「で？」ライムは先を促した。サーネックの表情から、何か問題を見つけたらしいと察していた。

「〈ＳＳＤ〉のシステムは、見たこともないセキュリティロボットに守られてるんですよ。こいつがまた頑丈で。いや、頑丈なだけならいいんですが、不気味なやつです。匿名のＩＤを使って痕跡を消しながら侵入したんですがね。何が起きたと思います？　向こうのセキュリティロボットがこっちのシステムに侵入してきたんですよ。でもって、フリースペースの情報から僕の身元を割り出そうとした」

「ロドニー、私たちにもわかるように話してもらえないか」ライムは癇癪《かんしゃく》を起こすまいと努めながら訊いた。「フリースペースとは何だ？」

ハードドライブの空き領域にデータの断片——削除されたデータを含む——が残っている場合があるのだとサーネックは説明した。しかも、その断片を集めて解読可能な形に復元するソフトウェアが存在する。〈ＳＳＤ〉のセキュリティシステムは、サーネックが痕跡を消しながら前進していることを察知し、逆にサーネックのコンピューターにもぐりこんで、空き領域に残ったデータからサーネックの正体を割り出そうと試みたのだという。「怖かったっすよ。たまたま見つけたからよかったですけど。あのまま気づかずにいたら……」サーネックは肩をすくめ、コーヒーに慰めを求めた。

ライムの頭に一つのアイデアが閃《ひらめ》いた。検討すればするほど、その思いつきが気に入った。そこで痩せっぽちサーネックに顔を向けた。「ロドニー。気分転換に刑事ごっこをしたくないかね」

気ままなオタクの仮面がかき消えた。「あーと、あんまり気が乗らない感じですけど」

セリットーがサンドイッチの最後の一口をごくりと飲みこんで言った。「いいか、耳のすぐ横で銃弾が音速の壁を破る経験をすると初めて、自分は生きてるって実感が得られるぞ」

「ちょっと待って、待って、待ってください……銃撃戦なんか、ロールプレイングゲームでしかやったことないし――」

「いやいや、銃弾が飛び交うなかに突っこんでいくのはきみではないから安心しろ、ロドニー」ライムはコンピューター・ボーイに言った。それから、楽しげな色を浮かべた目をロナルド・プラスキーに向けた。プラスキーはちょうど家族との通話を終えて携帯電話を閉じたところだった。

「えっと――何か？」ルーキーは不安げな面持ちで尋ねた。

（下巻へつづく）

単行本　二〇〇九年十月　文藝春秋刊

文春文庫

ソウル・コレクター 上

定価はカバーに
表示してあります

2012年10月10日 第1刷

著 者 ジェフリー・ディーヴァー
訳 者 池《いけ》田《だ》真《ま》紀《き》子《こ》
発行者 羽鳥好之
発行所 株式会社 文藝春秋

東京都千代田区紀尾井町 3-23 〒102-8008
TEL 03・3265・1211
文藝春秋ホームページ http://www.bunshun.co.jp

落丁、乱丁本は、お手数ですが小社製作部宛お送り下さい。送料小社負担でお取替致します。

印刷・凸版印刷 製本・加藤製本
Printed in Japan
ISBN978-4-16-781211-9

（　）内は解説者。品切の節はご容赦下さい。

メフィストの牢獄
マイケル・スレイド（夏来健次　訳）
巨石遺跡を崇める殺人狂メフィスト。捜査官を拉致し、騎馬警察を脅迫する謎の男の邪悪な計画の全容とは？　シリーズ最大の敵が登場するノンストップ・サスペンス。（古山裕樹）
ス-8-4

コブラヴィル
カーステン・ストラウド（布施由紀子　訳）
（上下）
父は上院議員、息子はCIA工作員。フィリピンでのテロをめぐって奇怪な情報に翻弄され、激烈な戦闘のすえ判明した陰謀の正体は？　パワフルなノン・ストップ・スリラーが全開です。
ス-9-3

ファニーマネー
ジェイムズ・スウェイン（三川基好　訳）
数百万ドルの金を巻き上げたイカサマ師を調査中の旧友が爆殺された。イカサマ暴きの名人トニーは復讐の思いを胸に問題のカジノへ！　老ヒーローの活躍を描く痛快シリーズ第二作。
ス-11-2

極限捜査
オレン・スタインハウアー（村上博基　訳）
元美術館長の怪死、惨殺された画家、捜査官殺し……捜査官が探り当てたのは国家の暗い秘密だった。真実の追求が破滅をもたらす、東欧を舞台に描く警察小説の雄篇。（吉野　仁）
ス-12-2

超音速漂流
ネルソン・デミル　トマス・ブロック（村上博基　訳）
改訂新版
誤射されたミサイルがジャンボ機を直撃。操縦士を失った機を、無傷の生存者たちは必死で操るが、事故隠蔽を謀る軍と航空会社は機の抹殺を企てる。航空サスペンスの名作が新版で登場！
テ-6-11

悪魔の涙
ジェフリー・ディーヴァー（土屋　晃　訳）
世紀末の大晦日、ワシントンの地下鉄駅で無差別の乱射事件が発生。手掛かりは市長宛に出された二千万ドルの脅迫状だけ。捜査本部は筆跡鑑定の第一人者キンケイドの出動を要請する。
テ-11-1

青い虚空
ジェフリー・ディーヴァー（土屋　晃　訳）
護身術のホームページで有名な女性が惨殺された。やがて捜査線上に〝フェイト〟というハッカーの名が浮上。電脳犯罪担当刑事と元ハッカーのコンビがサイバースペースに容疑者を追う。
テ-11-2

（　）内は解説者。品切の節はご容赦下さい。

ボーン・コレクター（上下）
ジェフリー・ディーヴァー（池田真紀子　訳）
首から下が麻痺した元NY市警科学捜査部長リンカーン・ライム。彼の目、鼻、耳、手足となる女性警察官サックス。二人が追うのは稀代の連続殺人鬼ボーン・コレクター。シリーズ第一弾。
テ-11-3

コフィン・ダンサー（上下）
ジェフリー・ディーヴァー（池田真紀子　訳）
武器密売裁判の重要証人が航空機事故で死亡、NY市警は殺し屋〝ダンサー〟の仕業と断定。追跡に協力を依頼されたライムは、かつて部下を殺された怨みを胸に、智力を振り絞って対決する。
テ-11-5

獣たちの庭園
ジェフリー・ディーヴァー（土屋　晃　訳）
一九三六年、オリンピック開催に沸くベルリン。アメリカ選手団に混じってニューヨークから殺し屋が潜入する。使命はナチス高官暗殺。だがすぐさまドイツ刑事警察に追いつめられる。
テ-11-7

クリスマス・プレゼント
ジェフリー・ディーヴァー（池田真紀子　他訳）
ストーカーに悩むモデル、危ない大金を手にした警察、未亡人と詐欺師の騙しあいなど、ディーヴァー度が凝縮された十六篇。あの〈ライム・シリーズ〉も短篇で読める！（三橋　曉）
テ-11-8

エンプティー・チェア（上下）
ジェフリー・ディーヴァー（池田真紀子　訳）
連続女性誘拐犯は精神を病んだ〝昆虫少年〟なのか。自ら逮捕した少年の無実を証明するため少年と逃走するサックスをライムが追跡する。師弟の頭脳対決に息をのむ、シリーズ第三弾。
テ-11-9

石の猿（上下）
ジェフリー・ディーヴァー（池田真紀子　訳）
沈没した密航船からNYに逃げ込んだ十人の難民。彼らを狙う殺人者を追え！　正体も所在もまったく不明の殺人者を捕らえるべくライムが動き出す。好評シリーズ第四弾。（香山二三郎）
テ-11-11

魔術師《イリュージョニスト》（上下）
ジェフリー・ディーヴァー（池田真紀子　訳）
封鎖された殺人事件の現場から、犯人が消えた!?　ライムとサックスは、イリュージョニスト見習いの女性に協力を依頼する。シリーズ最高のどんでん返し度を誇る傑作。（法月綸太郎）
テ-11-13

（　）内は解説者。品切の節はご容赦下さい。

12番目のカード（上下）
ジェフリー・ディーヴァー（池田真紀子 訳）
単純な強姦未遂事件は、米国憲法成立の根底を揺るがす百四十年前の陰謀に結びついていた——現場に残された一枚のタロットカードの意味とは？　好評シリーズ第六弾。（村上貴史）
テ-11-15

ウォッチメイカー（上下）
ジェフリー・ディーヴァー（池田真紀子 訳）
残忍な殺人現場に残されたアンティーク時計。被害者候補はあと八人…尋問の天才ダンスとともに、ライムは犯人阻止に奔走する。二〇〇七年のミステリ各賞に輝いた傑作！（児玉　清）
テ-11-17

スリーピング・ドール（上下）
ジェフリー・ディーヴァー（池田真紀子 訳）
怜悧なカルト指導者が脱獄に成功。美貌の捜査官、キャサリン・ダンスの必死の追跡は続く。鍵を握るのは一家惨殺事件でただ一人、難を逃れた少女。彼女はその夜、何を見たのか。（池上冬樹）
テ-11-19

神は銃弾
ボストン・テラン（田口俊樹 訳）
娘を誘拐し、元妻を惨殺したカルトを追え。元信者の女を相棒に、男は血みどろの追跡を開始。CWA新人賞、日本冒険小説大賞受賞、'01年度ベスト・ミステリーとなった三冠達成の名作。
テ-12-1

音もなく少女は
ボストン・テラン（田口俊樹 訳）
荒んだ街に全てを奪われ、耳の聞こえぬ少女は銃をとった。運命を切り拓くために。二〇一〇年「このミステリーがすごい！」第二位、読む者の心を揺さぶる静かで熱い傑作。（北上次郎）
テ-12-4

推定無罪（上下）
スコット・トゥロー（上田公子 訳）
美人検事補の強姦・殺害事件を手がける同僚検事補が、一転容疑者として裁判にかけられることに……。ハリソン・フォード主演で映画化された、ミステリー史上に残る法廷サスペンスの傑作。
ト-1-1

囮《おとり》弁護士（上下）
スコット・トゥロー（二宮　磬 訳）
法曹界の贈収賄事件を摘発すべくFBIの選んだ手段は、敏腕弁護士を使った大胆な囮捜査だった！　あの「推定無罪」を凌ぐ傑作と各紙誌から絶賛された法廷人間ドラマ。（松坂　健）
ト-1-9

（　）内は解説者。品切の節はご容赦下さい。

C・W・ニコル（村上博基　訳）
特務艦隊
第一次大戦終盤。跳梁するUボートから連合軍の輸送船を守るべく、地中海に派遣された日本海軍の、誇り高き姿を勇壮に描く。『盟約』『遣敵海域』に続く近代日本歴史絵巻、ついに完結。
ニ-1-7

D・W・バッファ（二宮　磬　訳）
遺産
次期大統領を目指す上院議員が路上で射殺され、黒人医学生が容疑者として逮捕される。被告側弁護人アントネッリは事件の鍵を握る人物と接触するが。迫真の法廷ミステリ。（三橋　暁）
ハ-17-4

D・W・バッファ（二宮　磬　訳）
聖林《ハリウッド》殺人事件
ハリウッドの大女優が殺され、夫である有名映画監督が被疑者に。弁護を引き受けるのはおなじみアントネッリ。殺人事件の裁判としては空前絶後の結末が待ちうける、第一級サスペンス。
ハ-17-5

イローナ・ハウス（見次郁子　訳）
蒼い闇に抱かれて
娼婦を三人殺し、女刑事ケイの相棒も殺した犯人は刑務所にいるのに、同じ手口の娼婦殺しが続く。やがて魔の手はケイにも迫ってくる。どんでん返し満載のロマンティック・サスペンス。
ハ-28-1

カール・ハイアセン（田村義進　訳）
復讐はお好き？
あの男、許せない！――クルーズ中に突如、夫に海中へ突き落とされた女ジョーイは、超意地悪な復讐作戦を開始！　とにかく面白い小説が読みたい人に絶対オススメ。愉快痛快な傑作。
ハ-24-2

カール・ハイアセン（田村義進　訳）
迷惑なんだけど？
迷惑な電話セールスマンめ、地獄を見せてやるわ！　非礼な男に鉄槌を食らわすべく彼女が罠をしかけた無人島は、悪党とバカの修羅場に！　ミステリ・ランキング常連作家の快作。
ハ-24-3

ジェイムズ・カルロス・ブレイク（加賀山卓朗　訳）
無頼の掟
米南部の荒野を裂く三人の強盗。復讐の鬼と化して彼らを追う冷酷な刑事。地獄の刑務所から廃鉱の町へと駆ける群盗に明日はあるか？　ペキンパー直系、荒々しくも切ない男たちの物語。
フ-27-1

（　）内は解説者。品切の節はご容赦下さい。

ジェイムズ・カルロス・ブレイク（加賀山卓朗 訳）
荒ぶる血
暗黒街の殺し屋ジミーが出会った女。彼女に迫る追手。暴力を糧として生きてきたジミーは愛と義のために死地に赴く。日本冒険小説協会大賞受賞作家が再び放つ慟哭の傑作。（関口苑生）
フ-27-2

ジェイムズ・カルロス・ブレイク（加賀山卓朗 訳）
掠奪の群れ
ハリーにとって大事なのは銃と友と自由。自由のために銀行を襲い、官憲に反抗するハリー一味。だが破滅が徐々に忍び寄る……。無法者の詩情を描いて人気のブレイク作品。（酒井貞道）
フ-27-3

ヴィルジニ・ブラック（中川潤一郎 訳）
倒錯の罠
女精神科医ヴェラ
パリ警察に協力するヴェラは、肉体に秘密を抱えている。やり手のスダン警視に出会い、惹かれていくが、そこに姿なき倒錯者が迫る！　ノワールの香り豊かに描かれる異色サスペンス。
フ-29-1

アダム・ファウアー（矢口　誠 訳）
数学的にありえない（上下）
ポーカーで大敗し、マフィアに追われる天才数学者ケイン。彼のある驚異的な「能力」を狙う政府の秘密機関と女スパイ。確率論と理論物理を駆使した、超絶技巧的サスペンス。（児玉　清）
フ-31-1

ロビン・ホワイト（鎌田三平 訳）
凍土の牙
厳寒のシベリアに蠢く巨悪の影。わが町と愛娘を守るため、なけなしの勇気を胸に、収容所帰りの相棒とともに、中年市長は戦いを挑んだ！　待望久しい正統冒険小説の快作。（茶木則雄）
ホ-9-1

ロビン・ホワイト（鎌田三平 訳）
永久凍土の400万カラット
ロシアに迫る経済危機。回避するには闇に消えた膨大なダイヤモンドを探すしかない。密命を受けたノーヴィクは、陰謀渦巻く鉱山に元ゲリラの友とともに殴りこむ。熱血冒険小説第二弾。
ホ-9-2

ヴァレリオ・マンフレディ（二宮　磬 訳）
カエサルの魔剣
西暦四七六年、反乱により西ローマ帝国最後の皇帝の座を追われた十三歳のロムルス。七人の兵士が悲運の少年皇帝救出に乗り出し、決死の逃避行を続ける。波乱万丈の歴史冒険小説。
マ-22-1

（　）内は解説者。品切の節はご容赦下さい。

聖なる怪物
ドナルド・E・ウェストレイク（木村二郎　訳）
『斧』『鉤』でミステリ界を震撼させた名匠が八〇年代に発表していた傑作を発掘。老名優が語る半生記——そこに何が隠されているのか。狂気の語りの果てに姿を現す戦慄の真実とは？
ウ-11-3

鎮魂歌は歌わない
ロノ・ウェイウェイオール（高橋恭美子　訳）
娘が惨殺された。無頼の生活を送っていたワイリーを、その報が目覚めさせる。組織に守られた敵にワイリーは捨て身の戦いを挑む。ハードボイルドの快感を搭載し熱く疾走する痛快長篇。
ウ-20-1

人狩りは終わらない
ロノ・ウェイウェイオール（高橋恭美子　訳）
気のいい女友達を拉致した冷血の犯罪者。恩義のある娘を救うべく俺は幼馴染のギャングとともに追撃を開始する。グレッグ・ルッカ、リー・チャイルド絶賛の快作アクション。（小財　満）
ウ-20-2

殺人倶楽部へようこそ
マーシー・ウォルシュ　マイクル・マローン（池田真紀子　訳）
高校時代に書いた「殺人ノート」通りに旧友たちが殺されていく。犯人は仲間なの？　故郷の町の聖夜を熱血刑事ジェイミーが駆け回る。小さな町の人間模様に意外な犯人を隠すミステリ。
ウ-21-1

ブラック・ダリア
ジェイムズ・エルロイ（吉野美恵子　訳）
漆黒の髪に黒ずくめのドレス、人呼んで〝ブラック・ダリア〟の殺害事件究明に情熱を燃やす刑事の執念は実を結ぶのか。ハードボイルドの暗い血を引く傑作。〈暗黒のLA四部作〉その一。
エ-4-1

獣《けだもの》どもの街
ジェイムズ・エルロイ（田村義進　訳）
LAを襲う異常殺人にテロリズム。事件解決のためなら非道も辞さぬ刑事リックと女優ドナが腐敗の都を暴れ回る。殺傷力抜群の異常文体が爆走する前代未聞の暗黒小説集。（杉江松恋）
エ-4-12

アメリカン・デス・トリップ（上下）
ジェイムズ・エルロイ（田村義進　訳）
JFK暗殺の真相隠蔽に関わった三人の男が見るアメリカの暗部——暗殺、謀略、ヴェトナム戦争、公民権運動。アメリカは恐怖に狂ってゆく。「このミス」第二位、迫真のノワール大作。
エ-4-13

（　）内は解説者。品切の節はご容赦下さい。

U307を雷撃せよ（上下）
ジェフ・エドワーズ（棚橋志行 訳）
ドイツが中東テロ国家に最新鋭潜水艦を供与。中東に向かう潜水艦群を阻止せよ——地中海からペルシャ湾へ熾烈な戦闘が続く……。迫真の海戦また海戦！　第一級の軍事スリラー。
エ-8-1

原潜デルタⅢを撃沈せよ（上下）
ジェフ・エドワーズ（棚橋志行 訳）
ロシア辺境の叛乱勢力がミサイル原潜を奪取し、独立を認めねば米日露に対し核攻撃を行うと宣言した。攻撃を阻止し原潜を葬る手立てはあるか？　氷海に展開する白熱の軍事スリラー！
エ-8-3

百番目の男
ジャック・カーリイ（三角和代 訳）
連続断首殺人鬼は、なぜ死体に謎の文章を書きつけるのか？　若き刑事カーソンは重い過去の秘密を抱えつつ、犯人を追う。スピーディな物語の末の驚愕の真相とは。映画化決定の話題作。
カ-10-1

デス・コレクターズ
ジャック・カーリイ（三角和代 訳）
三十年前に連続殺人鬼が遺した絵画が連続殺人を引き起こす！　異常犯罪専従の捜査員カーソンが複雑怪奇な事件を追う。驚愕の動機と意外な犯人。衝撃のシリーズ第二弾。　（福井健太）
カ-10-2

毒蛇《どくじゃ》の園
ジャック・カーリイ（三角和代 訳）
刑事カーソンの周囲で連続する無残な殺人。陰に見え隠れする名家の秘密とは？　全てをつなぐ犯罪計画の全貌は精緻かつ意外だ……注目のミステリ作家カーリイの第三作。（法月綸太郎）
カ-10-3

ブラッド・ブラザー
ジャック・カーリイ（三角和代 訳）
刑事カーソンの兄は知的で魅力的な殺人鬼。彼が脱走、次々に殺人が。兄の目的は何か。衝撃の真相と緻密な伏線。ディーヴァーに比肩するスリルと驚愕の好評シリーズ第四作！　（川出正樹）
カ-10-4

眼を閉じて
ジャンリーコ・カロフィーリオ（石橋典子 訳）
南イタリアを支配する権力者との絶望的な法廷闘争に立ち向かう弁護士の苦闘。マフィア担当の現職検事が描くサスペンス。J・ディーヴァー激賞。ヨーロッパで注目のミステリー作家。
カ-12-2

（　）内は解説者。品切の節はご容赦下さい。

サイモン・カーニック（佐藤耕士 訳）
ノンストップ！
その朝、友人からの電話をとった瞬間、僕は殺人も辞さぬ謎の勢力に追われることに……。開巻15行目から始まる24時間の決死の逃走。これぞノンストップ・サスペンス！（川出正樹）
カ-13-1

リチャード・バックマン　実はスティーヴン・キング（真野明裕 訳）
痩せゆく男
轢き殺されたジプシーの一族の呪いで事故に関係した三人の白人に次々と災いが降りかかる。鱗、膿、吹出物——人体をおそう恐怖をモダン・ホラーの大家キングが別名で発表した傑作。
キ-2-3

スティーヴン・キング（小尾芙佐 訳）
IT
（全四冊）
少年の日に体験したあの恐怖の正体は何だったのか？　二十七年後、薄れた記憶の彼方に引き寄せられるように故郷の町に戻り、IT（それ）と対決せんとする七人を待ち受けるものは？
キ-2-8

スティーヴン・キング（小尾芙佐 訳）
ランゴリアーズ
Four Past Midnight I
深夜の旅客機を恐怖と驚愕が襲う。十一人を残して乗客がみな消えていたのだ！　ノンストップSFホラーの表題作。さらに盗作の不安に怯える作家の物語「秘密の窓、秘密の庭」を収録。
キ-2-19

スティーヴン・キング（白石　朗 訳）
図書館警察
Four Past Midnight II
借りた本を返さないと現れるという図書館警察。記憶を蝕む幼い頃のあの恐怖に立ち向かわねばならない——表題作に加え、謎のカメラが見せる異形のものを描く「サン・ドッグ」を収録。
キ-2-20

スティーヴン・キング（二宮　磬 訳）
ジェラルドのゲーム
季節はずれの山中の別荘、セックス遊戯にふける直前に夫が急死。両手をベッドにつながれたまま取り残されたジェシーを渇き、寒さ、妄想が襲う。キングにしか書き得ない究極の拘禁状態。
キ-2-21

スティーヴン・キング（深町眞理子 訳）
ザ・スタンド
（全五冊）
新型ウイルスで死滅したアメリカ。世界の未来を担う生存者たちは邪悪な者たちとの最終決戦に勝利することができるのか。巨匠が持てる力のすべてを注いだ最大、最高傑作。（風間賢二）
キ-2-22

（　）内は解説者。品切の節はご容赦下さい。

ドランのキャデラック
スティーヴン・キング（小尾芙佐　他訳）

妻を殺した犯罪王への復讐を誓った男。厳重な警備下にいる敵を倒せる唯一のチャンスに賭け、彼は行動を開始した……奇想天外な復讐計画を描く表題作ほか、卓抜な着想冴える傑作集。

キ-2-27

いかしたバンドのいる街で
スティーヴン・キング（白石　朗　他訳）

道に迷った男女が迷いこんだ田舎町。そこは非業の死を遂げたロックスターが集う〝地獄〟だった……。傑作として名高い表題作ほか、奇妙な味の怪談から勇気を謳う感動作まで全六篇収録。

キ-2-28

メイプル・ストリートの家
スティーヴン・キング（永井　淳　他訳）

死が間近の祖父が孫息子に語る人生訓（「かわいい子馬」）、意地悪な継父を亡き者にしようとするきょうだいたちがとった奇策（表題作）他、子供を描かせても天下一品の著者の短篇全五篇。

キ-2-29

ブルックリンの八月
スティーヴン・キング（吉野美恵子　他訳）

ワトスン博士が名推理をみせるホームズ譚、息子オーエンの所属する少年野球チームの活躍を描くエッセイなど、〝ホラーの帝王〟だけではないキングの多彩な側面を堪能できる全六篇。

キ-2-30

シャイニング
スティーヴン・キング（深町眞理子　訳）　（上下）

コロラド山中の美しいリゾート・ホテルに、作家とその家族がひと冬の管理人として住み込んだ――。S・キューブリックによる映画化作品も有名な「幽霊屋敷」ものの金字塔。　（桜庭一樹）

キ-2-31

ミザリー
スティーヴン・キング（矢野浩三郎　訳）

事故に遭った流行作家のポールは、愛読者アニーに助けられるが、自分のために作品を書けと脅迫され……。著者の体験に根ざす〝ファン心理の恐ろしさ〟を追求した傑作。　（綿矢りさ）

キ-2-33

夕暮れをすぎて
スティーヴン・キング（白石　朗　他訳）

静かな鎮魂の祈りが胸を打つ「彼らが残したもの」ほか、切ない悲しみから不思議の物語まで7編を収録。天才作家キングの多彩な手腕を大いに見せつける、6年ぶりの最新短篇集その1。

キ-2-34

（　）内は解説者。品切の節はご容赦下さい。

夜がはじまるとき
スティーヴン・キング（白石　朗 他訳）
医者のもとを訪れた患者が語る鬼気迫る怪異譚「N」、猫を殺せと依頼された殺し屋を襲う恐怖の物語「魔性の猫」など全六篇収録。巨匠の贈る感涙、恐怖、昂奮をご堪能あれ。（ｃｏｃｏ）
キ-2-35

不眠症（上下）
スティーヴン・キング（芝山幹郎 訳）
傑作『ＩＴ』で破滅から救われた町デリーにまたも危機が。不眠症に苦しむ老人ラルフが見た不気味な医者を前兆に、邪悪な何かが迫りくる。壮大で緻密なキングの力作！（養老孟司）
キ-2-36

真夜中の青い彼方
ジョナサン・キング（芹澤　恵 訳）
連続する幼児誘拐殺人事件。自然の中で静かに暮らしてきた元刑事は、さらなる凶行を止めるべく孤独な戦いを決意した。ＭＷＡ新人賞受賞、大人のための静謐なる正統ハードボイルド。
キ-13-1

緋色の記憶
トマス・Ｈ・クック（鴻巣友季子 訳）
ニューイングランドの静かな田舎の学校に、ある日美しき女教師が赴任してきた。そしてそこからあの悲劇は始まってしまった。アメリカにおけるミステリーの最高峰、エドガー賞受賞作。
ク-6-7

蜘蛛の巣のなかへ
トマス・Ｈ・クック（村松　潔 訳）
重病の父を看取るため、二十数年ぶりに帰郷した男。かつて弟が自殺した事件の真相を探るうち、父の青春の秘密を知り、復讐の銃をとる。地縁のしがらみに立ち向かう乾いた叙情が胸を打つ。
ク-6-14

緋色の迷宮
トマス・Ｈ・クック（村松　潔 訳）
近所に住む八歳の少女が失踪し、自分の息子に誘拐殺人の嫌疑がかかり不安になる父親。巧緻なプロットと切々たる哀愁の人間ドラマで読者を圧倒する、エドガー賞作家の傑作ミステリ。
ク-6-15

石のささやき
トマス・Ｈ・クック（村松　潔 訳）
あの事故が姉の心を蝕んでいった……取調室で「わたし」が回想する破滅への道すじ。息子を亡くした姉の心に何が？　衝撃の真実を通じ、名手が魂の悲劇を巧みに描き出す。（池上冬樹）
ク-6-16

（　）内は解説者。品切の節はご容赦下さい。

トマス・H・クック（村松　潔　訳）

沼地の記憶

悪名高き殺人鬼を父に持つ教え子のために過去の事件を調査しはじめた教師がたどりついた悲劇とは…。「記憶シリーズ」の哀切、ふたたび。巻末に著者へのロングインタビューを収録。

ク-6-17

ジェイムズ・H・コッブ（伏見威蕃　訳）

隠密部隊ファントム・フォース（上下）

インドネシアで内戦が勃発！　米国は秘密裡に鎮圧作戦を策定、戦略の天才アマンダを指揮官に任命した。首都での市街戦、壮絶な海戦……機略縦横、大人気軍事スリラー。（福井健太）

コ-11-7

マックス・アラン・コリンズ（三川基好　訳）

ピンクパンサー

あのクルーゾー警部が帰ってきた！　サッカー監督殺害と秘宝ピンクパンサー盗難の謎を追い、世界を駆け回る迷警部の活躍を描き、全米ナンバー1ヒットとなった映画の小説版。

コ-13-3

アルナルド・コレア（田口俊樹　訳）

キューバ・コネクション

亡命を図ったわが子を救え――老スパイを待つのは復讐に燃えるCIA高官の卑劣な罠だった。男たちの意地がしのぎを削り、怒りと復讐の念とが熱く脈打つ冒険サスペンス。（北上次郎）

コ-18-1

マイケル・サイモン（三川基好　訳）

ダーティ・サリー

娼婦惨殺事件の背後に蠢く巨悪。それを暴くべく捜査を敢行する孤独な刑事。エルロイの築いた孤峰に挑む新鋭のデビュー作。エルロイも絶賛、暗い熱と輝きを放つ警察小説。（中辻理夫）

サ-8-1

テス・ジェリッツェン（安原和見　訳）

白い首の誘惑

猟奇的連続殺人犯「外科医」を逮捕し、一目置かれる女刑事リゾーリの前に新たな殺人事件が発生！　なぜかFBI捜査官が捜査に口を出してきて……戦慄のロマンティック・サスペンス。

シ-17-2

テス・ジェリッツェン（安原和見　訳）

聖なる罪びと

ボストンの古い修道院で若い修道女が殺され、同じころ手足を切られ顔の皮を剥がされた女性の射殺体が見つかる。リゾーリと女性検死官アイルズは二つの事件の共通点を探し出す。

シ-17-3

（　）内は解説者。品切の節はご容赦下さい。

ティム・オブライエン
村上春樹　訳
ニュークリア・エイジ

ヴェトナム戦争、テロル、反戦運動……我々は何を失い、何を得たのか？　六〇年代の夢と挫折を背負いつつ、核の時代の生を問う、いま最も注目される作家のパワフルな傑作長篇小説。

む-5-30

ティム・オブライエン
村上春樹　訳
本当の戦争の話をしよう

人を殺すということ、失った戦友、帰還の後の日々——ヴェトナム戦争で若者が見たものとは？　胸の内に「戦争」を抱えたすべての人に贈る真実の物語。鮮烈な短篇作品二十二篇収録。

む-5-31

マイケル・ギルモア
村上春樹　訳
心臓を貫かれて（上下）

みずから望んで銃殺刑に処せられた殺人犯の実弟が、兄と父、母の血ぬられた歴史、残酷な秘密を探り、哀しくも濃密な血の絆を語り尽くす。衝撃と鮮烈な感動を呼ぶノンフィクション。

む-5-32

グレイス・ペイリー
村上春樹　訳
最後の瞬間のすごく大きな変化

村上春樹訳で贈る、アメリカ文学の「伝説」、NY・ブロンクス生れ、白髪豊かなグレイスおばあちゃんの傑作短篇集。タフでシャープで温かい、「びりびりと病みつきになる」十七篇。

む-5-34

グレイス・ペイリー
村上春樹　訳
人生のちょっとした煩《わずら》い

アメリカ文学のカリスマにして、伝説の女性作家と村上春樹のコラボレーション第二弾。タフでシャープで、しかも温かく、滋味豊かな十篇。巻末にエッセイと、村上による詳細な解題付き。

む-5-35

ティム・オブライエン
村上春樹　訳
世界のすべての七月

村上春樹が訳す「我らの時代」。三十年ぶりの同窓会に集う'69年卒業の男女。ラブ&ピースは遠い日のこと、挫折と幻滅を経、なおハッピーエンドを求め苦闘する同時代人を描く傑作長篇。

む-5-36

トルーマン・カポーティ
村上春樹　訳
誕生日の子どもたち

悪意の存在を知らず、傷つけ傷つくことから遠く隔たっていた世界。イノセント・ストーリーズ——カポーティの零した宝石のような逸品六篇を村上春樹が選り、心をこめて訳出しました。

む-5-37